# नज़ाकत

# नज़ाकत

डाविड फ़ोइन्किनोस

राजपाल

अनुवाद

**प्रभात रंजन**

"The Work is published with the support of the Publication Assistance Programmes of the Institut Français"

₹ 495

ISBN : 9789350643396

प्रथम संस्करण : 2016



NAZAAKAT (Novel) by David Foenkinos

(Hindi edition of *La Délicatesse*)

मुद्रक : रेकमो प्रेस लिमिटेड, नयी दिल्ली

**राजपाल एण्ड सन्ज़**

1590, मदरसा रोड, कश्मीरी गेट, दिल्ली-110006

फोन : 011-23869812, 23865483, फैक्स : 011-23867791

e-mail : sales@rajpalpublishing.com

www.rajpalpublishing.com

www.facebook.com/rajpalandsons

*मैं नहीं जानता कि चीज़ों से ताल-मेल कैसे बैठाऊँ,*
*भले ही हर पल मुझे एक चुम्बन देने के लिए खुद*
*को काल से खींच लाता।*

—सियोरां

# 1

नैटेली एक तरह से अपने आप में सिमटी (यह स्विस स्त्रियों का विशेष गुण होता है) रहने वाली लड़की थी। उसने अपनी किशोरावस्था बिना कोई सदमा उठाये पार कर ली थी और इस दौरान उसने रास्ते में आने वाले पड़ावों का सम्मान भी किया था। 20 वर्ष की उम्र में, उसने भविष्य की ओर उम्मीद से देखा। उसे हँसना, पढ़ना पसन्द था। दोनों मनबहलाव प्रायः साथ-साथ सम्भव नहीं हो पाते थे, क्योंकि वह दुःख भरी कहानियों को तरजीह देती थी। अब चूँकि साहित्य को लेकर उसका झुकाव उसकी रुचि के मुताबिक उतना ठोस नहीं था, इसलिए उसने अर्थशास्त्र पढ़ने का फैसला किया। उसकी सपनीली चाल-ढाल में इस या उस तरह की चीज़ों के लिए अधिक जगह नहीं थी। वह इस्टोनिया देश के सकल घरेलू उत्पाद के उतार-चढ़ावों के बारे में पढ़ने में घंटों बिताती। जब वह वयस्क हुई तो कभी-कभार मन ही मन वह अपने बचपन की यादों में चली जाती थी। खुशियों के प्रकरण अलग-अलग कुछ प्रसंगों में सिमटे हुए थे—हमेशा एक जैसे। समुद्र तट पर दौड़ लगाना, हवाई जहाज़ में चढ़ना, पिता की बाँहों में सोना। लेकिन कभी भी उसने ऐसा महसूस नहीं किया कि वह अतीत के उन पलों में लौट जाये। यह कुछ ऐसी बात थी जो नैटेली में दुर्लभ थी।[1]

---

1. नैटेली नाम वालों में अतीत के प्रति मोहग्रस्त हो जाने की प्रवृत्ति अक्सर साफ़ तौर पर दिखाई देती है।

# 2

ज़्यादातर जोड़ों को एक-दूसरे को अपनी कहानियाँ सुनाना पसन्द होता है और यह मान लेना कि उनके मिलन में कुछ खास है; एक घिसी-पिटी परिपाटी में असंख्य जोड़े बने, सब एक जैसे, कुछ ऐसी बातें हुईं जिनमें थोड़ा-बहुत मज़ा आया। अन्त में, वे हर बात का विश्लेषण करने की कोशिश करते हैं।

नैटेली और फ्रांसुआ की मुलाकात एक सड़क पर हुई। ऐसा कम ही होता है कि कोई पुरुष किसी स्त्री के पास आये। उस स्त्री को हैरानी होती ही है। क्या वह यही करते हुए अपना वक्त बिताता है? कई बार पुरुष यह दावा भी करते हैं कि यह सब उनके लिए पहली दफ़ा है। उनकी बात सुनकर, अचानक युवतियाँ खास तरह के मोह से बिंध जाती हैं जो उन्हें इस बात की इजाज़त देता है कि वे रस्मी तौर पर अपनाई गयी शर्म से बाहर निकलें। स्त्रियाँ फ़ौरन जवाब में कहती हैं कि उनके पास समय नहीं है। नैटेली इस नियम को नहीं तोड़ रही थी। यह मूर्खतापूर्ण था। उसके पास करने के लिए कुछ खास नहीं था और उसे यह बात पसन्द आयी कि कोई उससे इस तरह सम्पर्क करे। तब तक किसी ने साहस नहीं किया था। कई बार उसने खुद से पूछा था, "क्या मैं इतनी सुस्त, इतनी आलसी दिखाई देती हूँ?" उसकी एक दोस्त ने उससे कहा था, "तुम्हारे लिए कोई नहीं ठहरता है, क्योंकि तुम्हारे चेहरे पर ऐसा भाव है जैसे गुज़रा वक्त तुम्हारा पीछा कर रहा हो।"

जब कोई पुरुष किसी ऐसी औरत के पास आता है, जिसे वह जानता न हो तो उम्मीद की जाती है कि वह उससे अच्छी-अच्छी बातें करे। क्या

कभी कोई ऐसा आत्महन्ता पुरुष हुआ है जिसने किसी महिला को रोककर आगे बढ़कर कहा हो, "आप इन जूतों को किस तरह पहन सकती हैं? इनमें आपकी उँगलियाँ ऐसी लग रही हैं, जिस तरह से रूसी फ़ौज में ज़बर्दस्ती सिपाहियों की भर्ती की गयी हो। बड़ी शर्म की बात है कि पैरों के मामले में आपका नज़रिया स्टालिन की तरह है!" इस तरह की बात कौन करेगा? ज़ाहिर है फ्रांसुआ तो बिलकुल नहीं, उसने बुद्धिमानी दिखाते हुए एक वैकल्पिक तरीका अपनाया। उसने उस चीज़ के बारे में बताने की कोशिश की जिसके बारे में ठीक से बताया नहीं जा सकता था, भ्रम। उसने उसे क्यों रोका? इसका कारण बहुत हद तक उसके चलने का ढंग था। उसे उसमें कुछ नया दिखाई दिया, कुछ-कुछ बच्चों जैसा, जैसे घुटनों की हड्डी का असंगत संगीत होता है। वह एक तरह से हृदयस्पर्शी, स्वाभाविक ढंग से आयी, गरिमापूर्ण ढंग की चाल, और उसने सोचा, 'वह बिलकुल उस तरह की औरत है जिसके साथ मैं सप्ताहान्त पर जेनेवा जाना चाहूँ,' इसलिए उसने खुद दोनों हाथों को मज़बूती से तान लिया (दोनों हाथ, हालाँकि उस समय उसने सोचा कि काश उसके चार हाथ होते)। खासकर इसलिए क्योंकि असल में वह उसके लिए पहली बार था। वहीं और उसी वक्त सड़क किनारे पटरी पर वे मिल रहे थे। पूरी तरह से पारम्परिक शुरुआत, जिस तरह से कि अक्सर चीज़ें खत्म होती हैं, न कि शुरू होती हैं।

पहले कुछ शब्दों को बोलते हुए वह हकलाने लगा और फिर अचानक उसके मुँह से एकदम सही ढंग से शब्द निकलने लगे। कुछ हद तक करुणाजनक और मायूस करने वाले, फिर भी हृदयस्पर्शी ऊर्जा ने वश में कर लिया। यहाँ हमारे विरोधाभासों का जादू छिपा है; हालात इस हद तक असहज़ करने वाले थे कि उसने बड़ी कुशलता के साथ उनके ऊपर काबू पाया। तीस सेकेण्ड खत्म होते-होते वह उसके होंठों पर मुस्कान लाने में सफल रहा। उसने अजनबीपन में एक खराश पैदा की। वह कॉफ़ी पीने के लिए तैयार हो गयी, और फ्रांसुआ इस बात को समझ गया कि वह बिलकुल जल्दी में नहीं थी। उसे यह बात बहुत आश्चर्यजनक लगी कि वह एक ऐसी औरत के साथ ऐसा पल बिता पाने योग्य हुआ था जो उसकी नज़रों की दुनिया में अभी ही आयी थी। उसे

सड़क पर महिलाओं को देखना हमेशा अच्छा लगता था। उसे यह भी याद आया कि जब वह किशोर था तब वह उस तरह का रूमानी था जो अच्छे परिवार की लड़कियों का उनके अपार्टमेंट के दरवाज़े तक पीछा कर सकता था। वह जब सबवे (मेट्रो) में सफ़र करता था तो दूर से नज़र आये किसी यात्री के करीब जाने के लिए अपना डिब्बा भी बदल लेता था। वैसे शारीरिक इच्छा के वशीभूत होने का यह मतलब नहीं रह गया था कि वह पहले से कम रूमानी पुरुष हो गया था, इस बात में विश्वास करते हुए कि औरतों की दुनिया सिकुड़ कर एक औरत के रूप में सामने आ सकती थी।

इसलिए उसने नैटेली से पूछा कि वह क्या पीना चाहेगी। उसकी पसन्द मायने रखती थी। 'अगर वह डीकैफिनेटेड कॉफ़ी का ऑर्डर देती है,' उसने सोचा, 'तो मेरा उठकर चल देना ठीक है। जब इस तरह की मुलाकात हो तो किसी को भी इसका हक़ नहीं है कि वह डीकैफिनेटेड कॉफ़ी पिये। सामाजिकता के लिहाज़ से वह अच्छा पेय नहीं है। चाय भी कुछ बेहतर नहीं है उससे।' अभी मिले, और अभी से सुस्त प्राणी की मानिंद हो रहे हैं। आपको ऐसा लगने लगता है, जैसे आप इतवार की दोपहर टीवी देखते हुए बिताने वाले हैं। या सबसे बुरा—अपने सास-ससुर के घर। हाँ, बिना शक चाय सास-ससुर का पेय है। फिर क्या? शराब? दिन के इस वक्त के लिए उपयुक्त नहीं है। किसी को ऐसी औरत को लेकर शक पैदा हो सकता था, जो आये और एकदम से पीना शुरू कर दे। रेड वाईन के एक गिलास से भी काम नहीं बनने वाला है। फ्रांसुआ इस बात के लिए उसका इन्तज़ार करता रहा कि वह जो पीना चाहती है, चुन ले। और इस तरह से उस महिला की पहली छवि बनाता रहा। अब बचा क्या था? कोक या किसी और तरह का सोडा... न, सम्भव नहीं है, इससे औरत के बारे में कुछ भी पता नहीं चलता। हो सकता है जब वह उसे मँगाये तब स्ट्रॉ की भी माँग करे। आखिरकार उसने यही तय पाया कि जूस ठीक रहेगा। हाँ, जूस, यह बेहतर था। यह दोस्ताना पेय है और इसे पीकर कोई आक्रामक भी नहीं होता। जो औरत इस तरह की पसन्द जताये उसके बारे में आप यह सोच सकते हैं कि वह प्यारी, सुलझी हुई औरत हो। 'लेकिन कौन-सा जूस? बेहतर हो कि कुछ खास फलों को

छोड़ दिया जाये—सेब, सन्तरा, ये सब बहुत आम हैं। हड़बड़ी और सनकपन दिखाये बिना मुझे थोड़ा-सा मौलिक होने की कोशिश करनी चाहिए। पपीता या अमरूद—डराने वाले हैं। नहीं, सबसे अच्छा तो यह है कि इनके बीच का कुछ चुना जाये, जैसे खुबानी। हाँ यह सही है। खुबानी का जूस—एकदम सही। अगर वह उसका चुनाव कर लेती है, तो मैं उससे शादी कर लूँगा,' फ्रांसुआ ने सोचा। उसी पल नैटेली ने मेनू से अपना सिर उठाया, जैसे किसी गहरी सोच से उबर रही हो। उसकी सोच वही थी जिसमें उसके सामने बैठा अजनबी उलझा हुआ था।

"मैं जूस लूँगी।"

"………?"

"खुबानी का जूस, मेरे खयाल से।"

उसने उसे ऐसे देखा जैसे कि वह किसी यथार्थ का उल्लंघन कर रही हो।

एक अजनबी के साथ बैठ जाने के लिए सहमत हो जाने के पीछे उसका कारण यह था कि वह उससे सम्मोहित हो गयी थी। उसके भीतर ज़रा-सी अजनबियत और बेबाकपन का जो मेल था, उस बात ने उसे तुरन्त प्रभावित किया था। एक ऐसी प्रवृत्ति जो पियरे रिचर्ड और मार्लन ब्रांडो के बीच की थी। शारीरिक रूप से उसमें ऐसा कुछ था जो मर्दों में होना अच्छा माना जाता था—उसकी आँखें ज़रा तिरछी थीं। ज़रा-सी, लेकिन तो भी ऐसी कि उसके ऊपर ध्यान चला जाये। उसके बारे में इस बात का पता चलना शानदार था। सबसे बढ़कर उसका नाम था फ्रांसुआ। उसे वह नाम हमेशा से पसन्द था। सुशील और शान्त—जैसा कि 50 के दशक के बारे में उसका खयाल था। वह अधिक बोलता है और अब अधिक धाराप्रवाह बोल रहा था। बातचीत में न अधिक गलती, न अधिक शर्मिंदगी वाली बात, न तनाव। दस मिनट के बाद सड़क की पहली भिड़ंत की बात वह भुला चुकी थी। वे ऐसा महसूस करने लगे जैसे कि वे पहले भी मिल चुके थे, वे दोनों ऐसे एक-दूसरे के साथ बैठे थे, जैसे उन्होंने पहले से मुलाकात तय कर रखी थी। उसकी जो सादगी थी

वह हैरान कर देने वाली थी—ऐसी सादगी जिसके सामने उनकी पहले की सभी मुलाकातें, जब जब जिससे मिले हों, वे सारी मुलाकातें चक्कर खा रही थीं, तब उनको या तो बात करनी पड़ती थी या वे कोशिश यह करते थे कि वे सामने वाले का मनोरंजन करें, ऐसी कोशिश करते ताकि वे इस बात को साबित कर सकें कि वे काम के आदमी हैं। यह सब इतना ज़ाहिर होता था कि हँसी आती थी। नैटेली अब उस अजनबी नहीं रह गये लड़के की तरफ़ देखती जा रही थी और उसकी आँखों के सामने अनचीन्हापन का एक-एक कण एक-एक करके झरता जा रहा था। वह यह याद करने की कोशिश कर रही थी कि जब वह उससे मिली थी तब वह जा कहाँ रही थी। वह कुछ धुँधला-सा था। वह ऐसे लोगों में से नहीं थी जो बिना किसी कारण के घूमने निकल जायें। क्या वह कोर्ताजार के उस उपन्यास के चिह्नों के सहारे भटकना चाहती थी जो उसने अभी पढ़ा था? अब, उन दोनों के बीच साहित्य था। उसने *हॉपस्कॉच* पढ़ा था और उसे वे दृश्य खास तौर पर पसन्द आये थे जिनमें नायक और नायिका सड़क पर एक-दूसरे से टकराने की कोशिश करते थे जबकि वे सड़क पर यूँ ही आवारा भटक रहे थे। शाम को, उन्होंने अपने उन रास्तों को नक्शे में फिर से देखा जिनके माध्यम से वे यह समझ सकें कि किस समय वे मिल सकते थे, या किस पल उनको एक-दूसरे को छूते हुए गुज़रना ही था। तो वह उसी दिशा में जा रही थी—उपन्यास में।

# 3

***नैटेली के तीन प्रिय उपन्यास थे***

एल्बर्ट कोहेन का—*हर लवर*

मारग्रेट दुरास का—*द लवर*

डैन फ्रैंक का—*सेपरेशन*

# 4

फ्रांसुआ वित्त के क्षेत्र में काम करता है। उसके साथ पाँच मिनट बिताना ही यह जानने के लिए काफ़ी था कि उसका उस पेशे में होना उतना ही बेतुका था जितना कि नैटेली का मार्केटिंग के पेशे में होना। हो सकता है कि सख्त बने रहने का अपना एक आतंक होता है जो किसी पेशे को हमेशा के लिए विफल कर देता है। यह कहने के बाद इस बात की कल्पना करना मुश्किल था कि वह आखिर कर क्या सकता था। हमें ऐसा लगा हो कि जब वह नैटेली से मिलता था तो बेहद डरा-डरा सा रहता था, लेकिन वह ऐसा इन्सान था जो जोश से भरा हुआ था, नये विचारों एवं ऊर्जा से भरपूर था। वह इतना उत्साही था कि किसी भी पेशे में काम कर सकता था—यहाँ तक कि टाई बेचने का काम भी वह बखूबी कर सकता था। वह ऐसा आदमी था जिसके बारे में आपको ऐसी कल्पना करने में कोई मुश्किल नहीं हो सकती थी कि वह ब्रीफकेस लेकर चलने वाला हो, इस उम्मीद में हाथ दबाता हो कि मौका मिले तो गला दबा दे। उसमें वह परेशान करने की हद तक वाला सम्मोहन था जो कि आपको कुछ भी बेच सकता हो। आप गर्मियों में उसके साथ स्कीइंग करने जा सकते थे और उसके साथ आइसलैंड में झील में तैरने भी जा सकते थे। वह उस तरह का आदमी था जो कि सड़क पर किसी औरत से एक बार मिलता और वही उसकी पसन्दीदा बन जाती। उसके लिए ऐसा लगता था कि सब कुछ चलता है। इसलिए, वित्त—क्यों नहीं? वह उन नौसिखिये व्यापारियों के समूह का हिस्सा था जो हाल तक 'मोनोपोली' के खेल में लाखों रुपये दाँव पर लगाते थे। लेकिन वह जैसे ही अपने बैंक से निकलता था, कोई और आदमी बन

जाता था। वह गरीब और बेसहारा लोगों को उनके गन्तव्य तक छोड़ देता था। उसका पेशा उसके अन्दर से इस उत्साह को मिटा नहीं पाया। सबसे बढ़कर उसे पहेलियाँ पसन्द थीं। यह बात अजीब-सी लग सकती है, लेकिन उसके आवेग को इससे अधिक किसी चीज़ से शान्ति नहीं मिलती थी कि वह कई बार शनिवार को हज़ारों टुकड़े जोड़-जोड़ कर पहेलियाँ सुलझाया करता था। नैटेली को यह देखकर मज़ा आता था कि उसका पति बाहर ड्रॉइंग रूम में उकड़ूँ बैठा रहता था। वह उसे चुपचाप देखती रहती। अचानक वह उठ खड़ा होता और चिल्ला पड़ता, ''चलो, हम बाहर जा रहे हैं!'' यह आखिरी बात थी, उसके बारे में जिसकी तरफ़ इशारा किया जा सकता था। उसे अन्तराल पसन्द नहीं था। उसे बाधाएँ पसन्द थीं, चुप्पी से शोर-शराबे की गतिविधियों की तरफ़ जाने में।

फ्रांसुआ के साथ समय जैसे उन्माद की तेज़ी से गुज़रता था। अगर आप भरोसा करें तो वह दिनों को छोड़कर आगे बढ़ सकता था, अजीबोगरीब सप्ताह बना सकता था, जिसमें कोई बृहस्पतिवार नहीं हो। वे बमुश्किल मिले थे और वे अभी से संग साथ का दो साला जश्न मना रहे थे। दो साल बिना किसी गतिरोध के, जो किसी भी उत्सव मनाने वाले को उलझन में डाल सकता था। आप उनको उस तरह से देखते जिस तरह से किसी विजेता की तारीफ़ की जाती है। वे प्रेम के स्वर्ण पदक विजेता थे। नैटेली बखूबी अपनी पढ़ाई कर रही थी, जबकि इस सबके बीच वह फ्रांसुआ के दैनिक जीवन को भी सहज बना रही थी। उसने ऐसे आदमी का चुनाव किया था जो कि उम्र में उससे ज़रा-सा ही बड़ा था और जो पहले से ही एक पेशेवर था और जिसने उसे इस बात की अनुमति दी कि वह अपने परिवार को छोड़ सके। लेकिन वह अपनी आर्थिक ज़रूरतों के लिए उसके ऊपर निर्भर रहना नहीं चाहती थी इसलिए उसने यह फैसला किया कि वह सप्ताह में कुछ शामें एक परिचायिका के रूप में एक थियेटर में काम करे। उसे उस काम में मज़ा आता था, क्योंकि वह विश्वविद्यालय के अनुशासित माहौल से अलग तरह का खुलापन देता था। एक बार जब दर्शक बैठ जाते थे तो वह पीछे की तरफ़ अपनी जगह पर चली जाती थी। वह बैठ जाती और उस शो को देखती जिसके बारे में वह दिल से

जानती थी। वह नायिकाओं के होंठ से होंठ मिलाते हुए बोलती थी और जब दर्शक तालियाँ बजाते थे तो खुश होकर मुस्कुराती थी। फिर वह उनको उस कार्यक्रम की खूबियाँ गिनाती थी।

नाटकों को बखूबी जानते हुए उसे अपने रोज़-रोज़ के संवादों को बेहतर बनाने में मज़ा आता था। वह बाहर लिविंग रूम में इधर से उधर टहलते हुए इन्हें दोहराती रहती थी कि बिल्ली मर चुकी है। पिछली कुछ शामों से वह म्युसेट के नाटक *ल्योंजेसियो* में अभिनय कर रही थी। इधर-उधर की लाइनें असंगत तरीके से बोलती थी। "यहाँ आओ, वह हंगरी वासी सही है।" या यह कि "वह वहाँ कीचड़ में कौन है? इस तरह भयानक तरीके से चीख-चीख कर मेरे महल की दीवार के पास कौन चिल्ला रहा है?" जब फ्रांसुआ ने ध्यान लगाने की कोशिश की तो कहा गया, "क्या तुम आवाज़ थोड़ी धीमी करोगी?"

"हाँ, ज़रूर।"

"मैं एक बहुत बड़ी पहेली को हल कर रहा हूँ।"

इस तरह नैटेली चुप हो गयी, अपने प्रेमी के समर्पण के प्रति सम्मान दिखाते हुए। यह पहेली औरों से ज़रा अलग दिखाई दे रही थी। किसी तरह का प्रारूप नहीं दिखाई देता था, न कोई महल या चरित्र। सफ़ेद की पृष्ठभूमि में उसे लाल गाँठों से बनाया गया था। गाँठें जो अक्षरों में बदलती जा रही थीं। यह पहेली के रूप में एक सन्देश था। नैटेली उस किताब के पास गयी जो कि उसने उस समय खोली थी पहेली को आकार लेते हुए देखने के लिए। बीच-बीच में फ्रांसुआ घूमकर उसकी तरफ़ देखता था। बस कुछ टुकड़े बचे हुए थे—नैटेली अभी से उस सन्देश के बारे में अनुमान लगा सकती थी, बड़ी मेहनत से उसे बनाया गया था, सैकड़ों टुकड़ों को जोड़कर। हाँ, अब वह उसे पढ़ सकती थी जो उसमें कहा गया था—"क्या तुम मेरी पत्नी बनना चाहती हो?"

# 5

***27 अक्टूबर से 1 नवम्बर 2008 के दौरान मिन्स्क में आयोजित विश्व पहेली प्रतियोगिता के सर्वाधिक स्कोर इस प्रकार थे***

1. अलरीच वोइट (जर्मनी)—1,464 अंक
2. मेहमत मूरत सेविम (तुर्की)—1,266 अंक
3. रोजर बरकान (अमेरिका)—1,241 अंक

# 6

जो दिनचर्या थी वह बिगड़े न इसलिए शादी बहुत अच्छी तरह आयोजित की गयी। वह एक ऐसा आयोजन था जो सादा था, मधुर था, न बहुत तड़क-भड़क वाला, न ही बहुत सादा किस्म का। हर मेहमान के लिए शैम्पेन की एक बोतल रखी गयी थी; जो व्यावहारिक था। हँसी-मज़ाक सही था। शादी-ब्याह में आपको खुश रहना चाहिए। किसी जन्मदिन की खुशी से कहीं अधिक, हँसी-खुशी मनाने की ज़िम्मेदारियों का अपना सोपानक्रम है और विवाह उसके शिखर पर मौजूद है। आपको हँसना चाहिए, नाचना चाहिए, और बाद में, बुज़ुर्गों के ऊपर इस बात के लिए दबाव बनाना चाहिए कि वे सोने चले जायें। नैटेली की सुन्दरता को नहीं भूलना चाहिए, जो अपने रूप-रंग को लेकर बहुत सजग होकर काम कर रही थी, हफ़्तों से अपने वज़न और अपने रूप-रंग का ध्यान रख रही थी। उसकी तैयारी पूरी तरह पक्की थी—वह उस दिन अपनी सुन्दरता के शिखर पर थी। इस तरह के खास पलों को सही समय पर सम्पन्न हो जाना चाहिए, जिस तरह से आर्मस्ट्रॉन्ग ने चाँद पर अमेरिका का झंडा लहराया था। फ्रांसुआ ने उसे भावुक होकर देखा और इस पल को अपनी याद में सबसे ऊपर रख लिया। उसके सामने उसकी पत्नी खड़ी थी और वह जानता था कि यह वह छवि थी जो मौत के समय उसकी आँखों के सामने उभरेगी। वह खुशी का जैसे आदर्श रूप था। फिर वह खड़ी हुई, माइक्रोफोन हाथ में लिया और बीटल्स का वह मशहूर गीत गाया—'हेयर, देयर एंड एवरीव्हेयर' (1966 में गाया गीत)। फ्रांसुआ जॉन लेनन का दीवाना था। वास्तव में, उसने सफ़ेद कपड़े इसलिए पहन रखे थे ताकि वह उसे श्रद्धांजलि

दे सके। और इस तरह, जब नवविवाहित जोड़े ने नृत्य किया तो एक की सफ़ेदी दूसरे की सफ़ेदी में खो गयी।

दुर्भाग्य से, बरसात होने लगी। इसने मेहमानों को बाहर खुली हवा लेने और आसमान के सितारों के बारे में चर्चा करने पर रोक लगा दी। ऐसे मौकों पर लोग ऐसी हास्यास्पद टिप्पणियाँ करना पसन्द करते हैं, जैसे, 'बरसाती विवाह, सुखमय विवाह।' हम लगातार ऐसी बेतुकी बातें क्यों करते हैं? ज़ाहिर है, वे कोई खास गम्भीर नहीं थे। बरसात हो रही थी और थोड़ी-सी उदासी थी, बस। पार्टी उतनी शानदार नहीं थी और बाहर खुले में साँस लेने से कटी हुई थी। बरसात को तेज़ और तेज़ होते देखकर आपका दम घुटने लगता है। कुछ लोग उससे पहले चले गये जो कि उनकी योजना थी। बाकी लोग उसी तरह से नाच रहे थे जिस तरह से वे बर्फ़बारी होने पर भी नाचते। फिर भी दूसरे लोग दो बार सोचते। क्या यह विवाहित जोड़े के लिए सच में महत्त्वपूर्ण था?

खुशी का वह पल तब आता है जब आप भीड़ में अकेले होते हैं। हाँ, वे गीत-संगीत की स्वर लहरियों के बीच अकेले थे। "हमें तब तक थिरकना है जब तक कि सम्भव है," वह कह रहा था, "उस हद तक नाचना जब यह भी पता न हो कि जाना कहाँ है।" नैटेली ने सबके बारे में सोचना छोड़ दिया। पहली बार, जीवन को, उसके अनूठे, भाग्य को गले लगाते हुए जी रही थी—वर्तमान में।

फ्रांसुआ ने नैटेली की कमर में हाथ डाला और उसे बाहर लेकर गया। वे बाग में दौड़ने लगे। उसने फ्रांसुआ से कहा, "तुम पागल हो," लेकिन यही पागलपन था जो उसे खुशी से पागल बनाये हुए था। अब वे भीग चुके थे, पेड़ों के नीचे छिपे। रात में, बरसात में वे खुली ज़मीन पर लेट गये, जहाँ कीचड़-कीचड़ हो चुका था। उनके कपड़ों की सफ़ेदी महज़ एक स्मृति थी। फ्रांसुआ ने अपनी पत्नी के कपड़े खोल दिये, यह स्वीकार करते हुए कि वह यह शाम से ही करना चाहता था। वह तो चर्च में भी यह कर सकता था। दोनों का सम्मान करते हुए तत्काल रूप से "मैं करता हूँ" कह कर। लेकिन उसने इस पल के लिए अपनी इच्छाओं के ऊपर काबू कर लिया। नैटेली

को उसके भावावेग से हैरानी हो रही थी। उसने एक पल पहले ही सोचना छोड़ दिया था। अपने पति से संकेत लेते हुए वह ठीक तरह से साँस लेने की कोशिश करने लगी, कोशिश करने लगी कि इस धर-पकड़ में बह न जाये। उसकी भावनाओं ने फ्रांसुआ की भावनाओं की कद्र की। उसकी बहुत दिनों से ख्वाहिश थी कि वह इस तरह से उसे अपना बनाये, पति-पत्नी के रूप में उनकी पहली रात। वह इन्तज़ार करती रही, करती रही। फ्रांसुआ उसके और अपने बीच की बाधाओं को हटा रहा था, फ्रांसुआ में उस समय पागल कर देने वाली ताकत आ गयी थी, सुख की चरम भूख। बावजूद इसके जब उसने उससे सम्भोग किया तो उसे ऐसा लगा जैसे उसे लकवा मार गया हो। शायद भावावेग की खुशी से जुड़ा भय रहा हो; लेकिन नहीं, यह कुछ और था, कोई और बात थी जो उस समय उसे रोक रही थी। ''क्या हुआ?'' नैटेली ने उससे पूछा। और उसका जवाब था, ''कुछ नहीं... कुछ नहीं... यह पहली बार है जब मैं किसी विवाहित महिला के साथ सम्भोग कर रहा हूँ।''

# 7

## *कुछ हास्यास्पद कहावतों के उदाहरण जो लोग दोहराते रहते हैं*

खोया एक, पाया दस

खुश रहने के लिए छिपकर रहो

हँसने वाली औरत हमबिस्तर होने से
आधी दूरी पर होती है

# 8

वे हनीमून पर गये। उन्होंने तस्वीरें लीं, और वे वापस आ गये। अब समय था असली जीवन शुरू करने का। नैटेली ने छह महीने पहले ही पढ़ाई पूरी कर ली थी। अभी तक, वह शादी के लिए तैयारी करने के बहाने से खुद को काम से दूर रखती थी। शादी का इन्तज़ाम करना वैसा होता है जैसे युद्ध के बाद सरकार का गठन किया जाये। और सहयोगियों के साथ क्या किया जाये? हर समय इस बात के औचित्य को सही साबित करना कि इसमें पड़ना कितना जटिल होता है। जबकि यह पूरी तरह से सच नहीं था। सबसे बढ़कर, वह यह चाहती थी कि वह कुछ समय खुद के साथ बिताये, पढ़ने के लिए समय निकाले, इधर-उधर घूमे, मानो वह इस बात को जानती थी कि बाद में उसे इसके लिए समय नहीं मिलने वाला था कि उसे पेशेवर जीवन द्वारा छीन लिया जायेगा और ज़ाहिर है, पत्नी के रूप में उसके जीवन द्वारा।

अब समय था साक्षात्कारों के लिए जाने का। कुछ कोशिशों के बाद उसे यह बात समझ में आयी कि यह आसान नहीं था। यह तो सामान्य जीवन था लेकिन उसने सोचा था कि उसने जो डिग्री हासिल की है उसकी मान्यता थी और उसने कई महत्त्वपूर्ण इंटर्नशिप के माध्यम से अनुभव भी हासिल किया था जो केवल यही नहीं था कि जेरॉक्स के दो सत्रों के बीच कॉफ़ी पेश की जाये। स्वीडन की एक कम्पनी द्वारा नौकरी के लिए साक्षात्कार के लिए उसे बुलाया गया था। उसे तब बड़ी हैरानी हुई जब उसका स्वागत वहाँ के प्रमुख ने किया, बजाय मानव संसाधन के प्रमुख के। जब नौकरी देने की बात आयी

तो वह पूरा नियन्त्रण चाहता था। यह उसके लिए तथ्यों के आधिकारिक कथन जैसा था। सच्चाई अधिक व्यावहारिक थी, वह मानव संसाधन विभाग में गया और वहाँ उसने नैटेली के जीवनवृत्त पर उसकी तस्वीर देखी। वह बड़ी अजीब-सी तस्वीर थी, आप उसके शरीर का अन्दाज़ा नहीं लगा सकते थे। ज़ाहिर तौर पर आपको इस बात का सन्देह हो सकता था कि वह सुन्दर नहीं थी लेकिन यह वह बात नहीं थी जिसने संस्थान के प्रमुख का ध्यान खींचा। वह कुछ और बात थी। कुछ ऐसी बात जिसे वह परिभाषित नहीं कर सकता था लेकिन उसको लेकर उसे मन ही मन कुछ ऐसा लग रहा था—अच्छे अर्थ में। उसने सोचा कि यह औरत होशियार लगती है?

चार्ल्स देलामें स्वीडन का नागरिक नहीं था। लेकिन उसके दफ़्तर में घुसने पर ही आपको ऐसा लगता कि उसकी ऐसी कोई अभिलाषा थी या नहीं, ज़ाहिर है अपने मालिकों को खुश करने के लिए। इकेया कम्पनी के फर्नीचर के ऊपर एक प्लेट रखी थी जिसमें अनेक छोटे-छोटे बिस्कुट रखे हुए थे जो काफ़ी सारे टुकड़ों जैसे लग रहे थे।

"मुझे लगा कि आपने अपने पेशे के लिए जो रास्ता अख्तियार किया था वह बहुत मज़ेदार था... और..."

"हाँ?"

"आपने हाथ में शादी की अँगूठी पहन रखी है। क्या आप शादीशुदा हैं?"

"अह... हाँ।"

बातचीत में ज़रा-सी रुकावट आयी। चार्ल्स ने उस युवती के जीवनवृत्त को कई बार देखा था, और उसने यह नहीं देखा था कि वह शादीशुदा थी। जिस पल उसने "हाँ" कहा, उस पल उसने एक बार फिर जीवनवृत्त की तरफ़ देखा। तो, वह शादीशुदा थी। ऐसा लगा जैसे इसने उसके दिमाग में उस नवयुवती की निजी स्थिति को बिखेर दिया था। लेकिन क्या यह बात इतनी मायने रखती थी? उसे उस साक्षात्कार को जारी रखना था ताकि जो थोड़ी-सी असहजता पैदा हो रही थी, वह दूर रहे।

"क्या आप परिवार बढ़ाने की योजना बना रही हैं?" उसने आगे पूछा।

"फिलहाल तो नहीं," नैटेली ने बिना किसी झिझक के यह जवाब दिया।

इस तरह के सवाल ऐसी युवती के साक्षात्कार के दौरान बहुत सामान्य लग सकते हैं जिसकी अभी शादी हुई ही हो। लेकिन उसको कुछ और महसूस हुआ, लेकिन क्या, यह बता पाने की स्थिति में वह लग नहीं रही थी। चार्ल्स बातचीत बन्द कर उसे गौर से देख रहा था। आखिरकार, वह उठा और उसने एक बिस्कुट उठाया।

"आप एक क्रिस्परोल लेना चाहेंगी?"

"जी नहीं, शुक्रिया।"

"आपको लेना चाहिए।"

"आपका शुक्रिया, लेकिन मुझे भूख नहीं है।"

"आपको यहाँ इसकी आदत डाल लेनी चाहिए। हम यहाँ यही खाते हैं।"

"आपका मतलब है... कि... ?"

"हाँ।"

# 9

कभी-कभी नैटेली को यह लगता था कि लोग उसकी खुशी से जलते हैं। यह आशंका थी, कोई ठोस कारण नहीं था, बस कभी-कभी उसे ऐसा लगता था। बल्कि उसे ऐसा महसूस होता था। अलग-अलग वजहों के कारण, ऐसी मुस्कुराहटों के कारण जो बड़ी मद्धिम-सी होती थीं लेकिन जो अपने आप में काफ़ी कुछ कहती थीं, जिस तरह से लोग उसे देखते थे। इस बात को कोई सोच नहीं सकता था कि कई बार उसे खुशी से डर लगता था, उसे इस बात का डर लगता था कि कहीं इसमें उदासी का खतरा न छिपा हुआ हो। कई बार जब उसका यह कहने का मन होता था कि "मैं खुश हूँ" तो वह खुद को रोक लेती थी, एक तरह का अन्धविश्वास था, एक तरह से उन सारे पलों की स्मृतियाँ, जब जीवन आखिरकार एक गलत राह पर चल पड़ा।

उसके दोस्त और परिवारवाले जो कि शादी में आये थे, कहा जा सकता था कि वे एक तरह से सामाजिक दबाव के पहले वृत्त की तरह थे। इस बात के लिए दबाव बनाने वाले कि बच्चा पैदा किया जाये। इसका कारण यह हो सकता था कि वे तब तक अपने जीवन से इतने ऊब चुके होते हैं कि दूसरों के जीवन के बारे में चिन्ता करना शुरू कर सकते हैं? हमेशा यही होता है। हम दूसरों की इच्छाओं के मुताबिक़ रहते हैं। नैटेली और फ्रांसुआ यह नहीं चाहते थे कि वे उस भीड़ के लिए टीवी सीरियल बन जायें। उस समय उनको यह बहुत अच्छा लग रहा था कि दो लोग दुनिया में अकेले रहें, रोमांटिक भावुकता भरे एकान्त की एक घिसी-पिटी परिपाटी की तरह। जब

से वे मिले थे, वे भरपूर आज़ादी के साथ रहते थे। उनको यात्रा करना पसन्द था, सप्ताहान्त के दिनों में ज़रा-सी भी धूप निकलती थी तो वे रोमांस की मासूमियत में डूबे यूरोप की सैर पर निकल पड़ते थे। उनके प्यार के साक्षी बने रोम, लिस्बन, और यहाँ तक कि बर्लिन भी। सबसे बढ़कर, वे एक-दूसरे से इस कदर खुल गये कि वे एक महसूस करने लगे। इन यात्राओं ने सच्चे अर्थों में उनको किस्से-कहानियों सा जीवन महसूस करने का मौका दिया। वे उन शामों को लेकर दीवाने रहते थे कि वे एक बार फिर वह कहानी सुनायेंगे कि वे किस तरह मिले थे, सुख के साथ उसको विस्तार से याद करते, उस मौके को सूक्ष्मता के साथ खास बनाते थे। जब उनके प्यार की कहानी की बात आती थी तो वे बिना थके वही बच्चों की तरह वही कहानियाँ सुनाने में पूरी दिलचस्पी दिखाते थे।

इसलिए, हाँ, अधिक खुशी से भय पैदा हो सकता था।

रोज़-रोज़ के जीवन ने भी उनको पुराना नहीं पड़ने दिया। वे दोनों ही और अधिक काम कर रहे थे, लेकिन वे इस बात का ध्यान रखते थे कि वे मिलें। वे दिन में साथ खाना खाते, चाहे जल्दी में ही क्यों न खाना पड़े। उसके लिए फ्रांसुआ ने नाम दिया था, 'झटपट खाना।' और नैटेली को यह कहना अच्छा लगता था। वह ऐसे किसी समकालीन चित्र की कल्पना करती जिसमें भीड़भाड़ में खाना खाते एक जोड़े की तस्वीर बनी हो, या घास पर बैठकर पिकनिक मनाते हुए। "इस तरह का चित्र या पेंटिंग डाली (प्रसिद्ध चित्रकार) बना सकता था," वह कहती। कई बार हम कई ऐसे मुहावरे कहते हैं जो हमें अच्छे लगते हैं, जो बहुत खुश कर देते हैं, जबकि सामने वाले को इस बात का पता भी नहीं होता कि उसने ऐसा क्या कह दिया था। फ्रांसुआ को डाली की पेंटिंग वाली बात अच्छी लगी, उसे यह बात अच्छी लगी कि उसकी पत्नी पेंटिंग की कहानी में कुछ जोड़ भी सकती थी, उसमें कुछ नयी खोज भी कर सकती थी। यह एक तरह की मासूमियत थी जो उसे बहुत भा गयी। उसने फुसफुसाकर कहा कि वह अभी उसके साथ कुछ करना चाहता था, उसे चाहे कहीं भी ले जाकर अभी तुरन्त। लेकिन यह नहीं हो सका, उसे जाना पड़ा। इसलिए फ्रांसुआ ने शाम तक इन्तज़ार किया और जो घंटे उसने अपनी इच्छा

को दबाकर बिताये थे उनकी कुल संचित इच्छा के साथ वह उसके ऊपर टूट पड़ा। समय के साथ उनके सेक्स जीवन में भी ऊब नहीं आयी। यह बड़ी दुर्लभ सी बात थी—वे हर दिन साथ रहते थे तो भी उस दिन का कुछ न कुछ उनके साथ रहता था, जब वे पहली बार साथ थे।

उन्होंने सामाजिक जीवन को भी बनाये रखने की कोशिश की, दोस्तों से मिलते-जुलते रहे, थियेटर जाते, और अपने दादा-दादी को हैरान करने के लिए उनके यहाँ अचानक पहुँच जाते। उन्होंने यह कोशिश की कि वे खुद को अलग-थलग महसूस न करें। उत्साह खत्म होने के खयाल से बचने के लिए। इसी तरह सालों साल गुज़र गये, और सभी कुछ इतना आसान लग रहा था, सहज लग रहा था। जबकि दूसरे उनके बारे में बातें करते थे। नैटेली उनकी बातों का मतलब नहीं समझ पाती थी। 'किसी रिश्ते में होना मायने रखता है।' जब उसने देखा तो चीज़ें सहज भी थीं और नहीं भी थीं। इस तरह की बातों को सोचना बहुत आसान था जब सब कुछ सतह पर ठीक था, जब दोनों में कोई नखरे नहीं करता। हालाँकि, कभी-कभार कुछ हो जाता था। लेकिन आपको हैरानी होगी कि जब वे लड़ते थे तब भी सिर्फ़ इसलिए ताकि उसका मज़ा ले सकें। अच्छा। सच में? इतनी अधिक सफलता परेशान करने वाली लग रही थी। इतनी अधिक सफलता, जो जीवन्त बने रहने की दुर्लभ प्रतिभा थी।

# 10

***नैटेली और फ्रांसुआ की भविष्य की यात्रा योजनाएँ***

बार्सिलोना

मियामी

ला बुले

# 11

बस साँसें लेते रहिये और समय गुज़र जायेगा। नैटेली को स्वीडन की उस कम्पनी में काम करते पाँच साल हो गये थे। हर तरह के काम करने के पाँच साल, गलियारे में इधर-उधर जाते और सीढ़ियों पर अन्दर-बाहर होते। वह पेरिस-मास्को यात्रा के समान था। पाँच साल और मशीन से 1,212 कप कॉफ़ी पी गयी जिनमें से 324 कप कॉफ़ी ग्राहकों के साथ बातचीत करते हुए पी गयी। चार्ल्स उसे अपना निकट सहयोगी कहते हुए बड़ा खुश होता था। यह कोई असामान्य बात नहीं थी कि वह उसे सिर्फ़ धन्यवाद देने के लिए दफ़्तर में बुला ले। वह अमूमन शाम के समय ऐसा करता था। जब सभी चले जाते। लेकिन किसी अशिष्ट भाव से नहीं। उस आदमी में उसके लिए बहुत लगाव था और वह उन पलों को बहुत महत्त्व देता था जब वे दोनों अकेले होते थे। ज़ाहिर है, वह एक ऐसा माहौल बना रहा था जिससे संशय हो सकता था। कोई और औरत होती तो वह इस चाल में नहीं फँसती, लेकिन नैटेली एकनिष्ठता के एक खास तरह के व्योम में रहती थी। माफ़ कीजियेगा—प्यार। वह प्यार जो अन्य पुरुषों का नाश कर देता है, बल्कि उसको पटाने की जो भी कोशिश की जाये उसके प्रति वह वस्तुनिष्ठ हो जाये। चार्ल्स को इसमें मज़ा आता था और फ्रांसुआ को वह काल्पनिक रूप में देखता था। शायद यह बात कि जब वह उसके ऊपर डोरे डालने की कोशिश करता था तो वह उस अवस्था में जैसे मौजूद नहीं रहती थी, जो उसके लिए एक चुनौती भी बन गयी थी। किसी-न-किसी दिन वह उन दोनों के बीच किसी-न-किसी तरह का सन्दर्भ निकाल ही लेता था, चाहे वह छोटा-सा ही क्यों न हो। कई बार उसका रुख

अचानक बदल जाता था और वह इस बात को लेकर अफ़सोस करता था कि उसने उसे काम पर रखा ही क्यों। यह देखते हुए कि वह दिन-ब-दिन पहुँच से बाहर रहने वाली औरत की छवि बनाये हुए थी जो बात उसे परेशान किये जा रही थी।

नैटेली का अपने बॉस के साथ जो सम्बन्ध था, जिसे लोग लाभकारी मानते थे, तनाव का कारण बन गया। उसने उनको परे करने की कोशिश की, दफ़्तर की रोज़-रोज़ की छोटी-छोटी बातों से दूर रहने की। अगर उसने चार्ल्स से दूरी बनाकर रखी तो उसका कारण भी यही था। वह इस बात से बचने की कोशिश कर रही थी कि लोग उसे पुराने तरीके से पसन्दीदा न कहने लगें। लेकिन जिस तरह की गरिमा और जिस तरह का प्रभामंडल उसने अपने बॉस के इर्द-गिर्द बनाकर रखा उसने इस बात को और भी अधिक ज़रूरी बना दिया। इसी बात से वह चिढ़ती थी, बिना इस बात को जाने कि वह उचित था। इस बात से सभी सहमत थे कि उसकी जो प्रतिभा थी, जिस तरह की मेहनत वह करती थी, उससे यह बात पक्की थी कि कम्पनी में उसका भविष्य बढ़िया था। कई बार, कम्पनी के स्वीडिश मालिक उसकी सूझों से हैरान रह जाते थे। उसके प्रति जो ईर्ष्या उत्पन्न हुई उसके कारण उसके ऊपर छिपकर वार किये जाने लगे, उसे नीचा दिखाने की कोशिश की गयी। जब वह शाम को फ्रांसुआ के पास जाती तो वह इन बातों की उससे शिकायत नहीं करती थी। इसको इस तरह से भी कहा जा सकता है कि उसके ऊपर हावी होने की जो कोशिशें की जाती थीं उनके ऊपर वह उस समय से अधिक ध्यान नहीं देती थी। मुश्किलों को नज़रअन्दाज़ करने की उसकी जो क्षमता थी वह उसकी बड़ी ताकत थी। यह उसकी सबसे आकर्षक प्रतिभा थी—अपनी कमज़ोरी को नहीं दिखाना।

# 12

## *पेरिस से मास्को की दूरी*

1,540 मील

# 13

नैटेली सप्ताहान्त में अक्सर थक जाती थी। इतवार को, उसे बिस्तर पर लेटकर पढ़ना पसन्द था, जब नींद कहानी पर भारी लगने लगती थी तो वह किताब के पन्नों और नींद के बीच डोलती रहती थी। वह अपने पैरों पर एक कम्बल डाल लेती और क्या? ओह, हाँ, उसे चाय बनाना पसन्द था, जो छोटी-छोटी चुस्कियों में वह कई कप पी जाती थी, मानो चाय कभी न खत्म होने वाला वसन्त हो। जिस इतवार को यह सब हुआ, वह एक लम्बी रूसी कहानी पढ़ रही थी, जिसको दोस्तोव्यस्की और टॉलस्टॉय से कम पढ़ा गया था और जो आपको पीढ़ियों के साथ हुए अन्याय के बारे में सोचने को विवश कर सकती है। उसे नायक की रीढ़हीनता पसन्द आयी, प्रतिक्रिया कर पाने की उसकी अक्षमता, अपनी ऊर्जा के साथ दैनंदिन जीवन को जीना। उस कमज़ोरी में एक तरह की उदासी थी। उसे रोमन नदियाँ उस तरह पसन्द आयीं, जिस तरह से उसे अपनी चाय पसन्द थी।

फ्रांसुआ उसके पास आया, "क्या पढ़ रही हो?" उसने बताया कि यह एक रूसी लेखक की किताब है, लेकिन उसने ज़्यादा नहीं बताया क्योंकि वह इस बात को जानती थी और उसे आभास हो गया था कि उसने यह सवाल यूँ ही सौजन्यतावश पूछ लिया था। इतवार का दिन था, वह पढ़ना चाहती थी, जबकि फ्रांसुआ दौड़ना। फ्रांसुआ ने जो निकर पहन रखी थी वह नैटेली को कुछ अजीब लग रही थी। उसे क्या पता था कि वह फ्रांसुआ पर यह निकर आखिरी बार देख रही थी। वह वहीं दौड़ लगा रहा था। यह उसका स्वभाव

था कि बाहर जाने से पहले दम भर बाहर के कमरे में ही उछल-कूद मचाता था, मानो अपने पीछे बहुत बड़ा खालीपन छोड़ जाना चाहता हो। यकीनन वह इसमें सफल हो गया था। जाने से पहले वह अपनी पत्नी के पास झुका और उसने उससे कुछ कहा। अजीब बात थी कि उसे वे शब्द याद नहीं रहे। उनकी आखिरी बातचीत हवा में उड़ गयी। और फिर वह गहरी नींद में चली गयी।

जब वह जगी तो यह जान पाना मुश्किल था कि वह कितनी देर तक सोती रही थी। दस मिनट या एक घंटा? उसने अपने लिए थोड़ी और चाय बनायी। वह अब भी गर्म थी। यह किसी तरह का संकेत था। ऐसा नहीं लगता था कि कुछ बदला था। सब कुछ ऐसे ही था, उसके सोने से पहले जैसा। हाँ, सब कुछ वैसा ही था। बीच में फ़ोन की घंटी भी उसी तरह से बजी। फ़ोन की घंटी चाय की भाप के साथ मिल रही थी, जो संवेदनाओं के अजीब से मेल की तरह लग रही थी। नैटेली ने फ़ोन सुना। एक पल में उसका जीवन बदल गया। आदतन उसने किताब में बुकमार्क लगाया और बाहर की तरफ़ दौड़ी।

जब वह अस्पताल पहुँची, तो उसे समझ नहीं आ रहा था कि क्या कहना था, क्या करना था। वह काफ़ी देर तक चुपचाप खड़ी रही। रिसेप्शन पर आखिरकार उसे यह बताया गया कि उसका पति कहाँ मिलेगा, उसने उसे पीठ के बल लेटे पाया। एकदम शान्त। ऐसा लग रहा था जैसे वह सोया हुआ हो। वह रात को हिलता-डुलता नहीं है। और उस पल वह किसी और रात की तरह की ही रात थी।

''क्या उम्मीद है?'' नैटेली ने डॉक्टर से पूछा।

''बहुत कम।''

''बहुत कम का क्या मतलब है? क्या इसका मतलब उम्मीद नहीं है? अगर ऐसा है तो मुझे कहिये कि उम्मीद नहीं है।''

''मैं कह नहीं सकता, मैम। सम्भावना बहुत कम है। कुछ कहा नहीं जा सकता।''

"लेकिन आपको पता होना चाहिए! यह जानना आपका काम है!"

उसने पूरी ताकत से चिल्लाकर यह बात कही। कई बार। फिर वह रुक गयी। वह टेढ़ी नज़रों से डॉक्टर की तरफ़ देख रही थी, और वह पूरी तरह से खामोश खड़ा था, जैसे उसे लकवा मार गया हो। उसने कई तरह के नाटकीय दृश्य देखे थे। लेकिन यह बता पाने में समर्थ हुए बिना उनका अनुभव यह कहता था कि यह सभी त्रासदियों में सबसे बड़ी थी। उसने उस महिला के चेहरे को ध्यान से देखा, वह दुःख से भरा था। वह रो नहीं पा रही थी क्योंकि जो दर्द था, उसने सभी कुछ सुखा दिया था। वह उसकी तरफ़ आयी, टूटी हुई, शून्य अवस्था में। गिरने से पहले।

जब वह आयी तो उसने अपने माता-पिता को देखा, साथ ही फ्रांसुआ के माता-पिता को भी। एक पल पहले वह पढ़ रही थी और अचानक वह घर में नहीं थी। सच एक बार फिर खुद को टुकड़ों में जोड़ रहा था। वह एक बार फिर से पीछे उस नींद में जाना चाहती थी, उस इतवार में जाना चाहती थी। "यह नहीं हो सकता है, यह नहीं हो सकता है," वह जैसे उन्माद की हालत में कहती जा रही थी। उन्होंने उसे समझाया कि वह बेहोश है। कुछ भी खत्म नहीं हुआ था, लेकिन वह साफ़ तौर पर इस बात को समझ गयी थी कि सब कुछ खत्म हो गया था। वह इस बात को जानती थी। उसका मन लड़ने का नहीं हो रहा था। किसके लिए? एक जीवन को एक सप्ताह और चलाने के लिए। और उसके बाद? वह देख चुकी थी। उसने उसका चुपचाप पड़े रहना देखा था। उस तरह की खामोशी के बाद कोई नहीं लौटता है। आप उस तरह से हमेशा पड़े रह सकते हैं।

उन्होंने उसे नींद की दवाइयाँ दीं। उसके आस-पास का सब कुछ, सभी लोग बिखर चुके थे। और उससे यह उम्मीद की जा रही थी कि वह बोले। खुशी दिखाये। यह उसकी क्षमता के बाहर था। "मैं उसके साथ रहने जा रही हूँ। उसका ध्यान रखने के लिए।"

"नहीं। इसकी कोई ज़रूरत नहीं है। तुम्हारे लिए बेहतर यह है कि तुम घर जाओ और थोड़ा आराम कर लो," उसकी माँ ने कहा।

"मुझे आराम नहीं करना। मुझे यहीं रहना है, यहीं।"

जब उसने यह बात कही तो वह बेहोश होने ही वाली थी। डॉक्टर ने उसे समझाने की कोशिश की कि वह अपने माता-पिता के साथ चली जाये। उसने पूछा, "लेकिन तब क्या होगा अगर वह उठ गया और मैं यहाँ नहीं हुई?" दर्दनाक खामोशी रही। किसी को इस बात का विश्वास नहीं था कि वह उठेगा। उन्होंने उसे समझाने की कोशिश की, लेकिन वे जानते थे कि वे अपने आपको ही बहला रहे थे। "हम आपको तत्काल सूचित करेंगे, लेकिन इस समय आपके लिए सही में बेहतर यही है कि आप जायें और थोड़ा आराम कर लें।" नैटेली ने जवाब नहीं दिया। हर कोई उसके ऊपर दबाव डाल रहा था कि वह लेट जाये, गुरुत्वाकर्षण से उल्टी खींचतान छोड़ दे। इसलिए वह अपने माता-पिता के साथ चली गयी। उसकी माँ ने दवाई बनायी ताकि वह उसे निगल ले। उसने दो गोली और लीं और बिस्तर पर गिर पड़ी। अपने सोने के कमरे में, वह जो बचपन से उसका था। आज सुबह तक वह एक औरत थी और अब वह एक बच्ची की तरह सोयी हुई थी।

# 14

***दौड़ने जाने से पहले फ्रांसुआ द्वारा कहे गये सम्भावित वाक्य***

मैं तुमको प्यार करता हूँ।

मैं तुमको पूजता हूँ।

पहले खेल, बाद में आराम।

आज रात हम क्या खाने वाले हैं?

तुम पढ़ने का आनन्द उठाओ, डार्लिंग।

तुम्हारे पास आने के लिए और इन्तज़ार नहीं कर सकता।

मैं कुचले जाने की योजना नहीं बना रहा हूँ।

हमें सच में बर्नार्ड और निकोले को रात के खाने के लिए
बुलाने की ज़रूरत है।

पता है, मुझे भी एक किताब पढ़नी चाहिए।

मैं आज अपने कूल्हों से जमकर मेहनत करने वाला हूँ।

आज रात हम सन्तानोत्पत्ति के बारे में सोचेंगे।

# 15

कुछ दिन बाद फ्रांसुआ की मौत हो गयी। नैटेली सदमे में थी, नींद की गोलियों के सहारे। वह लगातार उस आखिरी पल के बारे में सोच रही थी, जब वे साथ-साथ थे। कष्टदायक था। सारी खुशी इस तरह से किस तरह खत्म हो सकती है? अपने ड्रॉइंग रूम में उछलते एक आदमी को अजीब तरह से देखते हुए। और उसने कान में जो आखिरी शब्द कहे थे। वह कभी उनको याद नहीं करेगी। हो सकता है कि उसने उसकी गर्दन पर मुँह से सिर्फ़ हवा छोड़ी हो। वह अभी तक भूत बन गया होगा, जिस समय वह गया तभी से। ज़ाहिर है, इन्सानी रूप में, लेकिन केवल चुप्पी पैदा करने वाला, क्योंकि मौत आ चुकी थी।

अन्तिम संस्कार के दिन सभी मौजूद थे। वे सभी वहाँ मिले जहाँ फ्रांसुआ ने अपना बचपन बिताया था। 'इतने लोगों की भीड़ देखकर उसे अच्छा लगता,' उसने सोचा। 'लेकिन, नहीं, क्योंकि इस तरह की बातों के बारे में सोचना बेतुका था। कोई मरा हुआ आदमी किसी बात से खुश कैसे हो सकता था?' लकड़ी के चार टुकड़ों से बने एक बॉक्स में उसका शरीर रखा जा रहा था। जब वह अपने रिश्तेदारों से घिरे बॉक्स के पीछे गयी तो एक और खयाल उसके मन में कौंधा—ये वही मेहमान थे जो शादी में आये थे। हाँ, वे सभी आये थे। एकदम यही लोग। कुछ साल बाद हम फिर मिले, और उनमें से कुछ लोगों ने कपड़े भी वही पहन रखे थे। गहरे रंग के पुराने सूट की धूल झाड़कर, जो अच्छे और बुरे भाग्य दोनों के लिए एकदम उपयुक्त होता है।

एक ही फर्क था—मौसम। आज बहुत अच्छा था, आपको बहुत गर्म लग सकता था। फरवरी महीने की सबसे बड़ी विशेषता। हाँ, सूरज चमके जा रहा था। और नैटेली उसकी तरफ़ आँखें फाड़े देखे जा रही थी, ऐसा करते हुए उसने करीब-करीब अपनी आँखें जला ली थीं, ठंडे प्रकाश के तेज में उसकी दृष्टि धुँधली पड़ गयी थी।

उन्होंने उसको ज़मीन पर रखा, और बस हो गया।

अन्तिम संस्कार के बाद नैटेली की एक ही ख्वाहिश थी कि वह अकेली रहे। वह अपने माता-पिता के पास वापस नहीं जाना चाहती थी। जिस तरह से दया भरी नज़र से वे देख रहे थे, उससे वह परेशान हो चुकी थी। वह दुबककर रहना चाहती थी, अपने आपको अन्दर बन्द करके, समाधि में। दोस्त उसके साथ गाड़ी में वापस आये। कार में पूरी यात्रा के दौरान किसी को समझ में नहीं आ रहा था कि क्या कहा जाये। ड्राइवर ने संगीत चलाने का सुझाव दिया, लेकिन जल्दी ही नैटेली ने उससे यह बन्द कर देने के लिए कहा। वह असह्य हो रहा था। हर गीत उसे फ्रांसुआ की याद दिला रहा था, हर धुन उसे उसकी याद दिला रही थी, उसका कोई संस्मरण, हँसी। उसे समझ में आया कि यह कितना भयानक होने वाला था। जो सात साल उन्होंने साथ-साथ बिताये थे, उसके पास पर्याप्त समय था कि वह अपने निशान हर कहीं छोड़ जाये, हर साँस में। वह इस बात को समझ गयी कि वह ऐसा कुछ भी अनुभव नहीं कर सकती थी, जो उसे उसकी मौत को भूल जाने दे।

उसके दोस्तों ने उसका सामान लाने में उसकी मदद की। लेकिन उसने उनको अपने साथ अन्दर नहीं आने दिया।

"मैं आप लोगों को रुकने के लिए नहीं कहूँगी, मैं थक चुकी हूँ।"

"वादा करो कि अगर किसी चीज़ की ज़रूरत होगी तो फ़ोन करोगी।"

"करूँगी।"

"वादा करो?"

"हाँ, वादा।"

उसने गले लगाकर, चुम्बन देकर उनका शुक्रिया अदा किया। अकेले रहने में कितनी राहत मिलती है। दूसरे लोग उस पल अकेले रहने को बर्दाश्त नहीं कर सकते थे। नैटेली ने इसकी कामना नहीं की थी। और इन हालात ने असह्य को और असह्य बना दिया। वह अपने ड्रॉइंग रूम में गयी, और वहाँ सभी कुछ था। हर छोटी-से-छोटी चीज़। कुछ भी नहीं बदला था। कम्बल अभी भी बिस्तर पर था। तिपाई पर अब भी टी-पॉट रखा हुआ था, वह किताब भी जो वह पढ़ रही थी। बुकमार्क देखकर वह ठिठक गयी। वह किताब दो हिस्सों में बँटी हुई थी—पहला हिस्सा उसने तब पढ़ा था जब फ्रांसुआ जीवित था। और पृष्ठ संख्या 321 पर उसकी मौत हो गयी। वह क्या कर सकती थी? क्या आप उस किताब को पढ़ती रह सकती हैं, जिसे पढ़ने के दौरान आपके पति की मौत से बाधा आयी हो?

# 16

ऐसे लोगों को कोई नहीं समझ पाता है जो यह कहते हैं कि वे अकेले रहना चाहते हैं। एकान्त की कामना को रोगी की लालसा के रूप में देखा जाता है। इससे कोई फर्क नहीं पड़ा कि नैटेली ने पूरी कोशिश की कि वह सबके दिमाग को शान्त कर दे, वे आना चाहते थे, आकर उससे मिलना चाहते थे। जिसकी वजह से उसे बोलना भी पड़ता था। हालाँकि उसे यह नहीं पता था कि बोलना क्या था। उसे यह लगता था कि उसे एक बार फिर से सब कुछ शून्य से शुरू करना पड़ेगा, यहाँ तक कि भाषा भी फिर से सीखनी पड़ेगी। शायद उन सबका अधिकार था कि वे उसे ज़बर्दस्ती मिलने-मिलाने की दुनिया में वापस लायें, उसे नहाने के लिए, कपड़े पहनने के लिए, मनोरंजन करने के लिए मजबूर करें। उसके ये नातेदार बारी-बारी से आते थे, जो साफ़ दिखाई देता था। इससे उसे ऐसा लगने लगा जैसे एक आकस्मिक संकट समिति काम कर रही हो, त्रासदी का प्रबन्धन, एक सचिव की मदद से कर रही हो, जो उसकी माँ थी, जो एक बड़े से कैलेण्डर के माध्यम से इस तरह सबका हिसाब रखती थी जो कि उसके परिवार के लोगों एवं दोस्तों के तौर-तरीके से अलग सा था। वह जो सहायता देने वाला समूह था उसने उनको बातचीत करते सुना था कि वे किस प्रकार आपस में बातचीत करते थे, उसकी हर गतिविधि के ऊपर टिप्पणी करते हुए। "तो अब उसका हाल कैसा है?" "वह कर क्या रही है?" "वह क्या खा रही है?" उसे यह लगने लगा कि वह अचानक से दुनिया के केन्द्र में आ गयी थी, जबकि उसकी दुनिया अब थी ही नहीं।

मिलने-जुलने आने वालों में सबसे नियमित चार्ल्स था। वह हर दो-तीन दिन में वहाँ दिखाई दे ही जाता। उसके मुताबिक यह अपने व्यावसायिक माहौल से सम्पर्क बनाये रखने का उसका अपना तरीका था। वह उसे विकास के लिए तैयार हो रही एक रपट की प्रगति के बारे में बताता रहता था, वह उसे पागलों की तरह देखती रहती। उसे इस बात से क्या फ़र्क पड़ता था कि इस वक्त चीन के विदेश व्यापार में संकट का दौर चल रहा था। क्या चीनी लोग उसके पति को वापस लाने वाले हैं? नहीं। फिर ठीक। फिर इस बात का क्या मतलब। चार्ल्स को यह बात अच्छी तरह पता थी कि वह उसकी बात नहीं सुन रही होती थी, लेकिन उसे विश्वास था कि एक दिन इसका असर पड़ेगा। वह किसी अर्क की तरह बूँद-बूँद सच्चाई के पहलू डाल रहा था। चीन, और यहाँ तक कि स्वीडन, नैटेली के क्षितिज का फिर से निर्माण कर रहे थे। चार्ल्स उसके बहुत पास बैठता था।

''आप जब चाहें काम दोबारा शुरू कर सकती हैं। आपको पता होना चाहिए कि पूरी कम्पनी आपके साथ है।''

''शुक्रिया, बड़ी अच्छी बात है।''

''और आप जानती हैं कि आप मेरे ऊपर भरोसा कर सकती हैं।''

''शुक्रिया।''

''सच में, मेरा यकीन कीजिये।''

वह इस बात को समझ नहीं पाती थी कि उसके पति की मौत के बाद वह उसके लिए अधिक अनौपचारिक फ्रेंच शब्द का इस्तेमाल क्यों करने लगा था। इसका वास्तविक अर्थ क्या था? लेकिन इस औचक तरीके से आये बदलाव में किसी तरह के अर्थ की खोज क्यों की जाये? उसमें इतनी ताकत नहीं थी। हो सकता था कि उसे लगा हो कि कुछ हद तक इस ज़िम्मेदारी को जता दिया जाये कि उसका जीवन आगे भी सुरक्षित था। लेकिन यह बात भी थी कि वह जिस अपनेपन से उसे सम्बोधित करने लगा था, वह अजीब था। लेकिन फिर, कुछ बातें होती हैं जिनको कहने के लिए आप औपचारिक

शब्दों का इस्तेमाल नहीं करते। जो दिलासा देने वाली बातें हों। आपको ऐसे शब्द कहने के लिए, बीच की दूरियों को मिटाकर व्यक्तिगत होना पड़ता है। वह कुछ अधिक ही आने लगा था, उसने महसूस किया। उसने कोशिश की कि उसे यह बात जता दी जाये। लेकिन जो लोग रो-धो रहे हैं, वे सुन नहीं रहे थे। वह आता रहा, वह अड़ियल होता जा रहा था। एक शाम, उससे बातें करते हुए उसने अपने हाथ उसके घुटनों पर रख दिये। उसने कुछ कहा नहीं, उसे लगा कि उसमें संवेदनशीलता की बुरी तरह कमी थी। क्या वह यह चाहता था कि मेरे दु:ख का फ़ायदा उठाये और क्या वह फ्रांसुआ की जगह लेने की कोशिश कर रहा था? क्या वह इस तरह का था कि इस शोक गीत में दूसरा पुरुष बन जाये? हो सकता है कि वह महज़ यह चाहता था कि वह इस बात को समझ ले कि अगर उसे लगाव चाहिए था तो वह उसके लिए तैयार था। क्या उसे सम्भोग करने की ज़रूरत होनी चाहिए। यह अस्वाभाविक नहीं है कि मौत से करीबी की वजह से कोई शारीरिक सम्बन्धों की दुनिया में चला जाये। लेकिन इस मामले में, नहीं। उसके लिए किसी और पुरुष के बारे में सोच पाना भी असम्भव था। इसलिए उसने चार्ल्स का हाथ परे कर दिया, और उसने हो सकता है कि यह महसूस किया हो कि वह बहुत आगे चला गया था।

"मैं काम पर जल्दी ही लौट आऊँगी," उसने कहा।

बिना इस बात को जाने कि 'जल्दी' का मतलब क्या था।

# 17

## *रोमन पोलंस्की ने थॉमस हार्डी के उपन्यास 'टेस ऑफ़ द दुबरविल्स' के ऊपर फिल्म क्यों बनायी?*

यह कोई ऐसी बात नहीं है कि किसी की मौत से आपके द्वारा पढ़ी जाने वाली कोई किताब रुक गयी हो। बल्कि रोमन पोलंस्की की पत्नी शेरोन टेट ने चार्ल्स मैनसन के समर्थकों द्वारा बर्बर तरीके से हत्या किये जाने से पूर्व अपने पति का ध्यान इस किताब की तरफ़ दिलाया था और कहा था कि फिल्म बनाने के लिए यह किताब आदर्श है। फिल्म दस साल बाद बनी और जिसमें नतास्जा किन्सकी ने अभिनय किया था और वह फिल्म उनको समर्पित थी।

# 18

नैटेली और फ्रांसुआ तुरत-फुरत में बच्चा नहीं चाहते थे। यह योजना उन्होंने भविष्य के लिए बनायी हुई थी, उस भविष्य के लिए जो अब नहीं था। उनका बच्चा अब आभासी ही रहेगा। कभी-कभी आप उन कलाकारों के बारे में सोचते हैं जो मर गये और सोचते हैं कि अगर वे बचे रहे होते तो उनकी रचनाएँ किस तरह की होतीं। जॉन लेनन की मृत्यु अगर 1980 में नहीं हुई होती तो 1992 में उसने क्या गीत बनाया होता? इसी तरह—उस बच्चे का जीवन कैसा हुआ होता जो कभी आया ही नहीं? आपको उन सभी के भाग्यों के बारे में सोचना होता है, जो सम्भावनाओं के किनारे पर डूब गये।

हफ़्तों तक, उसका नज़रिया लगभग पागलों जैसा रहा—मौत को मानने से इनकार करने वाला। रोज़मर्रा के जीवन के बारे में ऐसी कल्पना करते हुए जैसे कि उसका पति अभी भी जीवित हो। सुबह सैर पर जाने से पहले ड्रॉइंग रूम में मेज़ पर उसके लिए नोट छोड़कर जाने में वह अभी भी समर्थ थी। वह घंटों सैर करती थी, बस एक ही ख्वाहिश लिये कि वह भीड़ में खो जाये। कभी-कभी वह चर्च में भी जाती थी, इस तथ्य के बावजूद कि वह ईश्वर में विश्वास नहीं करती थी। और इस बात को लेकर दृढ़ थी कि वह कभी भी ईश्वर में विश्वास नहीं करेगी। उसे यह बात समझने में परेशानी होती थी कि लोग धर्म की शरण में क्यों जाते हैं, इस बात को समझ पाने में भी कि तब भी आपका विश्वास बना रहे, जब आप किसी त्रासदी से गुज़रे हों। हालाँकि, भरी दुपहरी में उसे उस जगह खाली कुर्सियों से घिरे हुए बैठना आरामदायक

लगता था। वह पल भर का ही सुकून होता था, लेकिन पल भर को ही सही, हाँ, वह ईसा मसीह की ऊष्मा को महसूस करती थी। फिर वह अपने घुटनों के बल बैठ जाती थी, और वह एक सन्त की तरह थी, जिसके दिल में शैतान था।

कभी-कभार वह उस जगह चली जाती थी, जहाँ वे मिले थे। उस पटरी पर जहाँ वह चल रही थी, उससे अनजान, सात साल पहले। वह सोचती, 'और अब अगर कोई और मुझसे सम्पर्क करे तो मेरी प्रतिक्रिया क्या रहेगी?' लेकिन उसके ध्यान को भंग करने कोई नहीं आया।

वह उस जगह भी गयी जहाँ उसके पति की दुर्घटना हुई थी। जब वह नेकर पहने, कान में लीड लगाये दौड़ रहा था, जब सड़क पर उससे बड़ी चूक हुई। उसने सबसे बड़ी भूल की। वह वहाँ मोड़ पर खड़ी होकर कारों का आना-जाना देखती रहती थी। खुद को उसी जगह पर क्यों न मार ले? क्यों न एक-दूसरे के खून के निशानों को मिलाकर एक कर ले, इस विकृत आखिरी मिलन में। वह वहाँ बहुत देर तक रहती थी, बिना यह जाने कि क्या किया जाये, आँसू उसके चेहरे पर ढुलकते रहते थे। खासकर अन्तिम संस्कार के बाद के दिनों में वह इस जगह पर लौट-लौट कर आती थी। वह यह नहीं जानती थी कि इस बुरी तरह उसे खुद को तकलीफ़ पहुँचाने की ज़रूरत क्यों थी। वहाँ जाना बेतुका था, क्रूरता के प्रभाव की कल्पना बेतुकी थी। इस तरह से अपने पति की मौत को ठोस बनाना बेतुका था। शायद, कहीं गहरे, यही एकमात्र समाधान था? क्या कोई इस बात को जानता है कि इस तरह की त्रासदी के बाद क्या किया जाये? कोई निर्देश नहीं है। हम सब वह पढ़ते हैं जो हमारे शरीरों द्वारा लिखा गया होता है। नैटेली अपनी इच्छा से वहाँ जाती, वहाँ मोड़ पर जाकर रोती, अपने आँसुओं में बह जाती।

# 19

***जॉन लेनन की मृत्यु अगर 1980 में न हुई होती तो निम्नलिखित गीत भी वही गाते***

स्टिल योको (1982)

येस्टरडे एंड टुमॉरो (1987)

बर्लिन (1990)

टाइटैनिक : द साउंडट्रैक (1997)

द बीटल्स : ए रिवाइवल (1999)

# 20

शार्लोट बैरन का जीवन उस दिन के बाद, जिस दिन उसने फ्रांसुआ को गाड़ी से कुचल दिया—

अगर 11 सितम्बर, 2001 की घटना न हुई होती, आतंकी हमला, तो शार्लोट बैरन कभी फूल बेचने के काम में नहीं आतीं। 11 सितम्बर को उनका जन्मदिन था। उनके पिता, जो चीन की यात्रा पर थे, ने उन्हें फूल भेजे थे। ज्यां मिशेल सीढ़ियाँ चढ़ रहा था, तब तक उसे यह नहीं पता था कि समय उसी समय पलट गया था। उसने फ़ोन किया और शार्लोट का मुरझाया हुआ चेहरा पाया। वह एक शब्द भी नहीं बोल पा रही थी। फूल लेते हुए उसने पूछा, ''सुना तुमने?''

''क्या?''

''आओ...''

ज्यां मिशेल और शार्लोट ने वह दिन साथ-साथ सोफ़े पर बैठे बिताया, टावर से हवाई जहाज़ टकराने के दृश्य को बार-बार देखते हुए। ऐसे पल को साथ बिताने के कारण उनके बीच गहरा सम्बन्ध बना। वे एक-दूसरे से अविभाज्य बन गये, यहाँ तक कि कुछ महीनों तक उनके बीच प्यार भी रहा जब तक वे इस नतीजे पर पहुँचे कि वे प्रेमी से अधिक एक-दूसरे के दोस्त थे।

कुछ समय बाद, ज्यां मिशेल ने फूल पहुँचाने की अपनी कम्पनी खोल

ली और शार्लोट को अपने साथ काम करने के लिए कहा। उसके बाद से फूलों के गुलदस्ते बनाना उनका जीवन हो गया। जिस इतवार को दुर्घटना हुई उस दिन ज्यां मिशेल ने सब कुछ तैयार किया था। ग्राहक अपनी प्रेमिका से यह कहना चाहता था कि वह उससे विवाह कर ले। फूल मिलते ही वह इस बात को समझ जाती; उन दोनों के बीच यह एक तरह से छद्म सन्देश था। इतवार को फूलों को उसके पास पहुँचाया जाना महत्त्वपूर्ण था, क्योंकि वह दोनों की मुलाकात की वर्षगाँठ थी। निकलने से पहले, ज्यां मिशेल की माँ का फ़ोन आया—उसके दादा अस्पताल में भर्ती हो गये थे। शार्लोट ने कहा कि वह फूल पहुँचाने का ज़िम्मा ले लेगी। उसे वैन चलाना बहुत पसन्द था। खासकर तब, जब केवल एक जगह रुकना हो और किसी तरह की जल्दी न हो। वह उस जोड़े के बारे में सोच रही थी और उनकी कहानी में वह जो भूमिका निभाने वाली थी, उसके बारे में—एक रहस्य की बात थी। वह इन्हीं बातों के बारे में तथा अन्य बातों के बारे में सोच रही थी कि एक आदमी ने लापरवाही से सड़क पार की और उसने ब्रेक दबाने में बहुत देर कर दी।

शार्लोट उस दुर्घटना से जैसे बिखर गयी। एक मनोवैज्ञानिक ने कोशिश की कि उससे उस घटना के बारे में बात करे ताकि वह उस सदमे से जल्दी से जल्दी उबर सके और वह सदमा उसके अचेतन को खा न जाये। तत्काल, उसने सोचा, 'क्या मुझे उस विधवा से मिलना चाहिए?' आखिरकार उसने यह तय पाया कि इससे कोई फ़ायदा नहीं होने वाला था। किसी भी तरह वह क्या कह सकती थी? "मुझे माफ़ कर दो?" क्या आप ऐसे मामलों में माफ़ी माँगते हैं? हो सकता है वह यह भी कहती, "तुम्हारे पति की बेवकूफ़ी थी कि वह इस तरह दौड़ रहा था, बिना परवाह किये; उसने मेरी ज़िन्दगी भी तबाह कर दी, क्या तुमको इसका अन्दाज़ा है? क्या तुम यह सोचती हो कि जब तुम किसी की जान ले लो तो उसके बाद से जीवन जीते जाना आसान होता है?" कई बार वह दिल से उस आदमी के लिए नफ़रत उगलती थी, उसकी बेवकूफ़ी के लिए। लेकिन ज़्यादातर समय वह चुपचाप ही रहती थी। वह सुन्न-सी बैठी रहती थी। चुप्पी के दौर उसे नैटेली से जोड़ते थे। दोनों जैसे तन्द्रा की अवस्था में एक ऐसे रास्ते पर बढ़ी जा रही थीं जिस पर ज़रा

भी प्रतिरोध नहीं था। हफ़्तों तक जब वह अपने सदमे से उबर रही थी, तो बिना जाने कि क्यों, वह लगातार उन फूलों के बारे में सोच रही थी जिनको वह दुर्घटना वाले दिन पहुँचाने वाली थी। वह गुलदस्ता जो अपने मुकाम तक नहीं पहुँच पाया। पहले, वह घटना जैसे स्लो मोशन में उसकी आँखों के सामने घूमती थी, जिसमें उसका जो प्रभाव पड़ा था उसकी आवाज़ भी शामिल होती थी, बार-बार। फूल हमेशा सामने रहते थे, उसकी दृष्टि को धुँधला करते हुए। उन्होंने उसके दिनों को जैसे घेर लिया था, और वे पत्तों के रूप में जैसे उसकी आसक्ति बन गये थे।

ज्यां मिशेल उसकी दिमागी हालत देखकर बड़े दु:खी थे, वे पूरी कोशिश कर रहे थे कि वह काम पर वापस आ जाये। वह उसे जाग्रत करने का एक प्रयास था जो किसी भी अन्य प्रयासों की तरह था। और वह काम कर गया, क्योंकि उसने अपना सिर उठाया और "हाँ" कह दिया, जैसे छोटी लड़कियाँ तब करती हैं जब वे किसी तरह की बेवकूफ़ी करती हैं और उसके बाद यह वादा करती हैं कि वे अब अच्छा करेंगी। खास तौर पर वह इस बात को जानती थी कि उसके पास और कोई विकल्प नहीं था। उसे आगे बढ़ना था। और यह ऐसा नहीं था कि अचानक उसके सहयोगी ने उसे उत्साहित किया हो जिससे उसने उसके बारे में बात की हो। 'सब कुछ वैसा हो जायेगा जैसा कि वह था,' शार्लोट ने सोचा। समय गुज़रने के साथ कुछ बुरी तरह टूट गया था। वह इतवार हमेशा के लिए रह गया, आप उसे सोमवार या बृहस्पतिवार को भी पा सकते थे। और मंगलवार और शुक्रवार को भी आप उसे पा सकते थे। वह इतवार बीत ही नहीं रहा था, और लग रहा था जैसे कि अनन्त हो गया हो; वह सारे भविष्य के ऊपर छा गया था। शार्लोट खा रही थी, शार्लोट मुस्कुरा रही थी, लेकिन शार्लोट के चेहरे पर एक मुर्दिनी छायी रहती थी। लगता था जैसे वह एक विचार से अभिभूत हो गयी हो। अचानक उसने पूछा, "उस दिन मैं जो फूल पहुँचाने वाली थी... क्या तुमने कभी उनको पहुँचाया?"

"मेरे दिमाग में और बातें चल रही थीं। मैं तुरन्त तुमको खोजने चल पड़ा।"

“लेकिन क्या उस आदमी ने फ़ोन नहीं किया?”

“हाँ, बिलकुल किया था। अगले दिन मैंने उससे फ़ोन पर बात की थी। वह इस बात से बिलकुल खुश नहीं था। उसकी प्रेमिका को कुछ नहीं मिला।”

“और फिर?”

“और फिर...मैंने उसे बताया...मैंने बताया कि तुम्हारी दुर्घटना हो गयी थी... वह आदमी बेहोश था...”

“और उसने क्या कहा?”

“मुझे अब ठीक से याद नहीं है। उसने माफ़ी माँगी...और फिर वह कुछ बुदबुदाया...मुझे लगता है कि उसे इसमें कुछ ऐसा दिखा जो नकारात्मक प्रभाव वाला था।”

“तुम्हारा मतलब है...तुमको यह लगता है कि उसने उस लड़की से यह नहीं कहा कि वह उससे शादी कर ले?”

“मुझे पता नहीं।”

शार्लोट यह सुनकर परेशान हो गयी। उसने इसका फ़ायदा उठाकर इस आदमी को फ़ोन भी किया। उसने इस बात की पुष्टि की कि उसने यह फैसला कर लिया है कि वह उससे शादी के प्रस्ताव को टाल देगा। इस समाचार से उसके ऊपर प्रभाव पड़ा। यह इस तरह से नहीं हुआ होता। उसने सारे घटनाक्रम के बारे में सोचा। वह शादी टल जाने वाली थी। और हो सकता है कि बहुत सारी घटनाएँ इसी तरह टल जाने वाली थीं? उसे यह सोचकर दुःख हुआ कि ये सारी घटनाएँ इससे काफ़ी अलग हुई होतीं। उसने सोचा, ‘काश मैं इसे ठीक कर पाती, मानो यह कभी हुआ ही न हो। अगर मैं यह सब ठीक कर पाती, तो मैं सामान्य जीवन बिता पाती।’

वह दुकान के पीछे गयी और उस गुलदस्ते को फिर से एक किया। फिर वह टैक्सी में बैठ गयी। “क्या यह शादी के लिए है?” ड्राइवर ने उससे पूछा।

"नहीं।"

"क्या किसी का जन्मदिन है?"

"नहीं।"

"किसी...उपाधि लेने वाले के लिए?"

"नहीं।"

"नहीं। यह बस वह काम करने के लिए है जो मुझे उसी दिन करना चाहिए था, जिस दिन मैंने किसी के ऊपर गाड़ी चढ़ा दी थी।"

ड्राइवर चुपचाप गाड़ी चलाता रहा। शार्लोट बाहर निकली। महिला के घर के दरवाज़े पर फूल रख दिये। वह वहाँ एक पल के लिए रुकी रही। फिर उसने फैसला किया कि गुलदस्ते से कुछ सफ़ेद गुलाब निकाल ले। उनके साथ वह वहाँ से निकली और एक और टैक्सी में चढ़ गयी। जिस दिन दुर्घटना हुई थी, उसी दिन से उसने फ्रांसुआ का पता अपने साथ रख रखा था। उसने नैटेली से न मिलने का फ़ैसला किया जो कि सही फ़ैसला था। अगर उसने एक टूटे हुए जीवन का सामना किया होता तो उसके खुद के लिए अपने जीवन को पटरी पर ला पाना मुश्किल हो गया होता। लेकिन उस पल वह भावना में बह गयी। वह सोचना नहीं चाहती थी। टैक्सी चली जा रही थी; अब वह रुक रही थी। कुछ ही मिनटों में दूसरी बार शार्लोट ने खुद को एक महिला के दरवाज़े पर पाया। उसने उन सफ़ेद गुलाब के फूलों को नैटेली के दरवाज़े पर रख दिया।

# 21

नैटेली ने दरवाज़ा खोला और खुद से पूछा—"क्या यह उचित समय है ?" फ्रांसुआ को गुज़रे तीन महीने हो गये। तीन महीने, उनमें से कितने कम। वह ज़रा-सा भी बेहतर महसूस नहीं कर रही थी। उसके शरीर पर, मृत्यु के पहरेदार पहरेदारी कर रहे थे। उसके मित्रों ने उसे सलाह दी थी कि वह फिर से काम करना शुरू कर दे, वह अपने आपको इस तरह से न रखे, काम में स्वयं को लगाये रखे ताकि उसका दुःख असह्य न हो जाये। वह अच्छी तरह से यह जानती थी कि इससे कुछ भी नहीं बदलने वाला था। हो सकता था कि इससे और भी बुरा हो जाये, खासकर शाम को जब वह काम से लौटे और वह वहाँ नहीं हो। खुद को इस तरह से बर्बाद मत करो, कितनी अजीब बात है। चाहे कुछ भी हो जाये आप अपने आपको सहज बनाये रखें। जीवन आगे बढ़ते रहने का नाम है। यही वह चाहती थी—कि आगे बढ़े, बल्कि सब कुछ पीछे छोड़ दे। हर पल के भार को महसूस करना छोड़ दे। वह हल्केपन को फिर से पाना चाहती थी।

वह आने से पहले फ़ोन नहीं करना चाहती थी। वह इसी तरह से बिना बताये अचानक आना चाहती थी, जिससे वह सब बनावटी न लगे। गलियारे में, सीढ़ी पर, उसे बहुत सारे सहकर्मी मिले, और उन सभी ने जितना सम्भव हो सकता था उसके लिए गर्मजोशी दिखाई। शब्दों से, हाव-भाव से, कभी चुप्पी से। हर आदमी का रवैया अलग था, लेकिन जिस तरह से उन सभी ने उसका एक होकर साथ दिया, उससे वह अभिभूत थी। विडम्बना यह थी

कि इस तरह की भावनाओं के प्रदर्शन की वजह से उसे हिचक भी हो रही थी। क्या वह यह चाहती थी? क्या वह ऐसे माहौल में रहना चाहती थी, जहाँ और कुछ नहीं बल्कि सहिष्णुता हो और हो असहजता? अगर वह वापस आ गयी है तो उसे अपने जीवन की भूमिका का निर्वाह करना है, यह देखना है कि सब कुछ ठीक हुआ। वह दूसरों की आँखों में करुणा देखते हुए नहीं रह सकती, विशेषकर तब जब उनमें दया दिखाई देती हो।

वह अपने बॉस के दफ़्तर के दरवाज़े पर रुकी हुई थी, अपने दिमाग में तय नहीं कर पा रही थी। उसने महसूस किया कि अगर वह अन्दर गयी तो इसका मतलब यही होगा कि वह निश्चित रूप से वापस आ गयी है। आखिरकार, उसने फैसला किया, और बिना दरवाज़ा खटखटाये अन्दर चली गयी। चार्ल्स शब्दकोश पढ़ने में तल्लीन था। यह उसकी अन्धश्रद्धा थी; हर सुबह वह एक परिभाषा पढ़ता था।

''आप कैसे हैं? मैं आपको परेशान तो नहीं कर रही न?'' नैटेली ने पूछा।

उसने ऊपर देखा, उसे देखकर वह हैरान था। वह किसी भूत की तरह थी। उसके गले में कुछ अटक गया, उसे डर था कि अगर वह नहीं हिला, वह भावना के ज़ोर से जैसे जड़ हो जायेगा। वह उसके पास गयी।

''आप परिभाषा पढ़ रहे थे?''

''हाँ।''

''आज क्या है?''

''शब्द है 'नज़ाकत'। हैरानी की बात नहीं है कि आप उसी पल आयीं।''

''यह बहुत प्यारा शब्द है।''

''आपको यहाँ देखकर मुझे बहुत खुशी हो रही है। मुझे उम्मीद थी कि आप आयेंगी।''

फिर उसके बाद खामोशी छा गयी। यह अजीब बात थी, लेकिन एक

पल ऐसा आता है जब समझ में नहीं आ रहा होता कि एक-दूसरे को क्या कहें। और ऐसे मामलों में चार्ल्स हमेशा चाय की पेशकश करता। वह जैसे उनके शब्दों के लिए पेट्रोल का काम करती। फिर वह बड़े उत्साही अन्दाज़ में बोलने लगा, ''मैं स्वीडन में शेयर होल्डर्स से बात कर रहा था। तुमको पता है अब मैं थोड़ा बहुत स्वीडिश भाषा भी बोलने लगा हूँ?''

''नहीं।''

''हाँ...उन्होंने मुझसे स्वीडिश भाषा सीखने के लिए कहा...मेरा भाग्य। यह सच में बड़ी बकवास भाषा है।''

''...''

''लेकिन ठीक है, मैं सच में इसके लिए उनका शुक्रगुज़ार हूँ। वे असल में काफ़ी लचीले हैं...वैसे भी...हाँ, मैं यह बात तुमको बता रहा हूँ...क्योंकि मैंने उनसे तुम्हारे बारे में बात की थी...और तुमने जो करने का सोचा है सभी उससे सहमत हुए। अगर तुम वापस आना चाहती हो, तो तुम पहले की तरह ही अपना कार्य कर पाओगी, जैसा तुम चाहो।''

''कितनी अच्छी बात है?''

''यह महज़ अच्छी बात नहीं है। हम यहाँ सच में तुम्हारी कमी महसूस करते हैं।''

''...''

''मुझे तुम्हारी कमी महसूस होती है।''

यह कहकर वह उसे बड़ी गहरी नज़रों से देखने लगा। इस तरह जैसे आग्रह भरी नज़र से आप असहज महसूस करने लगते हैं। एक आँख में, समय अनन्तकाल तक जा सकता है, एक पल विमर्श बन जाता है। ईमानदारी की बात यह है कि उसने दो बातों से कभी इनकार नहीं किया—वह उसकी तरफ़ आकर्षित था, और उसके पति की मौत के बाद उसका आकर्षण और भी

मुखर हो गया था। इस तरह के लगाव को स्वीकार करना मुश्किल होता है। क्या यह विकृत लगाव था? नहीं, कोई ज़रूरी नहीं। यह उसका चेहरा था। देखने में ऐसा लगता था जैसे उसकी त्रासदी ने उसे पवित्र कर दिया हो। नैटेली की उदासी ने बहुत हद तक उसकी प्रेम सम्भावनाओं को और गहरा कर दिया था।

# 22

***यह पुस्तक मूल फ्रैंच पुस्तक 'La Delicatesse' का अनुवाद है। इस पुस्तक के अंग्रेज़ी अनुवाद का शीर्षक है 'Delicacy'। शब्दकोश के अनुसार इस शब्द के अर्थ हैं***

1. नाज़ुक, सुकुमार, संवेदनशील होने की क्षमता या अवस्था।

2. समझदारी, व्यवहार–कौशल, युक्ति।

# 23

नैटेली अपनी मेज़ पर बैठी थी, काम पर लौटने के बाद की पहली सुबह से उसका सामना किसी भयानक चीज़ से हो रहा था—कैलेण्डर में ठहरी हुई एक तिथि से। उसके सम्मान में, किसी ने उसके सामान को नहीं छुआ था। और किसी ने इस बात की कल्पना नहीं की थी कि उसे यह देखना कितना दु:खदायी होगा पर काम के अन्तिम दिन को समय में जमे हुए देखना, त्रासदी के घटित होने से पहले के आखिरी दिन को। वह तिथि उसके पति की मौत से दो दिन पहले की थी। उस पन्ने पर वह अभी भी जीवित था। उसने कैलेंडर उठाया और उसके पन्नों को पलटने लगी। दिन उसकी आँखों के आगे घूमने लगे। फ्रांसुआ की मौत के बाद के हर दिन को उसने बहुत भारी महसूस किया। और अब, महज़ कुछ पलों में ही, हर दिन का एक पन्ना पलटते हुए ही उसने उस चक्र पथ को मज़बूती से महसूस किया। वे सभी पन्ने, और वह वहीं थी। और अब यह आज का दिन था।

और फिर, वह पल आया, जब नया कैलेण्डर आया।

नैटेली को काम पर लौटे कई महीने हो गये थे। कुछ लोगों का यह मानना था कि वह इसमें जो प्रयास लगा रही थी, वह बहुत अधिक था। ऐसा लग रहा था, जैसे समय अपनी राह पर आ गया था। सभी कुछ फिर से शुरू हो गया—बैठकों की दिनचर्या, फ़ाइलों का बेतुकापन जिसमें आप बिना कोई महत्त्व दिये उनको वस्तुओं के समान क्रम देते हैं। ''और सबसे बड़ा बेतुकापन

यह कि ये फ़ाइलें हमारे बाद भी रहेंगी।'' कागज़ों को फ़ाइल में लगाते हुए उसने यह बात अपने आप से कही। ये सभी कागज़-पत्तर कई मायनों में हमसे बेहतर होते हैं, वे बीमार नहीं पड़ते, बूढ़े नहीं होते, न किसी दुर्घटना का शिकार, इतवार की सुबह दौड़ते हुए किसी कागज़ात पर कोई गाड़ी नहीं चढ़ जाती।

# 24

***अंग्रेज़ी शब्द डेलिकेसी (delicacy) की परिभाषा से उसका मतलब ठीक से समझ में नहीं आता, इसलिए अंग्रेज़ी शब्द डेलिकेट (delicate) की परिभाषा यहाँ दी जा रही है***

1. कोमल और हल्का। जैसे—बहुत हल्का स्वाद।
2. सुकुमारता। जैसे—मुलायम क्रिस्टल।
3. जिसकी संवेदनशीलता और ध्यानपूर्वक देखभाल ज़रूरी हो। जैसे—नाज़ुक अवस्था।
4. सूक्ष्म निर्णय सम्बन्धी विशेषता, कुशलता। जैसे—शतरंज की गहरी चालें।

# 25

चूँकि नैटेली काम पर लौट आयी थी, चार्ल्स प्रसन्न रहता था। उसे समय-समय पर स्वीडिश भाषा के अपने अभ्यास में भी आनन्द आता था। आत्मविश्वास और सम्मान के साथ कुछ करना है, उनके बीच यह तय था। नैटेली यह जानती थी कि उसका भाग्य कितना अच्छा था कि उसे ऐसे कृपालु आदमी के साथ काम करने का मौका मिला। लेकिन वह इस झांसे में अब और नहीं आने वाली थी; उसे यह महसूस हो गया था कि वह उसकी तरफ़ आकर्षित था। उसने उसे यह करते रहने दिया, जब तक कि वह यह बहुत सूक्ष्म तरीके से करता रहा। वह कभी भी बहुत आगे नहीं बढ़ा, क्योंकि उसने एक दूरी बनाकर रखी हुई थी जिसे पार कर पाना उसके लिए मुश्किल लग रहा था। उसने कभी भी उसके खेल में हिस्सा नहीं लिया, महज़ इसलिए क्योंकि वह खेल नहीं सकती थी। यह उसकी क्षमता से बाहर की बात थी। वह सारी ऊर्जा काम के लिए बचा रही थी। कई मौकों पर उसने उसे रात के खाने के लिए आमन्त्रित करने की कोशिश की, लेकिन हर कोशिश बेकार रही, चुप्पी से उसे खारिज कर दिया गया। वह बाहर जा ही नहीं सकती थी। किसी मर्द के साथ तो बिलकुल ही नहीं। यह बात उसे बेतुकी लगती थी। काश, उसमें यह साहस होता कि दिन भर वह इसे बचाये रहती, फ़ाइलों में ध्यान लगाये रखने का कोई मतलब नहीं था, वह अपने लिए राहत के कुछ पल क्यों नहीं दे सकती थी? इसका कुछ-न-कुछ लेना-देना खुशी के सिद्धान्त से था। उसे यह कभी महसूस नहीं हुआ कि उसे इस बात का अधिकार था कि वह कोई भी काम हल्के दिल से करे। बात यह थी कि वह ऐसा कर नहीं सकती थी। वह तो

यह बात भी पक्के तौर पर नहीं जानती थी कि वह कर सकती थी या नहीं।

आज रात हालात अलग थे। उसने आखिरकार मान लिया था और वे रात के खाने के लिए साथ-साथ जा रहे थे। चार्ल्स ने एक ऐसी रणनीति ईजाद की थी, जिसे मना नहीं किया जा सकता था, उन दोनों को अपनी पदोन्नति की खुशी मनानी थी। हाँ, यह सच बात है कि उसने ईर्ष्या की जाने वाली छलांग लगाई थी और अब वह छह लोगों के समूह की संचालिका थी। हालाँकि उसकी जो पदोन्नति हुई थी उसकी क्षमता के मुताबिक़ बिलकुल जायज़ थी, लेकिन उसे यह भी लगा कि कहीं दया के कारण तो उसे पदोन्नति नहीं दी जा रही। पहले तो वह 'नहीं' कहना चाहती थी, लेकिन पदोन्नति को स्वीकार न कर पाने की प्रक्रिया जटिल थी। फिर, जिस तरह से चार्ल्स उसे रात के खाने पर ले जाने के लिए व्यग्र था उससे वह यह भी सोचने लगी थी कि कहीं वह इसलिए तो उसे पदोन्नति नहीं दे रहा था ताकि वह उसे रात के खाने पर बाहर ले जा सके। कुछ भी सम्भव था, समझ पाने की कोशिश कर पाना फिज़ूल था। उसने खुद से महज़ यही कहा कि वह सही था—यह निश्चित रूप से अच्छा बहाना था कि वह अपने ऊपर दबाव डाले कि वह बाहर जाये। हो सकता है कि रात के जीवन को लेकर उसमें एक तरह की विरक्ति आ जाये।

# 26

इस डिनर में चार्ल्स का बहुत कुछ दाँव पर था। वह जानता था कि यह निर्णायक रहने वाला था। वह इसके लिए तैयार था और उसके पेट में वैसी ही कुलबुलाहट मची हुई थी जिस तरह की तब मची थी जब लड़कपन में वह पहली बार किसी लड़की के साथ बाहर गया था। ठीक है, उस तरह का पागल कर देने वाला भाव नहीं था। लेकिन नैटेली के साथ वह इस बात की कल्पना कर सकता था कि वह पहली बार किसी औरत के साथ बाहर खाना खा रहा था। अतीत की उसकी प्रेम की यादें मिटा देने की जैसे नैटैली में शक्ति थी।

चार्ल्स इस बात को लेकर सावधान था कि कैंडल लाइट डिनर वाले किसी रेस्तराँ में न जाये, क्योंकि वह अधिक रूमानी माहौल का एहसास करवा सकता था, जिसे वह अनुचित मान सकती थी। पहले कुछ पल एकदम सही थे। वे पी रहे थे और बातचीत बहुत कम हो रही थी, बीच-बीच में चुप्पी छा जाती थी जो उनको चैन से रहने नहीं दे रही थी। उसे वहाँ आकर खुशी महसूस हो रही थी, थोड़ा-सा पीकर और वह यह सोच रही थी कि उसे पहले ही बाहर जाना चाहिए था, इस काम से उसे खुशी महसूस हुई थी। वह तो यह भी चाहती थी कि खूब पीकर नशे में आ जाये। लेकिन तो भी किसी वजह से उसने अपने ऊपर काबू किया हुआ था। वह अपनी अवस्था से किसी भी तरह बचना नहीं चाहती थी। वह जितना चाहे उतना पी सकती थी, लेकिन इससे उसके हालात नहीं बदलने वाले थे। वह वहाँ थी, थोड़े से सुरूर में, खुद को मंच की किसी अभिनेत्री की तरह अपनी भूमिका में देखते हुए। खुद को

दो हिस्सों में बाँटते हुए, वह खुद को ऐसी औरत के रूप में देखकर हैरान थी कि वह इस तरह की औरत नहीं थी, जो जीवन जी सकती थी, जो अपने प्रति चाह जगा सकती थी। इस बात से उसने अपनी यह योग्यता भी देख ली कि वह इससे भी कठिन हालात में स्वयं को असमर्थ पा रही थी। लेकिन चार्ल्स को कुछ भी महसूस नहीं हुआ। वह अपने में मस्त था, सभी बातों को ऊपर-ऊपर ले रहा था, उसे पिलाने की कोशिश कर रहा था, उसके जीवन के कुछ और करीब आने की कोशिश करते हुए। वह बहुत उत्साहित था। कई महीनों से, वह उसे एक रूसी युवती के रूप में महसूस कर रहा था। वह इस बात को बिलकुल नहीं जानता था कि इस बात का मतलब क्या था—उसके दिमाग में उसके भीतर रूसी लोगों जैसी ताकत थी, रूसी लोगों जैसी उदासी भी। इस तरह उसकी स्त्रैणता स्विट्जरलैंड से विस्थापित होकर रूस गयी थी।

"तो... पदोन्नति क्यों?" उसने पूछा।

"क्योंकि तुम्हारा काम उम्दा है...और मुझे तुम बहुत अच्छी लगती हो... बस यही बात है।"

"सच्ची?"

"तुम क्यों पूछ रही हो? क्या तुमको यह लगता है कि यह काफ़ी नहीं है?"

"मैं? मैं कुछ भी नहीं सोचती।"

"और अगर मैं वहाँ हाथ रख दूँ, तो क्या तुमको कुछ भी महसूस नहीं होगा?"

उसे समझ में नहीं आ रहा था कि उसके भीतर इतनी ताकत कहाँ से आ गयी थी। वह खुद से कह रहा था कि आज की रात कुछ भी सम्भव था। वह इतना बेपरवाह कैसे हो सकता था? जैसे ही उसने उसके ऊपर हाथ लगाया, उसे तत्काल वह पल याद आया जब उसने उसके घुटनों के ऊपर हाथ लगाया था। उसने उसकी तरफ़ उसी तरह से देखा। और वह यही कर सकता था कि हाथ हटा ले। वह दीवार से सर टकराते-टकराते थक गया था, बिना बोले

स्थायी रूप से रहना। वह चीज़ों को साफ़ करना चाहता था।

"आप मेरी तरफ़ आकर्षित नहीं हैं, हैं न?"

"लेकिन...तुम मुझसे यह सवाल क्यों पूछ रही हो?"

"आपके मन में क्या है? इस तरह के सवाल क्यों? आप कभी जवाब क्यों नहीं देतीं?"

"क्योंकि मुझे पता नहीं..."

"तुमको यह नहीं लगता है कि आगे बढ़ जाने का समय आ गया है? मैं तुमसे यह नहीं कह रहा हूँ कि फ्रांसुआ को भूल जाओ, लेकिन तुम अपना सारा जीवन इस तरह से बन्द करके नहीं जी सकतीं...तुम इस बात को जानती हो कि मैं तुम्हारे साथ किस हद तक खड़ा रहा हूँ..."

"... लेकिन आप शादीशुदा हैं..."

चार्ल्स को इस तरह से अपनी पत्नी का ज़िक्र हैरान कर गया। हो सकता है कि यह बात पागलपन लगे, मगर वह उसे भूल ही गया था। वह ऐसा शादीशुदा पुरुष नहीं था जो किसी और औरत के साथ रात का खाना खा रहा था। वह अपने वर्तमानकाल में एक पुरुष था। हाँ, वह शादीशुदा था। वह जिस तरह से रह रहा था, उससे उसे शादीशुदा नहीं कहा जा सकता था। उसकी शादी मुश्किल में थी। इसलिए उसे आश्चर्य हुआ, क्योंकि वह नैटेली को लेकर अपने आकर्षण के प्रति बहुत गम्भीर था।

"लेकिन तुम मुझसे मेरी पत्नी के बारे में क्यों बात कर रही हो? वह एक छाया की तरह ही है! हम एक-दूसरे से दूर रहते हैं।"

"आपको ऐसे नहीं सोचना चाहिए।"

"क्योंकि उसके लिए वही सब कुछ है, जो दिखाई देता है। जब वह दफ़्तर आती है तो महज़ इसलिए कि चक्कर लगा सके। लेकिन काश, तुम इस बात को समझ पातीं कि यह कितना भयानक होता है... काश तुमको यह पता होता... "

“फिर उसे छोड़ दीजिये।”

“तुम्हारे लिए, मैं उसे अभी छोड़ सकता हूँ।”

“मेरे लिए नहीं... अपने लिए।”

बातचीत में थोड़ा-सा विराम आया, कुछ साँस लेने का विराम, कुछ घूँट लेने का विराम। नैटेली को फ्रांसुआ का ज़िक्र हैरान कर गया, कि वह उसकी कमज़ोरी का फ़ायदा उठाने की कोशिश इतनी जल्दी कर रहा था, वह भी इतनी सहजता से। उसने बस यही कहा कि वह घर जाना चाहती है। चार्ल्स इस बात को जानता था कि वह बहुत दूर तक निकल आया था, और उसने अपनी स्वीकारोक्तियों से उस शाम को बेमज़ा कर लिया था। वह इस बात को क्यों नहीं समझ पाया कि वह इस बात का मौका नहीं था? कि वह इस बात के लिए तैयार नहीं थी। यह काम चरणों में, सहजता से होना चाहिए था और उसने बहुत तेज़ रफ़्तार पकड़ ली थी, जैसे बरसों की ख्वाहिश को दो पल में पा लेना चाहता हो। जिस तरह से उस शाम की शुरुआत हुई थी—यह सब उसी का नतीजा था। वह बड़ी सुन्दर, सम्भावना भरी शाम थी, जिसने उसके आत्मविश्वास को बढ़ा दिया।

उसने अपने आपको सहज किया, आखिरकार, उसको इस बात का अधिकार था कि वह जिस बात को महसूस करता था उसे कह डाले। अपना दिल खोल कर रख देना कोई अपराध नहीं। और हाँ, यह सच था कि उसके साथ सभी कुछ बेढंगा था, कि उसके विधवा होने के कारण भी सब कुछ बहुत जटिल हो गया था। उसे यह बात सूझी कि जब फ्रांसुआ जीवित था तब उसके लिए उसे पटा लेना अधिक आसान था। लेकिन मर कर, उसने उनके प्यार को पत्थर बना दिया। उसने उनको हमेशा के लिए अनन्त अवस्था में बना दिया। जो औरत इस अवस्था में हो उसके प्रति आप कभी भी कुछ प्रतिकूल कैसे सोच सकते थे? ऐसी औरत जो अपनी दुनिया में अडिग खड़ी हो। सच में, यह काफ़ी था आपके लिए कि आप अपने आप से यह सवाल पूछें कि उसने कहीं खुद को इसलिए तो नहीं मार डाला ताकि अपने प्यार को अनन्त बनाये रख सके। कुछ लोग यह मानते हैं कि जो आवेग होता है उसका अन्त त्रासदीपूर्ण होता है।

# 27

वे रेस्तराँ से बाहर निकल आये। असहजता बद-से-बदतर होती जा रही थी। चार्ल्स को कोई हँसी-मज़ाक वाली बात भी नहीं सूझ रही थी जिससे माहौल कुछ बेहतर हो सके। कुछ करने के लिए था नहीं, वे फँस चुके थे। चार्ल्स महीनों से बहुत संवेदनशील बना हुआ था, अपने प्रयासों में गरिमापूर्ण रहता था, लेकिन विनम्र बने रहने की उसकी तमाम कोशिश इसलिए असफल साबित हुई क्योंकि वह अपनी भावनाओं के ऊपर काबू नहीं रख पाया। उसका बदन जैसे टुकड़ों-टुकड़ों में बँटा हुआ सा बेतुका लग रहा था, जैसे हर अंग का अपना दिल हो। उसने माहौल को दोस्ताना बनाने के लिए नैटेली के गाल पर चुम्बन लेने की भी कोशिश की, लेकिन उसका गला अकड़ गया। वह कुछ समय तक इसी तरह जड़ बना रहा।

अचानक नैटेली उसे देखकर मुस्कुराई। वह उसे यह बात समझाना चाह रही थी कि कोई इतना गम्भीर होने वाली बात नहीं थी। बेहतर तो यही होता कि वे उस शाम को भूल जायें। उसने कहा कि वह थोड़ा चलना चाहती थी और इस खुशनुमा बात के साथ वह वहाँ से विदा हुई। चार्ल्स उसे देखता रहा, उसकी आँखें उसकी पीठ से चिपकी हुई थीं। वह हिला भी नहीं, मानो हार में जम गया हो। नैटेली उसकी दृष्टि से दूर होती जा रही थी, उसकी छवि छोटी और छोटी होती जा रही थी, लेकिन यह वह था जो अपनी जगह पर खड़ा छोटा होता जा रहा था।

तभी नैटेली रुक गयी। और पीछे मुड़ी।

एक बार वह फिर से चलकर उसकी तरफ़ आयी। वह औरत जो उसकी दृष्टि में धुँधली पड़ती जा रही थी अब धीरे-धीरे पास आ रही थी और उसकी दृष्टि में बड़ी होती जा रही थी। वह क्या चाहती थी ? उसे भावनाओं में नहीं बहना चाहिए। हो सकता है कि वह अपनी चाबी भूल गयी हो, या स्कार्फ, या ऐसा कोई सामान जो औरतें अक्सर भूल जाया करती हैं। लेकिन नहीं, बात यह नहीं थी। वह जिस तरह से चल रही थी, उसी से यह बात समझ में आ जाती थी कि उसका सम्बन्ध किसी सामान से नहीं था। वह उसकी तरफ़ कुछ बोलने आ रही थी, उससे कुछ कहने आ रही थी। वह कुछ लहराते हुए चल रही थी, जिस तरह से 1967 की बनी फिल्म की हीरोइन चलती थी। वह भी आगे बढ़कर उसकी तरफ़ जाना चाहता था। रूमानियत की पराकाष्ठा यह थी कि वह यह कल्पना करने लगा कि उस समय बारिश होनी चाहिए थी। भोजन समाप्त होने के समय की चुप्पी से बहुत सारी उलझनें पैदा हो गयी थीं। वह वापस कुछ कहने के लिए नहीं बल्कि उसका चुम्बन लेने आ रही थी। यह असाधारण था—वह जिस समय वहाँ से गयी थी तभी से उसे यह लग रहा था कि उसे वहाँ से हिलना नहीं चाहिए था, क्योंकि वह लौट कर आने वाली थी। क्योंकि यह बात स्पष्ट थी कि उनके बीच कुछ सहज-साधारण था, शुरू से ही उनके बीच कुछ था जो मज़बूत और कोमल था। उसके लिए यह सब इतना आसान नहीं था। यह स्वीकारना कि उसके पति का अभी हाल में ही देहान्त हुआ था, फिर भी उसे कुछ महसूस हो रहा था। यह तो ठीक नहीं था। पर वे भावनाओं के तूफ़ान को रोक कैसे सकते थे ? प्रेम कहानियाँ अक्सर अनैतिक ही होती हैं।

अब वह उसके बहुत नज़दीक थी, आँसुओं में, दिव्य, त्रासद स्त्रीत्व के अवतार की तरह। वह वहाँ थी, नैटेली, उसका प्यार।

"मैं माफ़ी माँगती हूँ कि मैंने पहले जवाब नहीं दिया था... मुझे शर्म आ रही थी... "

"हाँ, मैं समझ सकता हूँ।"

"मैं जो महसूस करती हूँ, उसे शब्दों में कह पाना कितना मुश्किल है।"

"मुझे पता है नैटेली।"

"लेकिन मुझे लगता है कि मैं आपको एक जवाब दे सकती हूँ—मैं आपकी तरफ़ आकर्षित नहीं हूँ। और मुझे तो यह भी लगता है कि आप मुझे जिस तरह से आकर्षित करने की कोशिश कर रहे हैं, उसको लेकर मैं सहज भी नहीं हूँ। मैं इस बात को जानती हूँ कि हमारे बीच कभी कुछ नहीं हो सकता है। हो सकता है कि मैं किसी को प्यार करने में अक्षम होऊँ। लेकिन अगर कभी मैं किसी के बारे में सोचूँगी भी तो वह आप नहीं होंगे।"

"..."

"मैं इस तरह से घर नहीं जा सकती थी। मुझे यह बात कह देनी थी।"

"वह बात कही जा चुकी है। तुमने कही है। हाँ, बात कही जा चुकी है। अगर मैं समझ पाया हूँ तो तुमने बात कह दी है। तुमने कह दिया, हाँ।"

नैटेली चार्ल्स को देख रही थी, जबकि वह गुस्से में बड़बड़ा रहा था। शब्द हवा में लटक गये थे, चुप्पी द्वारा एक-एक करके तोड़े जा रहे थे। शब्द किसी मरते आदमी की आँखों की तरह हो गये थे। उसने एक अजीब-सी मुद्रा बनायी जो लगाव की थी—कन्धे पर हाथ रखकर। और उसी रास्ते लौट गयी जिस रास्ते से वह आयी थी। एक बार फिर नैटेली छोटी और छोटी होती गयी। चार्ल्स चाहता था कि वहीं खड़ा रहे, लेकिन यह आसान नहीं था। वह उससे उबर नहीं सकता था। खासकर वह लहज़ा जिसमें उसने बोला था। पूरी तरह से अप्रभावित, जिसमें किसी तरह की बदमाशी नहीं थी। उसे तथ्यों का सामना करना था—वह उससे आकर्षित नहीं थी और न ही कभी होगी। उसे बिलकुल गुस्सा महसूस नहीं हो रहा था। यह कुछ ऐसा था कि जिस चीज़ ने उनको बरसों जीवन्त बनाये रखा, उसका सहसा अन्त हो जाये। एक सम्भावना का अन्त। वह शाम टाइटैनिक जहाज़ के सफ़र की तरह थी। शुरू में जलसा, फिर जहाज़ का टूट जाना। सत्य का रूप अक्सर बर्फ़ के पहाड़ की तरह होता है। नैटेली अभी भी उसकी दृष्टि में थी और वह यह चाहता था कि वह जितनी जल्दी हो ओझल हो जाये। उसका छोटा रूप भी देखा नहीं जा रहा था।

# 28

चार्ल्स थोड़ा चलकर पार्किंग तक गया। जब वह एक बार कार में आ गया तो उसने एक सिगरेट पी। वह जैसा महसूस कर रहा था, वह पूरी तरह से चिढ़ाने वाली पीली रौशनी की तरह था। वह पार्किंग से निकला और उसने रेडियो चला दिया। उद्‍घोषक उस रात होने वाले सॉकर मैचों के बारे में बता रहा था। सब कुछ सुसंगत था। वह उस तरह का आदमी था जिसकी खेलकूद में रुचि ज़रा कम ही थी, उस चैम्पियनशिप के सबसे कम उत्साहजनक हिस्से में खो गया। वह शादीशुदा था, उसकी एक बेटी थी, वह एक बढ़िया कम्पनी का प्रमुख था, लेकिन उसे बुरी तरह से खालीपन लगता था। केवल नैटेली के सपने में वह क्षमता थी जो उसे जीवन्त बनाये रखे। वह सब कुछ खत्म हो गया था, टूट गया था, बिखर चुका था। वह मिलते-जुलते कई सारे शब्द जुटा सकता था, लेकिन उससे अब कुछ भी नहीं बदल सकता था। फिर उसने यह सोचा कि आप जिससे प्यार करते हों उस औरत द्वारा ठुकराये जाने से भी बुरी बात यह है कि हर दिन उसका सामना आपको करना पड़े। किसी भी पल गलियारे में उसका सामना हो जाये। वह दफ़्तर में भी सुन्दर लगती थी, लेकिन उसे हमेशा यह लगता था कि वह सबसे अधिक सुन्दर गलियारे में लगती थी। हाँ, उसके दिमाग में वह गलियारे की औरत थी और अभी उसे यह पता चला कि गलियारे के आखिर में उसे वापस मुड़ जाना था।

जबकि दूसरी तरफ़, घर जाने के लिए, आपको कभी वापस नहीं मुड़ना चाहिए। चार्ल्स की कार उसी सड़क पर चली जा रही थी जिस पर रोज़ चलती

थी। आपको यह लग सकता था कि वह छोटा-सा रास्ता था, इस हद तक कि वह रास्ता भी उसी तरह चमक रहा था। उसने गाड़ी लगाई और अपनी इमारत के भीतर एक और सिगरेट पी। जब उसने अपने घर का दरवाज़ा खोला तो उसने देखा कि उसकी पत्नी टेलीविजन के सामने बैठी हुई थी। इस बात का कोई अनुमान नहीं लगा सकता था कि लौरेंस में एक समय भयानक किस्म की काम क्षमता थी। धीरे-धीरे लेकिन अवश्यम्भावी रूप से वह उदासीन बुर्जुआ बनती जा रही थी। अजीब बात थी कि चार्ल्स को उस छवि से परेशानी हुई। वह धीरे से टेलीविजन तक चलकर गया और उसे बन्द कर दिया। उसकी पत्नी ने विरोध जताया लेकिन वह अधिक ज़ोर से नहीं था। वह चलकर उसके पास गया और उसने उसकी बाँह मज़बूती से थाम ली। वह प्रतिक्रिया जताना चाहती थी, लेकिन उसके मुँह से कोई शब्द नहीं निकला। कहीं अन्दर वह इस पल का ख्वाब देख रही थी कि उसका पति उसे छूए, वह उसके पास से उस तरह से न गुज़रे जैसे कि वह हो ही न। उनका साथ का जीवन आत्म विलोपन का रोज़-रोज़ के पाठ की तरह था। बिना एक भी शब्द बोले वे बेडरूम की तरफ़ बढ़े। बिस्तर सजा हुआ था, और अचानक वह बिखर गया। चार्ल्स ने लौरेंस को अपनी तरफ़ घुमाया और उसकी पैंटी नीचे सरका दी। नैटेली द्वारा उसे ठुकरा दिये जाने के बाद उसके अन्दर यह इच्छा जगी कि अपनी पत्नी के साथ सम्भोग करे, यहाँ तक कि थोड़ा हिंसक ढंग से।

# 29

***जिस शाम चार्ल्स को यह बात समझ में आयी कि नैटेली उसकी तरफ़ कभी आकर्षित थी ही नहीं, उस शाम खेले गये सॉकर लीग-1 का स्कोर***

औक्सेर-मार्सेल—2-2

लेंस-लिले—1-1

तुलुज- सोसैक्स—1-0

पेरिस एसजी-नैंत—1-1

ग्रेनोबल-ली मैन्स—3-3

सेंट एतियेन-ल्यों—0-0

मोनको-नीस—0-0

रेने-बोर्दियु—0-1

नैन्सी-सियान—1-1

लोरीएंट-द ह्व्रे—2-2

# 30

उस रात के भोजन के बाद उनके रिश्ते वैसे नहीं रह गये। चार्ल्स ने दूरी बना ली थी और नैटेली इस बात को अच्छी तरह समझ गयी थी। उनमें शायद ही कभी दुआ-सलाम होती थी, वे पूरी तरह से पेशेवर हो गये थे। अपनी-अपनी फ़ाइल के ऊपर काम करते हुए उनको किसी तरह की परेशानी नहीं होती थी। अपनी पदोन्नति के बाद से नैटेली छह लोगों के समूह का नेतृत्व करती थी। नये कार्यभार को लेने के बाद उसने तीन जोड़ी नये जूते खरीदे। उसने अपना दफ़्तर बदल लिया था और यह उसके लिए सबसे अच्छी बात हुई थी। उसने इसके बारे में पहले क्यों नहीं सोचा? क्या जगह बदलने से उसके दिमाग की हालत बदल सकती थी? लेकिन उसने इस सम्भावना की कल्पना की ही थी कि उसे यह बात समझ में आ गयी कि वह ऐसा महसूस नहीं कर सकती। दुःख में दुधारी शक्ति होती है, एक समझौता न करने वाली शक्ति जो बदलाव की आवश्यकता को भी बढ़ावा देती है तो उसमें यह आकांक्षा भी रहती है कि अतीत के प्रति ईमानदार रहा जाये। इसलिए उसने अपने पेशेवर जीवन को भविष्य की तलाश का काम सौंपा। उसका नया दफ़्तर इमारत की सबसे ऊँची मंज़िल पर था, जो देखने में लगता था कि आकाश को छूता था, और उसने खुद को इसके लिए शाबाशी दी कि उसे ऊँचाई से डर नहीं लगता था। यह एक तरह की साधारण खुशी थी।

उसके बाद के महीनों में उसके पास बहुत काम था। वह इस बात को लेकर दुविधा में थी कि अगर उसे नया कार्यभार सँभालना था तो इसके लिए

उसे स्वीडिश भाषा सीखनी चाहिए या नहीं। आप यह नहीं कह सकते कि वह महत्त्वाकांक्षी थी। वह फ़ाइलों में व्यस्त होकर अपना दुःख भुलाना चाहती थी। उसके दोस्त, परिवारवाले अभी भी परेशान थे, बहुत अधिक काम करने की उसकी आदत को वे उसके अवसाद के रूप में देख रहे थे। इस बात से उसे सबसे अधिक चिढ़ महसूस हुई। उसके लिए यह बहुत आसान था—वह इसलिए बहुत अधिक काम करना चाहती थी, ताकि वह सोचने से दूर रह सके, शून्य में रहने से दूर रहे। हमसे जितना होता है हम उतना संघर्ष करते हैं, और वह यह चाहती थी कि उसके करीबी लोग संघर्ष में उसकी मदद करें न कि अजीब तरह की बातें बनायें। वह जो कर पाती थी उसके ऊपर उसे गर्व महसूस होता था। वह सप्ताहान्त में भी दफ़्तर जाती, घर काम लेकर आ जाती, वह घंटों के बारे में भूल गयी थी। निश्चित तौर पर ऐसा भी वक्त आयेगा जब वह काम के दबाव से घिर जायेगी, लेकिन अभी तो वह प्रगति कर रही थी और यह सब था स्वीडन में आकर जहाँ उसने एक नया जोश महसूस किया था, उसके कारण था।

उसकी ऊर्जा ने सभी को प्रभावित किया। चूँकि वह ज़रा-सी भी गलती नहीं करती थी, उसके सहकर्मी इस बात को भूलने लगे कि उसके साथ क्या कुछ गुज़रा था। दूसरों के लिए फ्रांसुआ याद बन गया, और शायद उसके लिए भी वह वही बनता जा रहा था। देर तक काम करने के कारण वह लगातार उपलब्ध रहती थी, खासकर अपनी टीम के लोगों के लिए। क्लोई जो सबसे आखिर में आयी थी, सबसे कम उम्र की भी थी, उसे नैटेली से अपनी बातें साझा करने में अच्छा लगता था, खासकर जब उसके प्रेमी से जुड़ी समस्या होती थी और लगातार उसकी चिंता का कारण था—वह बुरी तरह ईर्ष्यालु थी। वह यह जानती थी कि यह बेतुकी बात थी, लेकिन वह खुद पर काबू नहीं रख पाती थी और वह तार्किक तरीके से व्यवहार नहीं कर पाती थी। जिसका नतीजा कुछ अजीब हुआ—क्लोई की कहानियों को सुन-सुनकर नैटेली अपने अतीत से जुड़ने लगी, उस दुनिया से जिसे वह खो चुकी थी। अपने जवानी के दिनों से जब उसे यह डर रहता था कि वह किसी ऐसे उपयुक्त पुरुष की तलाश नहीं कर पा रही थी, जिसके साथ वह अपना जीवन बिता सके। क्लोई की बातों में कुछ ऐसा था कि उसकी स्मृतियाँ फिर से रूपाकार लेने लगीं।

# 31

## *नज़ाकत की दृश्य योजना के अंश*

दृश्य 31—बार के अन्दर का दृश्य

*नैटेली और क्लोई (निर्देशक ने नैटेली की भूमिका के लिए ऑड्रे तुटू तथा क्लोई की भूमिका के लिए मेलेनी बर्नियर के बारे में सोच रखा है) एक बार में जाते हैं। यह पहली बार नहीं है कि वे इस जगह पर आयी हैं। नैटेली क्लोई के पीछे-पीछे चल रही है। वे एक खिड़की के पास की मेज़ पर बैठ जाती हैं।*

*बाहर : बारिश की सम्भावना*

**क्लोई** *(सहज ढंग से)* : आप कैसी हैं? ठीक हैं न?

**नैटेली** : हाँ, बहुत बढ़िया।

*क्लोई नैटेली को ध्यान से देखती है।*

**नैटेली** : तुम मुझे इस तरह से क्यों देख रही हो?

**क्लोई** : मैं यह चाहती हूँ कि हमारा सम्बन्ध बराबरी का रहे। मैं यह चाहती हूँ कि आप अपने बारे में बात करें। लेकिन सच तो यह है कि हम हमेशा मेरे बारे में बातचीत करते हैं।

**नैटेली :** तुम क्या जानना चाहती हो?

**क्लोई :** आपके पति को गुज़रे काफ़ी समय हो गया...और...और...क्या इसके बारे में बातें करते हुए आपको मुश्किल होती है?

*ऐसा लगता है कि नैटेली हैरान हो गयी हो। कोई भी इस तरह सीधे-सीधे इस विषय को नहीं उठाता। थोड़ी चुप्पी के बाद क्लोई आगे बोलती है।*

**क्लोई :** यह सही है...आप जवान हैं, खूबसूरत हैं...और वहाँ बैठे उस आदमी को देखिये—जब से वह बार में आया है, आपको ही देखे जा रहा है।

*नैटेली अपना सिर हिलाती है, और उसकी आँखें उस आदमी से मिलती हैं जो कि उसको देखे जा रहा है।*

**क्लोई :** वह सच में बुरा नहीं है, मुझे लगता है। मैं शर्त लगाती हूँ कि उसकी राशि वृश्चिक है। और चूँकि आप मीन राशि की हैं, इसलिए एकदम सही जोड़ी है।

**नैटेली :** मैंने अभी उसे ठीक से देखा भी नहीं है और तुम अभी से भविष्यवाणी कर रही हो?

**क्लोई :** हूँ, ज्योतिष महत्त्वपूर्ण है। यह मेरे प्रेमी के साथ मेरी समस्या की कुंजी है।

**नैटेली :** फिर तो कुछ भी नहीं किया जा सकता है? वह अपनी राशि नहीं बदल सकता।

**क्लोई :** नहीं, वह हमेशा वृषभ राशि जैसा बना रहेगा।

*नैटेली के भावहीन चेहरे का दृश्य।*

# 32

नैटेली को वहाँ आना और इतनी कम उम्र की लड़की के साथ इस तरह की चर्चा करना बेतुका लग रहा था। सबसे बढ़कर, हमेशा की तरह, वह उस पल को जी नहीं पा रही थी। शायद इसी को दुःख कहते हैं—स्थायी तौर पर अपने आस-पास से कट जाना। वह वयस्कों द्वारा खेले जाने वाले खेलों को देखती थी लेकिन उनमें उसकी कोई रुचि नहीं दिखाई देती थी। खुद से यह कहना आसान था—''मैं यहाँ नहीं हूँ।'' क्लोई उससे आस-पास की, अपने वर्तमान की उद्दाम ऊर्जा के साथ बात कर रही थी, कोशिश कर रही थी कि उसको यह सोचने की दिशा में ले जाये कि ''मैं यहाँ हूँ।'' वह लगातार उस आदमी के बारे में बात करती रही। जो कि सही भी था, क्योंकि वह आदमी अपनी बियर समाप्त करते हुए यह तय करने की कोशिश कर रहा था कि उनसे सम्पर्क करना चाहिए या नहीं। देखने से बातचीत तक पहुँचना, आँखों से शब्दों तक पहुँचना आसान नहीं था। दिन भर काम करने के बाद वह हल्के मूड में था और ऐसे में आदमी कई बार खुलकर कुछ कर जाता है। हर साहसी कदम के बाद थकान अक्सर उतर जाती है। वह अभी नैटेली की तरफ़ देखे जा रहा था। उसे वास्तव में खोना क्या है ? कुछ नहीं, सिवाय इसके कि अनजान रहने के मुकाबले उसे लोग अधिक जानेंगे।

उसने अपनी शराब के बिल का भुगतान किया और वहाँ के माहौल के अवलोकन पर अपनी टिप्पणी लिख गया। उसकी चाल को लगभग मज़बूत कहा जा सकता था। नैटेली उससे कुछ फीट की दूरी पर थी—दस, बारह

फीट, अधिक नहीं। उसे यह लगा कि वह आदमी उसकी तरफ़ आ रहा था, उससे मिलने के लिए। तत्काल, उसके दिमाग में अजीब-सा खयाल आया, सात सालों से यह आदमी मेरी तरफ़ आ रहा है, जिसकी कि हो सकता है, गाड़ी के नीचे आने से मौत हो जाये। इस खयाल ने उसे अनिवार्य रूप से जगा दिया और उसकी नज़ाकत के ऊपर ज़ोर दिया। उससे जो भी आदमी मिला था उसने उसकी फ्रांसुआ के साथ हुई मुलाकात की याद दिलाई। जबकि इस आदमी का उसके पति के साथ कुछ भी लेना-देना नहीं था। वह उसकी तरह बिस्तर पर जाने की मुस्कान के साथ आ रहा था। लेकिन एक बार जब वह मेज़ पर आ गया तो चुप हो गया। एक पल वैसे ही बीत गया। उसने इस बात के लिए तो मन बना लिया था कि उनके साथ आये लेकिन बातचीत की शुरुआत कैसे की जाये इसके लिए उसने तैयारी नहीं की थी। हो सकता है कि वह महज़ दुःखी हो रहा हो? हैरान, कि इस महिला ने उस आदमी के ऊपर ध्यान दिया, जो विस्मयबोधक चिह्न (!) की तरह टँगा हुआ था।

"हैलो... क्या मैं आपको पीने के लिए कुछ दे सकता हूँ?" आखिरकार उसने पूछ ही लिया।

क्लोई मान गयी और वह पास में ही इस भाव के साथ बैठ गया जैसे कि वह पुरस्कार से महज़ आधी दूरी पर हो। जब वह बैठ गया तब नैटेली ने सोचा कि वह बेवकूफ़ है। वह मुझे पीने के लिए शराब की पेशकश कर रहा है, जबकि मैंने अपने गिलास को हाथ भी नहीं लगाया है। फिर अचानक उसने अपना दिमाग बदल लिया। उस महिला ने खुद से कहा कि इस समय जो झिझक है वह दिल को छू लेने वाली है। एक बार फिर उसकी उग्रता सामने आ गयी। लगातार बदलने वाली मनोदशा ने उसे अपनी गिरफ़्त में ले लिया था। उसे समझ में नहीं आ रहा था कि क्या सोचे। उसकी हर मुद्रा उसके मनोभाव के खिलाफ़ लग रही थी।

क्लोई ने बातचीत की कमान सँभाल ली, नैटेली को लेकर एक के बाद एक सकारात्मक कहानियाँ सुनाने लगी। जिससे वह तैयार हो रही थी। उसके शब्दों में, वह एक आधुनिक, तेज़-तर्रार, उदार, कभी समझौता न करने वाली

महिला थी। यह सब भी महज़ पाँच मिनट में, इस पूर्णता के साथ कि आदमी के दिमाग में महज़ एक सवाल ही रह गया—फिर दिक्कत क्या थी? क्लोई की उस कहानी के दौरान नैटेली ने यह कोशिश की कि वह मुस्कुराती रहे, चेहरे के तनाव को ज़रा आराम देते हुए, और मुस्कुराते हुए वह स्वाभाविक बने रहने की कोशिश भी कर रही थी। लेकिन अगर उसकी ऊर्जा जाती रही हो तो मुँह क्यों बनाया जाये? अपनी पूरी ताकत इसके लिए क्यों लगाई जाये कि प्यारी और सहमति से भरी लगा जाये? और फिर, इससे निकल कर क्या आयेगा? एक बार और भेंट? और अधिक बातचीत किये जाने की ज़रूरत है? अचानक, हर चीज़ जो कि साधारण और सहज लग रही थी, वह घुप्प अँधेरे में घिर गयी। उनकी रोज़मर्रा की बातचीत के पीछे उस दम्पति के जीवन की सच्चाई को भाँप रही थी।

उसने क्षमा माँगी और लेडीज़ रूम तक गयी। काफ़ी देर तक उसने खुद को आईने में निहारा। अपने चेहरे को पूरी निष्पक्षता से। उसने अपने गालों पर थोड़ा-सा पानी फेंका। क्या उसे लगता था कि वह सुन्दर थी? क्या उसने अपने बारे में कोई राय बनायी थी? अपनी स्त्रैणता को लेकर? वापस जाने का समय आ गया था। लेकिन वह बिना हिले वहाँ कुछ देर तक रही, सोचती हुई। अपनी सोच में डूबती-उतराती। जब वह अपनी मेज़ पर लौटी, उसने अपना कोट पकड़ लिया। उसने एक बहाना बनाया, बिना इस बात की जहमत उठाये कि वह विश्वास के योग्य लगे। क्लोई ने कुछ कहा जो वह सुन नहीं पायी। वह बाहर निकल चुकी थी। कुछ देर बाद, जब वह सोने जा रहा था, उस आदमी ने सोचा कि कहीं उसने अपना उल्लू तो नहीं बना लिया।

# 33

***नैटेली की टीम के लोगों की जन्मराशि***

क्लोई - तुला

ज्यां पियरे - मीन

आल्बेयर - वृषभ

मार्कस - वृश्चिक

मारी - कन्या

बेन्यो - मकर

# 34

अगली सुबह बिना विस्तार में गये उसने क्लोई से माफ़ी माँग ली। दफ़्तर में वह क्लोई की बॉस थी। वह एक निर्भीक औरत थी। उसने बस यह कह दिया कि कुछ दिनों के लिए उसका बाहर जाने का मन नहीं। "बहुत बुरी बात है," उसकी युवा सहकर्मी ने फुसफुसाते हुए कहा, "बस हो गया।" उनको कोई और बात करनी थी। इस बातचीत के बाद, वह कुछ पल के लिए गलियारे में रुकी। फिर वह अपने दफ़्तर लौट गयी। आखिरकार सभी फ़ाइलें उसके सामने अपने वास्तविक रंग में आ रही थीं—जिनमें उसकी कोई रुचि नहीं थी।

वह कभी दुनिया से पूरी तरह से विमुख नहीं हुई थी। उसने एक औरत का रूप कभी नहीं छोड़ा था, उन पलों में भी नहीं जबकि वह मरना चाहती थी। हो सकता है यह फ्रांसुआ के प्रति श्रद्धांजलि हो, या यह बात इस विचार से आयी हो कि कभी-कभी जीवन्त दिखने के लिए मेकअप कर लेना पर्याप्त होता है। फ्रांसुआ को मरे तीन साल हो गये। खालीपन में रहते हुए, एक जीवन को गँवाते हुए तीन साल। वे अक्सर कहते कि उसने अपनी स्मृतियों को पीछे छोड़ दिया। हो सकता है कि यह अतीत में रहने से रोकने का सबसे अच्छा तरीका हो। उसे वह कहने का ढंग याद है—"अपनी स्मृतियाँ पीछे छोड़ देना," आप किसी स्मृति को किस प्रकार छोड़ते हैं? जब वस्तुओं की बात आयी तो उसने इस विचार को स्वीकार कर लिया। जिन वस्तुओं को उसने छुआ था, उनको वह और नहीं बर्दाश्त कर सकती थी। जिसका नतीजा यह था कि अधिक कुछ बचा नहीं था, सिवाय उस फ़ोटो के जो उसने अपनी

मेज़ की बड़ी-सी दराज में रखी थी। वह तस्वीर जो लगता था, जैसे कि खो गयी हो। वह अक्सर उसे देखती थी, मानो वह खुद को इस बात का दिलासा दिलाती हो कि उनकी कहानी सच में थी। दराज में एक छोटा-सा शीशा भी था। वह उसे निकालकर खुद को इस तरह से देखती थी जिस तरह से कोई आदमी उसे पहली बार देखता तो देखता। वह उठ खड़ी हुई और अपने दफ़्तर में इधर-उधर टहलने लगी। कमर पर हाथ रखकर। कालीन की वजह से उसके जूतों की कोई आवाज़ नहीं आ रही थी। कालीन के कारण संवेदना मर जा सकती है। दीवार से दीवार तक लगाये जाने वाले कालीन का आविष्कार किसने किया होगा?

# 35

किसी ने दरवाज़ा खटखटाया। हल्के से, दो बार, अधिक नहीं। नैटेली ने ध्यान दिया मानो पिछले कुछ पलों में उसे यह लगने लगा था कि वह इस दुनिया में अकेली रह सकती थी। उसने कहा, ''अन्दर आ जाओ।'' और मार्कस अन्दर आया। वह स्वीडन के शहर उप्पसला का रहने वाला उसका सहकर्मी था, जहाँ अधिक लोगों की रुचि नहीं थी। यहाँ तक कि उप्पसला के वासी भी शर्मिंदा रहते थे; शहर का नाम किसी माफ़ी की तरह लगता था। दुनिया में आत्महत्या की दर सबसे अधिक स्वीडन में है। आत्महत्या का एक विकल्प था फ्रांस में चले जाना, जिसके बारे में मार्कस ने ज़रूर सोचा होगा। देखने में वह कुछ अच्छा नहीं था, इसका मतलब यह नहीं था कि वह कुरूप था। कपड़े पहनने का उसका तरीका अजीब था; आप यह कह सकते थे कि उसने कपड़े अपने दादाजी से लिये थे, एम्मौस की दूकान से, या सस्ते कपड़ों की दूकान से। इस सबसे जो व्यक्तित्व बनता था, वह बहुत सुसंगत नहीं था।

''मैं आपसे फ़ाइल 114 के बारे में बात करने आया था,'' उसने कहा।

देखने में वह अजीब लग रहा था; क्या उसे इस तरह की बेवकूफ़ी की बातें भी करनी चाहिए थीं? नैटेली की उस दिन काम करने की कोई इच्छा नहीं थी। बहुत लम्बे समय तक काम करने के बाद यह पहली बार हुआ था। वह कुछ-कुछ उदास महसूस कर रही थी; उप्पसला में छुट्टी मनाने जाने के लिए एक तरह से तैयार थी। वह मार्कस की तरफ़ घूरे जा रही थी, जो अपनी जगह से हिल नहीं रहा था। वह उसकी तरफ़ हैरानी से देख रहा था। उसके

लिए, वह एक ऐसी स्त्री की तरह थी जो पहुँच से बाहर होती है, उसको लेकर मन-ही-मन वह उस तरह का भाव रखता था जो लोग अपने से ऊँची स्थिति में काम करने वालों के लिए विकसित कर लेते हैं। इसलिए उसने यह फैसला किया कि वह उसकी तरफ़ बढ़ेगी, धीरे, बहुत धीरे। जब तक वह आप तक पहुँचती तब तक आपके पास उपन्यास तक पढ़ डालने का समय था। ऐसा लगता था कि वह यह नहीं चाहती थी कि कोई उसे रोके, इस हद तक कि उन दोनों की नाक आपस में टकरा जाये। उस स्वीडिश नागरिक ने तो साँस लेना भी बन्द कर दिया था। वह चाहती क्या थी? उसके पास इतना समय नहीं था कि दिमाग में इस सवाल पर देर तक सोचे, क्योंकि वह उसे चूमने लगी थी। वह लम्बा, गहरा चुम्बन था, अचानक उसने अपने आपको वापस खींच लिया।

''हम लोग 114 को बाद में देखेंगे।''

उसने दरवाज़ा खोला और मार्कस को बाहर जाने के लिए कहा। जो उसने मुश्किल से किया। वह तो जैसे चाँद पर पहुँचे आर्मस्ट्रॉन्ग की तरह हो गया था। उसके लिए वह चुम्बन इन्सान की एक बहुत बड़ी छलांग की तरह था। वह दफ़्तर के दरवाज़े के बाहर बिना हिले-डुले कुछ देर खड़ा रहा। नैटेली भी इस बात को भूल चुकी थी कि हुआ क्या था। उसने जो किया था, उसका कोई सम्बन्ध जीवन की अन्य घटनाओं से नहीं था। वह तो एक तरह से शुकराने की तरह से किया गया काम था।

# 36

### *दीवार-से-दीवार तक लगने वाले कालीन का आविष्कार*

इस बात का पता लगा पाना मुश्किल लगता है कि दीवार-से-दीवार तक लगने वाले कालीन का आविष्कार किसने किया था। लेरौस डिक्शनरी के मुताबिक़ कालीन महज़ गज के हिसाब से बेचा जाने वाला गलीचा है।

दीवार-से-दीवार तक लगने वाले कालीन की यह दयनीय अवस्था का अखंड सबूत है कि किसी को बुलाने का उसे अधिकार नहीं है।

# 37

मार्कस समय का पाबन्द था और उसे ठीक सात बजकर पन्द्रह मिनट पर घर पहुँचना पसन्द था। वह उपनगर की तरफ़ जाने वाली ट्रेनों के समय के बारे में उस तरह से जानता था जिस तरह से दूसरे लोग अपनी पत्नियों के इत्र (परफ्यूम) के बारे में जानते हैं। जिस तरह से चुस्त-दुरुस्त उसका रोज़ का कार्यक्रम था, उससे वह नाखुश नहीं था। कभी-कभी उसे ऐसा लगता था कि वह उन अनजाने लोगों का दोस्त था जिनसे रोज़ उसकी भेंट होती थी। उस शाम वह चिल्ला-चिल्ला कर सभी को अपने साथ हुई रोमांचक घटना के बारे में बता देना चाहता था। उस घटना के बारे में जब नैटेली के होंठ उसके होंठों पर थे। वह चाहता था कि यूँ ही उठे और किसी भी स्टेशन पर यूँ ही उतर जाये, ताकि वह खुद को यह एहसास दिलवा सके कि वह सामान्य जीवन से अलग हट रहा था। वह पागल हो जाना चाहता था, जो इस बात का बहुत अच्छा सबूत था कि वह पागल नहीं था।

जब वह घर में घुसा तो स्वीडन के अपने बचपन के दिनों की छवियाँ उसके मन में कौंधने लगीं। वह ज़रूर तेज़ी से हुआ होगा। स्वीडन में उसका बचपन वैसे ही था जैसे स्विट्जरलैंड का बुढ़ापा। साथ ही, उसने उन पलों को याद किया जब वह क्लास में पीछे बैठा था सिर्फ़ इसलिए ताकि लड़की की पीठ देख सके। उन सालों के दौरान उसने क्रिस्टीना, पर्निलिया और जोआन की गर्दन की रेखाओं को पसन्द किया, और सामने की पंक्तियों में बैठने वाली लड़कियाँ। उसको उनके चेहरे भी याद नहीं हैं। वह सपना देख रहा था कि

उनको खोज ले और कहे कि नैटेली ने उसे चूमा था। उनको बता सके कि वे उसकी सुन्दरता को समझ नहीं पायीं, उसके जादू को। जो बहुत प्यारा है।

जब वह अपनी इमारत के पास पहुँचा तो झिझका। हम लोगों को कितनी सारी संख्याओं को याद करने के लिए मजबूर किया जाता है। सेल फ़ोन, इंटरनेट कोड, बैंक कार्ड... इसलिए निश्चित रूप से एक पल ऐसा आता है जब सभी कुछ घुल-मिल जाता है। आप अपनी इमारत में घुसने की कोशिश में अपना टेलीफ़ोन नम्बर पंच करते हैं। मार्कस, जिसका दिमाग पूरी तरह से दुरुस्त है, को ऐसा महसूस हुआ जैसे वह पटरी से उतरने के कगार पर था और उस रात उसके साथ ऐसा ही हो रहा था। उसके लिए दरवाज़े का कोड याद रख पाना असम्भव हो रहा था। बेकार में उसने कई तरह के कोड आज़मा लिये। आप जिस बात को सुबह तक बहुत अच्छी तरह जानते रहे हों उसे शाम को कैसे भूल सकते हैं? क्या इतने अधिक आँकड़े हमें आवश्यक रूप से भुलक्कड़ बना देते हैं? आखिरकार, एक पड़ोसी आया और दरवाज़े के सामने खड़ा हो गया। वह उसे तत्काल खोल सकता था लेकिन उसने यह तय किया कि उस पल का आनन्द ले ताकि उसे वह अपने ऊपर हावी होना न मान ले। उसकी आँखों में जो भाव था उससे यही बात तत्काल समझ में आती थी कि दरवाज़े का कोड याद रखना जैसे एक तरह से पौरुष का चिह्न था। आखिरकार वह पड़ोसी आगे आया, और उसने पूछा, "क्या मैं कुछ मदद करूँ।" मार्कस ने सोचा, 'तुम बेवकूफ़ हो, अगर तुमको इस बात का पता होता कि मेरे दिमाग में इस समय कुछ इतना सुन्दर है कि उसने पिछले आँकड़ों को मिटा दिया है...' उसने सीढ़ी का रास्ता अपनाया, तत्काल अपने भाग्यहीन सदमे को भूल गया। वह अभी भी उसी तरह से दिल से हल्का महसूस कर रहा था और उस चुम्बन का दृश्य उसकी आँखों में चल रहा था। यह उसकी स्मृति की एक यादगार फिल्म बन चुका था। आखिरकार उसने अपने अपार्टमेंट का दरवाज़ा खोला और पाया कि उसका ड्रॉइंग रूम उसके जीने की भूख के सामने बहुत छोटा था।

# 38

## *मार्कस की बिल्डिंग के दरवाज़े को खोलने का कोड*

ए 9624

# 39

अगली सुबह वह जल्दी उठ गया। इतनी जल्दी कि वह इस बात को लेकर भी निश्चित नहीं था कि वह सोया भी था। वह बेताबी के साथ सूरज निकलने की प्रतीक्षा करता रहा, मानो वह कोई महत्त्वपूर्ण तिथि हो। आज क्या होनेवाला था? नैटेली आज किस तरह के मूड में होगी? और उसे क्या करना चाहिए? कौन जानता है कि उस समय क्या करना चाहिए जब कोई सुन्दर स्त्री आपको चूम ले और उसका ज़रा भी कारण तक न बताये? सवाल उसके दिमाग में खलबली मचाये हुए था, और यह कोई अच्छी बात नहीं। उसे कुछ ठंडी-ठंडी साँसें लेने की ज़रूरत थी (...) और (...) खुद से यह कहने की, "यह भी और दिनों की तरह का ही एक दिन था।"

मार्कस को पढ़ना बहुत पसन्द था। नैटेली के समान उसमें यह अच्छी बात थी। वह उपनगर की रेल यात्राओं में अपनी इस इच्छा को शान्त किया करता था। हाल में ही उसने कई किताबें खरीदी थीं और उसे उनमें से एक किताब का चुनाव करना था जो उस अच्छे दिन उसके साथ होती। वह रूसी लेखक था जिसे वह बहुत अधिक पसन्द करता था, वह लेखक जिसको टॉलस्टॉय और दोस्तोव्यसकी से कम पढ़ा गया था, वह भी अकारण, लेकिन वह किताब बहुत भारी थी। वह कोई ऐसी किताब चाहता था जिसमें वह तब ताक-झाँक कर सके जब उसे वैसा महसूस हो, क्योंकि वह इस बात को जानता था कि वह उसके ऊपर ध्यान एकाग्र नहीं कर पायेगा। इसलिए उसने सिओरां की पुस्तक *सिलोगिज़्म्स ऑफ़ बिटरनेस* का चयन किया।

एक बार जब वह पहुँच गया तो उसने कोशिश की कि अधिक-से-अधिक समय जितना सम्भव हो वह कॉफ़ी मशीन के पास ही रहे। यह स्वाभाविक लगे इसलिए उसने कई कप कॉफ़ी पी ली। एक घंटा ऐसा करने के बाद उसे यह महसूस हुआ कि वह बहुत अधिक उत्तेजित हो गया था। काली कॉफ़ी और बिना नींद की सफ़ेद रातों का मेल अच्छा नहीं होता। वह पुरुष कक्ष तक गया, उसे लगा जैसे वह बीमार हो। वह वापस अपने दफ़्तर पहुँच गया। आज के लिए नैटेली के साथ किसी तरह की बैठक की योजना नहीं बनी थी। शायद उसे जाकर उससे यूँ ही मिल लेना चाहिए? बहाना फ़ाइल 114 का बनाना चाहिए। लेकिन फ़ाइल 114 के बारे में कहने को कुछ भी नहीं था। वह बेवकूफ़ी होती। वह अनिश्चय की इस स्थिति से ऊब चुका था। आखिर, उसे आना चाहिए। आखिर उसने ही उसे चूमा था। आपको इस बात का कोई अधिकार नहीं है कि आप बिना किसी कारण के इस तरह से करें। यह तो कुछ वैसी ही बात हुई कि आप कुछ चुरा लें और फिर भाग खड़े हों। यह बिलकुल ऐसी ही बात थी—वह उसके होंठों से भाग खड़ी हुई। हालाँकि, वह जानता था कि वह उससे मिलने नहीं आयेगी। हो सकता है कि वह उस पल के बारे में भूल भी गयी हो; उसके लिए वह उतना मायने नहीं रखता था, जबकि मार्कस के लिए यह बहुत बड़ी बात थी? अमूल्य। वह चुम्बन उसमें हर कहीं था, उसके बदन को झुरझुरा रहा था।

# 40

***गुस्ताव क्लीमा की पेंटिंग 'द किस' की व्याख्या का एक अंश***

क्लीमा की अधिकांश कृतियों की ज़बर्दस्त व्याख्या हुई, लेकिन आरम्भ में उन्होंने बीथोवन की चित्र-वल्लरी और स्टॉकलेट की चित्र-वल्लरी के साथ जो आलिंगनबद्ध युगल विषय उठाया है वह 'द किस' में मनुष्य की सुख की खोज की सबसे बड़ी पूर्ति के रूप में दिखाई देता है।

# 41

मार्कस का ध्यान नहीं लग रहा था। वह अपना स्पष्टीकरण चाहता था। इसको पाने का सिर्फ़ एक तरीका था—झूठ-मूठ का संयोग बनाया जाये। वह नैटेली के दफ़्तर के बाहर बार-बार आता-जाता रहे—सारा दिन। फिर वह पल आये जब वह बाहर आयेगी...वह महज़ संयोगवश वहाँ होगा, उसके दफ़्तर के बाहर चलता हुआ। सुबह तक वह पसीने में तरबतर हो गया था। अचानक उसने सोचा, 'यह मेरा सबसे अच्छा दिन नहीं है! अगर वह इस समय निकल कर आ जाये तो वह एक ऐसे आदमी को सामने पायेगी जो पसीने में तरबतर, गलियारे में टहल रहा है और वह भी बिना किसी काम के। उसे ऐसे आदमी के रूप में देखा जायेगा जो शायद बिना किसी लक्ष्य के घूमता है।'

दिन के खाने के बाद, सुबह की उसकी सोच एक तरह के प्रतिशोध के साथ लौट आयी। उसकी रणनीति सही थी, और उसे बस आगे-पीछे करते रहना था। बस यही एकमात्र समाधान था। यह सच में बड़ा मुश्किल होता है कि आप टहलते रहें और यह गुमान बनाये रखें कि आप कहीं जा रहे हैं। आपको एकाग्र रहने की ज़रूरत होती है, जैसे कि आपके दिमाग में लक्ष्य स्पष्ट हो—सबसे मुश्किल था तेज़ी से चलते हुए झूठ-मूठ चलते रहना। दोपहर खत्म होते-होते जब वह थक गया, तो उसे क्लोई मिली। उसने उससे पूछा, "क्या तुम ठीक हो? तुम अजीब तरह से व्यवहार कर रहे हो... "

"हाँ। हाँ। मैं ठीक हूँ। मैं अपने पैरों में गति वापस पा रहा हूँ। इससे मुझे सोचने में मदद मिलती है।"

"अभी भी 114?"

"हाँ।"

"और वह ठीक चल रहा है?"

"हाँ, ठीक ही है। कुल मिला कर।"

"देखो, मुझे 108 से कुछ नहीं बस मुश्किलें ही मिली हैं। मैं इसके बारे में नैटेली से बातचीत करना चाहती थी, लेकिन वह आज यहाँ नहीं है।"

"ओह, सच में? वह... यहाँ नहीं है?" मार्कस ने पूछा।

"नहीं...मुझे लगता है कि वह शहर से बाहर गयी है। कोई नहीं, मैं कोशिश करती हूँ इसका हल निकालने की।"

मार्कस बिना किसी प्रतिक्रिया के वहाँ खड़ा रहा।

वह इतना अधिक चल चुका था कि वह भी शहर के बाहर जा चुका होता।

# 42

## *सियोरां का उपन्यास 'थ्री अफ़ोरिज्म' जिसे मार्कस ने उपनगरीय ट्रेन में पढ़ा*

प्रेम की कला?
यह जानना है कि किस तरह पिशाच के मिजाज़ को
रत्नज्योति के विवेक से साथ जोड़ा जाये।

हर इच्छा के भीतर एक साधू और एक कसाई
उलझते रहते हैं।

वीर्य लुटेरा का शुद्धतम रूप है।

# 43

अगले दिन मार्कस एक अलग ही मन:स्थिति में दफ़्तर आया। वह समझ नहीं पा रहा था कि वह इस तरह पागलों-सा व्यवहार क्यों कर रहा था। क्या अजीब विचार था, उस तरह से आगे-पीछे चहलकदमी करने का। वह चुम्बन सच में परेशान करने वाला था, और उसे यह बात मान लेनी पड़ी कि पहले उसका प्रेम-जीवन घटना विहीन रहा था, लेकिन उसका बच्चों की तरह व्यवहार करने का यह कारण नहीं था। उसे अपना सन्तुलन बनाये रखना चाहिए था। वह अब भी नैटेली से कारण जानना चाहता था, लेकिन अब वह उससे मिलने के लिए संयोग नहीं बनायेगा। वह सीधा जायेगा और उससे मिल लेगा।

उसने उसके दफ़्तर के दरवाज़े पर तेज़ हाथों से थपकी दी। ''आ जाओ,'' उसने कहा, और वह बिना डरे अन्दर प्रवेश कर गया। लेकिन तब उसे एक बड़ी समस्या का सामना करना पड़ा—उसने हेयरड्रेसर से अपने बाल सेट कराये हुए थे। जब बालों की बात आती तो मार्कस उसको लेकर हमेशा से बहुत संवेदनशील था, और उसको यह परेशान करने वाला नज़ारा देखना पड़ा—नैटेली के बाल बहुत सुन्दर तरीके से पतले हो गये थे। बहुत ही सुन्दर। अगर वह उनको पीछे की तरफ़ बाँध लेती तो सभी कुछ आसान हो जाता। लेकिन इतने सुन्दर बालों को देखकर जैसे उसके पास शब्द ही नहीं थे।

''हाँ, मार्कस, क्या है ?''

उसके दिमाग में जो उधेड़बुन चल रही थी उसको विराम देते हुए वही

कह पाया जो पहला वाक्य उसके दिमाग में सूझा—

''मुझे आपके बाल सच में पसन्द आये।''

''शुक्रिया, अच्छा लगा।''

''नहीं, मेरा मतलब है कि मैं इनके ऊपर मोहित हो गया।''

नैटेली सुबह-सुबह की इस स्वीकारोक्ति से हैरान थी। उसे समझ में नहीं आ रहा था कि वह मुस्कुराये या शरमाये।

''हाँ, और?''

''...''

''निश्चित रूप से तुम सिर्फ़ मेरे बालों की तारीफ़ करने के लिए अन्दर नहीं आये हो?''

''नहीं...नहीं...''

''हाँ ठीक है, फिर। मैं सुन रही हूँ।''

''...''

''मार्कस तुमको क्या हुआ?''

''हाँ...''

''ठीक है?''

''मैं यह जानना चाहता हूँ कि आपने मेरा चुम्बन क्यों लिया।''

चुम्बन की स्मृति उसके दिमाग में उभर आयी। वह उसे कैसे भूल सकती थी? उसने हर घटना को फिर से जोड़ा, लेकिन उसे बहुत खीज हुई। क्या वही पागल हो गयी थी? तीन साल से वह किसी पुरुष से नहीं मिली, किसी में रुचि होने जैसा सोचा भी नहीं। और फिर उसने इस छोटे सहकर्मी को चूम

लिया! वह जवाब का इन्तज़ार कर रहा था, जो समझ में आने वाली बात थी। समय गुज़रता जा रहा था। उसे कुछ–न–कुछ कहना था।

"मुझे पता नहीं," नैटेली फुसफुसाई।

मार्कस को कोई जवाब चाहिए था, चाहे उसे नकार दिया जाये, बजाय जवाब के इस 'नहीं' के।

"आपको पता नहीं?"

"नहीं। मुझे पता नहीं।"

"आप बात को इस तरह से नहीं छोड़ सकतीं। आपको मुझे बताने की ज़रूरत है।"

कहने के लिए कुछ भी नहीं था।

वह चुम्बन आधुनिक कला की तरह था।

# 44

## *कजीमिर मैलेविच की बनायी एक पेंटिंग का शीर्षक*

White on white (सफ़ेद पर सफ़ेद)(1918)

# 45

उसके बाद, उसने उसके बारे में सोचा—वह चुम्बन क्यों? यूँ ही हो गया। हम जैविक घड़ी के मालिक नहीं होते हैं। इस मसले में यह दु:ख की बात थी। वह मर जाना चाहती थी, उसने फिर से साँसें लेने की कोशिश की, उसमें वह सफल रही, फिर वह खा पाने में समर्थ हुई, यहाँ तक कि काम पर जा पाने में भी, मुस्कुराते हुए, मजबूत दिखने की कोशिश की, प्यारी, स्त्री रूप; और समय बीतने के साथ फिर खुद के पुनर्निर्माण की अटूट ऊर्जा के साथ लगी हुई थी, उस दिन तक जबकि वह बार में गयी लेकिन उसमें बह गयी, चलते जाने के उस खेल को सह नहीं पायी, उसने निश्चय किया था कि आगे से किसी पुरुष में दिलचस्पी नहीं दिखायेगी; उसके अगले दिन उसने दीवार से दीवार वाले कालीन पर चलते हुए यही किया—उसने अपनी शंका के एक आवेग को चुराकर अपने शरीर की इच्छा को वस्तु के रूप में देखा, उसके रूपाकारों में, और उसे इस बात से निराशा भी हुई कि उसे अपने सैंडल की हील की आवाज़ भी नहीं सुनायी दी...यह सब कहाँ से आ गया था, संवेदना का ऐसा अनदेखा उफ़ान, ऐसी ऊर्जा।

और तभी कमरे में मार्कस आया।

अब और कुछ कहने को है नहीं। हमारी जो जैविक घड़ी है वह तार्किक नहीं होती है। यह एकदम से उस असफल प्रेम सम्बन्ध की तरह होता है—आपको यह नहीं पता होता है कि आप उससे कब उबर पायेंगे। सबसे दर्द-भरे पल में, आप यह सोचते हैं कि यह घाव कभी नहीं भरेगा। और एक

सुबह आप यह जानकर खुद चौंक जाते हैं कि आपको अब इस भयानक भार का वैसा एहसास नहीं रहा। इस बात की तरफ़ ध्यान जाना चौंकाने वाला था कि वह जो चिन्ता थी, दूर हो गयी थी। लेकिन उसी दिन क्यों? उसके आगे–पीछे क्यों नहीं? यह हमारे शरीर का तानाशाही भरा फैसला है। उसके इस आवेग भरे चुम्बन को लेकर मार्कस को कोई उपयुक्त जवाब नहीं माँगना चाहिए था। ज़्यादातर कहानियों को सही पल के साधारण सवाल से हल के आधार पर समझाया जा सकता था। मार्कस, जिसने अपने जीवन में बहुत सारे कामों का कबाड़ा किया था, ने उस समय यह पाया कि वह सही पल में एक महिला की नज़र में पड़ गया।

नैटेली ने मार्कस की आँखों में निराशा को पढ़ लिया था। उनकी उस आखिरी बात के बाद वह चुपचाप चला गया। बिना कोई आवाज़ किये। 800 पृष्ठों के उपन्यास में किसी प्रछन्न से अर्ध विराम की तरह। वह उसे इस तरह से जाने नहीं दे सकती थी। वह इस बात से बहुत दुःखी थी, जिस तरह से उसने व्यवहार किया था। उसने सोचा कि वह साथ काम करने के लिहाज़ से एक अच्छा आदमी था, सबका सम्मान करने वाला, और इस बात को सोचकर वह और भी दुःखी हो गयी कि उसने उसका दिल दुखाया। उसने उसे अपने दफ़्तर में बुलाया। उसने अपनी बगल में फ़ाइल 114 को दबाया कि कहीं हो सकता है कि वह इसके बारे में बातचीत करना चाहती हो। लेकिन उसने फ़ाइल 114 को ज़्यादा तरजीह नहीं दी, वहाँ जाने से पहले वह बाथरूम में गया और वहाँ उसने चेहरे पर पानी के छींटे मारे। इस बात को लेकर वह उत्सुक था कि वह आखिर उससे कहने क्या वाली थी, और उसने उसके दफ़्तर का दरवाज़ा खोला।

''आने का शुक्रिया।''

''आपका स्वागत है।''

''मैं माफ़ी माँगना चाहती हूँ। मुझे समझ में नहीं आता कि किस तरह जवाब देना चाहिए। और ईमानदारी से कहूँ तो मुझे अभी भी नहीं पता...''

''...''

‘‘मुझे समझ में नहीं आ रहा कि मुझे क्या हो गया था। यह किसी तरह का शारीरिक आवेग रहा होगा...लेकिन हम साथ काम करते हैं, और मैं यह कहना चाहती हूँ कि यह पूरी तरह से उचित नहीं था।’’

‘‘आप किसी अमेरिकन की तरह बात कर रही हैं। यह कभी भी अच्छी बात नहीं।’’

वह हँसने लगी। यह अजीब जवाब था। यह पहली बार था जब वे दोनों फ़ाइल के अलावा किसी और चीज़ को लेकर बातचीत कर रहे थे। उसे उसके असली व्यक्तित्व का एक असली रूप समझ में आया। उसे अपने ऊपर काबू रखना था।

‘‘मैं उसकी तरह बात कर रही हूँ, जो छह लोगों की टीम का नेतृत्व करती है और जिसका तुम भी हिस्सा हो। तुम जिस समय अन्दर आये, उस समय मैं दिवास्वप्न में डूबी थी, और उस समय मैं हालात को ठीक से समझ नहीं पायी।’’

‘‘लेकिन वह पल मेरे जीवन की वास्तविकता थी,’’ मार्कस ने बिना सोचे विरोध जताया। यह बात सीधे उसके दिल से निकली थी।

‘हालात आसान नहीं रह गये थे,’ नैटेली ने सोचा। बेहतर तो यही है कि बातचीत को रोक दिया जाये। जो उसने तत्काल किया। एकदम से। ऐसा लगा कि मार्कस उस बात को समझ नहीं पाया। वह दफ़्तर में तब भी चुपचाप खड़ा रहा, बिना हिले, वह वहाँ से जाने के लिए ताकत बटोर रहा था। सच्चाई यह थी कि जब दस मिनट पहले उसने उसे बुलाया था तब उसने यही सोचा था कि हो सकता था कि वह उसका दुबारा चुम्बन ले। वह अपने सपनों में भटक रहा था और हमेशा के लिए एक बात समझ गया कि उनके बीच इससे अधिक कुछ भी नहीं होने वाला था। वह यह सोचकर पागल हो रहा था कि काश, एक बार और हो जाये। उसने उस पल बहक कर उसे चूम लिया था। यह बात स्वीकार कर पाना मुश्किल था। यह तो यही बात हुई कि कोई आपको खुशियाँ दे और फिर उसे तत्काल वापस ले ले। उसने सोचा कि काश, उसने

नैटेली के होंठों का स्वाद नहीं चखा होता। उसने सोचा कि काश उसे उस पल का अनुभव नहीं हुआ होता। क्योंकि वह इस बात को शिद्दत से जानता था कि उन चंद पलों से उबरने में उसे महीनों लगने वाले थे।

मार्कस दरवाज़े की तरफ़ बढ़ गया। नैटेली को यह देखकर आश्चर्य हुआ कि मार्कस की आँखों में आँसू डबडबा आये थे। वे अभी ढुलके नहीं थे, वे गलियारे में निकलने वाले थे। वह चाहता था कि उनको रोक ले। निश्चित रूप से वह नैटेली के सामने नहीं रोना चाहता था। यह बेवकूफ़ी थी, लेकिन वह जो आँसू बहाने वाला था वह अप्रत्याशित था।

ऐसा तीसरी बार था कि वह किसी औरत के सामने रो पड़ा था।

# 46

## *पोलैंड के एक दार्शनिक का विचार*

वे अविश्वसनीय लोग होते हैं
जिनसे हम मिलते हैं गलत वक्त पर।
और ऐसे लोग भी होते हैं जो विश्वसनीय होते हैं
क्योंकि हम उनसे सही समय पर मिलते हैं।

# 47

## *आँसुओं के माध्यम से कही गयी मार्कस की छोटी-सी प्रेम कहानी*

सबसे पहले और सबसे बढ़कर, उसके बचपन के आँसुओं को छोड़कर, अपनी माँ और स्कूल में अध्यापिका के सामने बहाये गये आँसुओं को छोड़कर। ये ऐसे आँसू थे जिनकी वजह रोमांटिक थी। तो, नैटेली के सामने रोकने की कोशिश करते उन आँसुओं के सिवा, इस तरह के दो मौके और आये थे।

पहले आँसुओं का सम्बन्ध स्वीडन की एक युवा लड़की से था जिसका नाम मर्लिन था। बहुत स्वीडिश किस्म का नाम नहीं था, लेकिन निश्चित रूप से मर्लिन मुनरो की लोकप्रियता की कोई सीमा नहीं थी। मर्लिन के पिता सारी उम्र उसके बारे में सपना देखते रहे, और उनको इससे बेहतर कुछ और नहीं लगा कि बेटी का नाम मर्लिन के नाम पर रख दिया जाये। इस बात के मनोवैज्ञानिक खतरों के बारे में कुछ बात न की जाये कि अपनी प्रेम कल्पना के नाम पर बेटी का नाम रख दिया जाये। मर्लिन के पिता का इतिहास हमारे लिए एक तरह से गैर ज़रूरी था, नहीं?

मर्लिन उत्सुकता जगाने वाली उन औरतों के वर्ग से आती थी जो अपने दिमाग को जानती हैं। विषय चाहे कुछ भी हो, वह हमेशा अनिश्चित से विचार रख देती थी। तब भी यह बात आती थी जब उसकी सुन्दरता की बात आती थी—हर सुबह वह चेहरे पर सितारों-सा भाव लिये जगती थी।

हमेशा खुद को लेकर निश्चिन्त रहने वाली, वह हमेशा पहली पंक्ति में बैठती थी, कई बार वह अपने पुरुष शिक्षकों को अपने हाव-भाव के सामने दुनिया की राजनीति के विषयों को भूलने के लिए मजबूर कर देती थी। जब वह किसी कमरे में घुसती थी तो पुरुष उसे देखकर कल्पना में खो जाते थे और महिलाएँ स्वभाववश उससे नफ़रत करती थीं। वह सबकी कल्पना का हिस्सा बन गयी थी, जो उसके सम्पर्क में आया। फिर उसको उनके उत्साह के ऊपर पानी फेरने का एक बहुत ही अच्छा खयाल आया—कि सबसे बेकार लड़के के साथ प्यार किया जाये। जिससे पुरुष परेशान होंगे और महिलाओं को चैन मिलेगा। मार्कस वह भाग्यशाली पुरुष था, जिसका चुनाव किया गया। बिना इस बात को समझे कि आखिर क्यों, जो सारी दुनिया का केन्द्र थी, वह उसमें रुचि दिखा रही थी। यह कुछ वैसी ही बात थी कि अमेरिकी दिन के खाने पर लिचेंस्टीन को बुलाये। उसने उसको लेकर कुछ अच्छी-अच्छी बातें कीं, यह दावा भी किया कि वह उसकी तरफ़ खूब देखती थी।

''लेकिन तुम मुझे देख कैसे सकती हो ? मैं तो कक्षा में हमेशा पीछे की तरफ़ बैठता था। जबकि तुम हमेशा पहली पंक्ति में।''

''मेरी गर्दन का पिछला हिस्सा मुझे सब कुछ बता देता है। मेरी गर्दन के पीछे के हिस्से में आँखें हैं,'' मर्लिन ने कहा।

उनकी समझ इस बातचीत से बढ़ी।

एक ऐसी समझ जिसे देखकर सबकी आँखें चढ़ गयीं। उस शाम सबकी खुली आँखों के नीचे वे स्कूल से साथ-साथ निकले। उस समय के दौरान, मार्कस उतना जागरूक नहीं हुआ था। वह जानता था कि वह उतना आकर्षक नहीं था, लेकिन एक खूबसूरत महिला के साथ उसे वह उतना अस्वाभाविक नहीं लग रहा था। उसने हमेशा यह बात सुनी थी, ''महिलाएँ पुरुषों की तरह से उथली नहीं होती हैं, उनके लिए सुन्दरता का उतना महत्त्व नहीं होता है। महत्त्वपूर्ण बात होती थी कि वह सुसंस्कारी हो और मन लगाने वाला।'' इस कारण वह कई वजहों से बेवकूफ़ था और उसने अपने दिमाग का नमूना देने का प्रयास किया। जिसमें कुछ सफलता मिली, यह कहा जाना चाहिए; इसलिए

उसका फुँसीदार चेहरा सुन्दरता की आभा के पीछे छिप गया।

लेकिन यह जादू उस दिन बिखर गया जब सेक्स का मसला आया। मर्लिन ने निश्चित रूप से बहुत से प्रयास किये थे, लेकिन जिस दिन उसने उसके सुन्दर स्तनों को छूने की कोशिश की वह अपने हाथों के ऊपर नियन्त्रण नहीं रख सकी और उसकी पाँच उँगलियाँ मार्कस के हैरान गालों पर जा पड़ीं। वह पीछे मुड़ा, शीशे में अपना चेहरा देखने के लिए और अपने गाल पर पड़े लाल निशान को देखकर स्तब्ध रह गया। उसे लाल रंग हमेशा याद रहा और उस रंग को वह ठुकराये जाने से जोड़ कर देखने लगा। मर्लिन ने यह दावा करते हुए माफ़ी माँगी कि उसका हाथ बस भावनावश उठ गया था, लेकिन मार्कस वह बात समझ गया था, जिसे शब्दों में बयान नहीं किया जा सकता। कुछ पाशविक और अन्दरूनी बात—उसने उसे बद्दुआ दी। उसने उसकी तरफ़ देखा और रोना शुरू कर दिया। हर शरीर की अभिव्यक्ति का अपना तरीका होता है।

यह पहली बार था, जब वह किसी औरत के सामने रोया था।

उसने स्वीडन से एसोसियेट डिग्री हासिल की और फ्रांस जाने का फैसला किया। उस देश में जहाँ महिलाएँ मर्लिन नहीं होतीं। अपने पहले रूमानी प्रसंग से उसे दुःख हुआ और उसके भीतर एक तरह का आत्म बचाव का भाव विकसित हो गया। हो सकता है कि वह जीवन में किसी ऐसे रास्ते पर चले जो कि कामुकता का विकल्प हो। उसे पीड़ा से डर लगता था, उसे न चाहे जाने से डर लगता था, उसके पास अपने कारण थे। वह अन्दर से बड़ा कोमल था, लेकिन उसको इस बात की समझ नहीं थी कि नज़ाकत जो होती है वह महिलाओं को छू सकती है। तीन साल तक शहरी ढंग का अकेलापन बिताने के बाद, कभी प्यार न पा सकने की हताशा में उसने यह फैसला किया कि एक स्पीड डेटिंग के सत्र में हिस्सा लिया जाये। उसके पास मौका होता सात महिलाओं से मिलने का और सभी से सात-सात मिनट बात करने का। उसके जैसे इन्सान के लिए वह बहुत ही कम समय था—उसने सोचा कि उसे कम-से-कम सौ साल चाहिए जिनमें कि वह किसी महिला को इस बात के लिए मना सके कि वह उसके साथ उसके जीवन के सीमित पथ पर चले।

लेकिन कुछ अजीब हुआ—पहली मुलाकात के दौरान उसे कुछ ऐसा महसूस हुआ जो सामान्य था। उस लड़की का नाम था एलिस, और वह एक दवा की दुकान में काम करती थी जहाँ वह कभी-कभी सौन्दर्य प्रसाधन की दुकान का काम देखती थी (यह अजीब बात थी कि एलिस नामक लड़की दवा की दुकान में काम करती थी। आम तौर पर इस नाम की लड़कियाँ किताबों की दुकानों या यात्रा सम्बन्धी कार्यों में दिखती हैं)। सच कहूँ, तो वे दोनों वहाँ के कार्यकलापों से इतने असहज हो चुके थे कि दोनों ही एक-दूसरे से सहज हो गये। जिसका नतीजा था, उनकी बातचीत आदर्श रूप से उलझावों से मुक्त थी। तय समय के बाद उन्होंने फिर सात मिनटों की माँग की। जो दिन बन गये, फिर महीने।

लेकिन उनकी कहानी एक साल तक भी नहीं चल पायी। मार्कस एलिस की इज़्ज़त करता था, लेकिन प्यार नहीं था। कैसी विडम्बना थी! ज़िन्दगी में पहली बार उसे कोई इतनी अच्छी युवती मिली थी, लेकिन वह उसके प्रति ज़रा भी आकर्षित नहीं था। क्या हम हमेशा अपूर्ण के लिए अभिशप्त हैं? उनका सम्बन्ध जितने हफ़्ते भी चला उसने दम्पति होने के बारे में कुछ सीखें हासिल कीं। उसने इसकी ताकतों की खोज की और प्रेम महसूस किये जाने की क्षमता को समझा। चूँकि एलिस बुरी तरह से उसके प्यार में थी। किसी के बारे में यह जानकारी परेशान करने वाली हो सकती थी कि उसे सिर्फ़ माँ का प्यार मिला (या शायद वह भी नहीं)। मार्कस के बारे में एक बात थी जो बड़ी प्यारी और दिल को छू जाने वाली थी, उसमें एक तरह की आश्वस्त करने वाली क्षमता एवं दिल को पिघला देने वाली कमज़ोरी का मेल था। और ठीक यही कमज़ोरी थी जिसने उससे अवश्यम्भावी को करवाया—एलिस को छोड़ देना। लेकिन एक सुबह उसने यही किया। उस युवती की पीड़ा ने उसे स्पष्ट रूप से बहुत गहरे चोटिल कर दिया था। शायद उसकी अपनी पीड़ा से बढ़कर। वह आँसू नहीं रोक पाया, लेकिन वह यह जानता था कि यह फ़ैसला सही था। उसने दोनों दिलों के बीच गहरी दरार बनाकर अकेले रहने को चुना।

यह दूसरी बार था, जब वह किसी औरत के सामने रोया।

उसके बाद से करीब दो साल तक उसके जीवन में कुछ नहीं घटित हुआ। वह एलिस की कमी महसूस करने लगा। विशेषकर तब जब स्पीड डेटिंग के सत्रों में वह उसके बाद गया, जो काफ़ी निराश करने वाले थे—बल्कि कहना चाहिए कि शर्मनाक—जब कोई लड़की उससे बातचीत करने की कोशिश भी नहीं करती थी। जिसका नतीजा यह हुआ कि उसने उनमें न जाने का फैसला किया। उसने किसी के साथ रहने के बारे में सोचना भी शायद छोड़ दिया था? उस समय उसे इसमें कोई खास रुचि भी नहीं रह गयी थी। आखिरकार, लाखों लोग अकेले हैं। वह भी किसी औरत के बिना रह लेगा। लेकिन वह यह बात अपने आपको दिलासा देने के लिए कहता था ताकि वह यही न सोचता रहे कि उसकी अवस्था कितनी दु:खद हो गयी थी। वह औरतों के शरीर के बारे में इतने सपने देखता था, और कई बार वह यह भी सोचने लगता था कि उसे यह अब कभी नहीं मिलेगी। कि सुन्दरता को आकर्षित करने के लिए जो पारपत्र (पासपोर्ट) चाहिए होता है, वह उसे खो चुका था।

और अचानक नैटेली ने उसे चूम लिया। उसकी खास और उसके खयालों में आने वाली एक स्वाभाविक पसन्द। फिर उसने उसे यह समझा दिया कि यह तो कभी था ही नहीं। इसलिए उसे इस बात का आदी हो जाना चाहिए। यह असल में उतनी बड़ी बात नहीं थी। तो भी वह रोया। हाँ, आँसू उसकी आँखों से ढुलक पड़े, और इस बात से उसे हैरानी हुई। अयाचित आँसू। क्या वह कमज़ोर था? नहीं, बात यह नहीं थी। इससे पहले भी उसकी कई बार बुरी हालत हो गयी थी। बात बस यह थी कि वह इस चुम्बन से खास तौर पर हिल गया था; केवल इस कारण से नहीं कि नैटेली सुन्दर थी, बल्कि उसके पागलपन भरे काम के कारण भी। उसे इस तरह से पहले किसी ने नहीं चूमा था, उसके होंठों से बिना मिलने का समय लिये। यही वह जादू था जिससे उसकी आँखों में आँसू आ गये। और अब, निराशा के कड़वे आँसू।

# 48

शुक्रवार की शाम, जब वह निकला, तो वह सच में इस बात से खुश था कि आखिर सप्ताहान्त आ ही गया। जैसे सर्दी में दो भारी कम्बलों के बीच आराम से सोया जाता है, वह उसी तरह से शनिवार और रविवार का उपयोग करना चाहता था। वह कुछ और नहीं करना चाहता था। यहाँ तक कि उसका कुछ पढ़ने का भी मन नहीं था। इसलिए उसने खुद को टेलीविजन के सामने बैठा लिया। इस तरह अमेरिका में राष्ट्रपति पद के प्रत्याशी का भाषण देखने लग गया। अमेरिका में चुनाव की रात, बराक ओबामा। जैसा कि ओबामा ने खुद ही इस बात को स्वीकार किया कि वह सबसे पसन्दीदा उम्मीदवार नहीं थे। जो उम्मीदवार अग्र पंक्ति में थे, उनकी तरह न तो उनके पास पैसे थे, न ही बड़े औद्योगिक घरानों का समर्थन उनको हासिल था। लोग, न कि राजनीतिक मशीनरी उनको जीत की तरफ़ ले जाने वाली थी। और उन्होंने एक साधारण से वाक्य से सबको मोह लिया, ''हाँ, हम कर सकते हैं—yes, we can।'' 'कितना शानदार कथन था', मार्कस ने सोचा। ओबामा आगे चुनौतियों, झटकों, और उन झूठे आँकड़ों के बारे में बोलते रहे जो उनके और उनके समर्थकों के सामने आने वाले थे। और फिर उन्होंने एक 106 साल की अश्वेत महिला के बारे में बात करना शुरू कर दिया जो गुलामी से मुक्ति के ठीक बाद की पीढ़ी में पैदा हुई थी, वह एटलांटा में पंक्तिबद्ध होकर अपना मतदान करने के लिए खड़ी थी। ओबामा ने कहा कि हम सब की तरह उसने भी दिल का टूटना देखा था और उम्मीद देखी थी। और फिर उन्होंने उसी आम से कथन को दोहराया- ''हाँ, हम कर सकते हैं—yes, we can।'' उसके बाद आगे

उन्होंने कहा कि 20वीं शताब्दी में उनके देश को किस तरह की चुनौतियों का सामना करना पड़ा, प्रथम विश्वयुद्ध से लेकर महान मंदी और एक इन्सान को चाँद पर भेजने तक, और इन सब बातों के सार के रूप में उन्होंने एक बड़ी आम सी बात कही- "हाँ, हम कर सकते हैं—yes, we can।"

ओबामा के दृढ़ निश्चय से मार्कस बहुत मन्त्रमुग्ध हो गया, जो असाधारण, मगर परा मानवीय नहीं, इच्छा शक्ति के साथ लड़ने को तैयार था। इस राजनेता की राजनीतिक इच्छाशक्ति में उसने वह सब कुछ देखा जो वह नहीं था। और ज़ाहिर है कि शनिवार की रात अमेरिकी राष्ट्रपति के चुनाव के नतीजों की रपटों के बीच उसने लड़ने का फैसला किया। उसने यह फैसला किया कि वह नैटेली के साथ बातों को वैसे ही नहीं रहने देने वाला था। जबकि उसने उससे यह कह दिया था कि अब कुछ नहीं हो सकता था, वह उसमें आस्था रखने लगा था। चाहे जो कीमत चुकानी पड़े, वह अपने जीवन का राष्ट्रपति और सेना प्रमुख बनेगा।

उसका पहला फ़ैसला आसान था—उकसावा। अगर उसने उसको बिना पूछे चूमा था तो उसे ऐसा कोई कारण नहीं दिखाई दे रहा था कि उसे जवाब में वैसा ही क्यों नहीं करना चाहिए था। सोमवार की सुबह वह दफ़्तर जाने के बाद पहला काम यही करेगा। वह उससे मिलने जायेगा और उसके होंठों पर वही करेगा। यह करने के लिए वह दृढ़ कदमों से उसकी तरफ़ बढ़ा (यह रणनीति का सबसे जटिल हिस्सा था। वह दृढ़ कदमों से चलने का आदी नहीं था) और वह बड़ी बहादुरी के साथ उसे अपनी बाँहों में ले लेना चाहता था (यह उसकी रणनीति का दूसरा जटिल हिस्सा था—वह कभी भी कुछ भी बहादुरी के साथ करने के मामले में कभी भी पारंगत नहीं रहा था।) दूसरे शब्दों में, इस हमले में जटिलता की सम्भावना थी। लेकिन उसके पास तैयार होने के लिए इतवार का पूरा दिन बाकी था। अमेरिकी डेमोक्रेट्स का एक लम्बा इतवार।

# 49

## *ऐल स्मिथ के रात्रि भोज में अपनी राष्ट्रीयता के मुद्दे पर राष्ट्रपति ओबामा की टिप्पणी*

''आपने जो अफ़वाहें सुनी हैं उनके विपरीत, मैं 'मंगर' में नहीं पैदा हुआ था। असल में मेरा जन्म 'क्रिप्टन' में हुआ था और यहाँ मुझे मेरे पिता, ज़ोर एल, ने भेजा था, धरती को बचाने के लिए।''

# 50

मार्कस नैटेली के दफ़्तर के दरवाज़े पर था। वह कुछ करने का समय था, लेकिन जैसे इसी के कारण वह कुछ भी न कर पाया। बने, जो उसकी टीम में उसके साथ काम करता था, वहाँ से गुज़रा।

''अरे तुम क्या कर रहे हो?''

''आँ...मेरी नैटेली के साथ मीटिंग है।''

''और तुमको लगता है कि इस तरह उसके दरवाज़े के बाहर खड़े रहकर तुम उससे मिल सकते हो?''

''नहीं...बात यह है कि हमारी मुलाकात दस बजे की तय है...और इस समय 9 बजकर 59 मिनट हो रहे हैं...और तुम मुझे जानते हो, मुझे जल्दी जाना पसन्द नहीं है...''

वह सहकर्मी उसी तरह से महसूस करते हुए वहाँ से गुज़र गया, जिस तरह से वह अप्रैल 1992 में एक दिन गुज़रा था। जब उसने उपनगर के एक थियेटर में सैमुएल बेकेट का नाटक देखा था।

उस बिन्दु पर, मार्कस को मजबूर होकर कुछ करना पड़ा। वह नैटेली के दफ़्तर में गया। नैटेली का चेहरा एक फ़ाइल में झुका हुआ था (शायद फ़ाइल 114)। और उसने उसे तत्काल उठाया। वह उसकी तरफ़ मज़बूत इरादे वाले

कदमों से बढ़ा। लेकिन कुछ भी, कभी इतना आसान नहीं हो सकता। नैटेली की तरफ़ बढ़ते हुए उसे धीमा हो जाना पड़ा। उसका दिल तेज़ी से धड़कता जा रहा था, एकदम चुनाव के दिन की धुन की तरह। नैटेली समझ नहीं पा रही थी कि क्या होने वाला था। असल में, वह कुछ हद तक डरी हुई थी। हालाँकि वह इस बात को अच्छी तरह से समझती थी कि मार्कस सन्तोष की मूर्ति था। वह चाहता क्या था? वह हिल क्यों नहीं रहा था? उसका शरीर किसी कम्प्यूटर की तरह डीबग होना चाहता था क्योंकि डाटा अधिक हो गया था। उसका सारा डाटा भावनात्मक था। वह उठी और उसने मार्कस से पूछा, ''क्या हो रहा है मार्कस?''

''...''

''सब ठीक है न?''

उसने उसके ऊपर ध्यान लगाने की कोशिश की जो कि वह करने आया था। अचानक उसने उसको कमर से थाम लिया और उस ताकत के साथ उसको चूम लिया जो उसे नहीं पता था कि उसके पास थी। उसके पास प्रतिक्रिया जताने का समय ही नहीं था, क्योंकि वह तब तक उसके दफ़्तर से जा चुका था।

# 51

मार्कस अपने पीछे चुराये गये चुम्बन का दृश्य छोड़ गया। नैटेली यह चाहती थी कि वह अपनी रिपोर्ट में डूब जाये लेकिन आखिरकार उसने यह तय किया कि वह जाकर उससे मिले। उसे कुछ ऐसा महसूस हो रहा था, जिसे बता पाना मुश्किल था। सच्चाई यह थी कि पिछले तीन सालों में यह पहला मौका था कि जब किसी ने उसे इस तरह से जकड़ा था। बिना यह सोचे कि वह नाज़ुक थी। हाँ, यह अजीब बात तो थी, लेकिन वह इस तरह चुम्बन और उसके बाद भाग जाने के इस कदम से हिल गयी थी, यह वीरता का लगभग जंगली व्यवहार था। वह गलियारे से गुज़रते हुए दायें-बायें बैठे कर्मचारियों से यह पूछती जा रही थी कि मार्कस कहाँ है। किसी को नहीं पता था। वह अपने दफ़्तर में नहीं गया था। तब उसने उस इमारत की छत के बारे में सोचा। इस मौसम में वहाँ कोई नहीं जाता था, क्योंकि ठंड बहुत थी। उसे वहीं होना चाहिए था। बात वही थी जैसा कि उसने सोचा था। वहाँ वह छत के किनारे पर खड़ा था, बहुत शान्त दिखाई दे रहा था। वह अपने होंठों को हल्के से हिला रहा था—कश, ज़ाहिर है। उसको देखकर ऐसा लग रहा था कि वह बिना सिगरेट के ही सिगरेट पी रहा था। नैटेली चुपचाप उसके पास गयी। ''मैं भी यहाँ आती हूँ, कई बार छिपने के लिए। साँस लेने के लिए।'' उसने कहा।

मार्कस उसको देखकर हैरान था। उसने कभी यह नहीं सोचा होगा कि जो भी हुआ था, उसके बाद वह जाकर उसकी तलाश करेगी।

''आपको ठंड लग जायेगी,'' उसने जवाब दिया। ''और मेरे पास आपको

देने के लिए कोट भी नहीं है।''

''हाँ, फिर तो, हम दोनों को ठंड लग जायेगी। कम-से-कम यह बात तो हम दोनों के लिए है।''

''चालाक।''

''नहीं। ऐसी बात नहीं है। और मैंने जिस तरह से व्यवहार किया वह भी चालाकी नहीं थी...मेरा मतलब यह है कि यह ऐसी कोई बात नहीं थी कि मैंने कोई अपराध किया हो!''

''फिर तुम इच्छा के बारे में कुछ नहीं जानते हो। तुम्हारी तरफ़ से एक चुम्बन, और फिर कुछ और नहीं, ज़ाहिर है यह अपराध है। कठोर दिलवालों के यहाँ भी तुमको सज़ा सुनायी जायेगी।''

''कठोर दिलवालों की धरती?...आप मुझसे इस तरह से कभी बात नहीं करती हैं।''

''निश्चित रूप से मैं फ़ाइल 114 को लेकर कविता नहीं करने वाली न।''

ठंड से उनके चेहरे की रंगत बदल रही थी। और एक तरह के अन्याय की उत्तेजना थी। मार्कस हल्का नीला पड़ता जा रहा था, अगर पीला न कहें तो, और नैटेली किसी उदास राजकुमारी की तरह पीली पड़ती जा रही थी।

''शायद यहाँ से चलना बेहतर है,'' उसने कहा।

''अच्छा...तो अब हमें क्या करना चाहिए?''

''अभी के लिए इतना ही काफ़ी है। कुछ नहीं किया जा सकता। मैंने माफ़ी माँग ली। हम इसका कोई बड़ा मुद्दा नहीं बनाने वाले हैं, नहीं?''

''क्यों नहीं? मैं इस तरह के तामझाम देखने के विचार का विरोध नहीं करूँगा।''

''फिर हम रुकते हैं। मुझे तो यह बात भी समझ में नहीं आ रही है कि मैं यहाँ तुमसे क्यों बात कर रही हूँ।''

''ठीक है, हम रुक जायेंगे। लेकिन उससे पहले हम रात के खाने के लिए बाहर जायेंगे।''

''क्या?''

''हम साथ में रात का खाना खायेंगे। और उसके बाद, मैं यह वादा करता हूँ कि इसके बारे में मैं और कोई बात नहीं करूँगा।''

''मैं नहीं जा सकती।''

''आपका मेरे ऊपर सच में उधार है...रात का खाना।''

कुछ लोगों में यह बड़ा दुर्लभ गुण होता है कि वे इस तरह की बातें कर जाते हैं। एक ऐसा गुण जो दूसरे व्यक्ति को नकारात्मक जवाब देने से रोकता है। नैटेली ने मार्कस की आवाज़ की दृढ़ता को भाँप लिया था। वह जानती थी कि इसको स्वीकार करना एक गलती होगी। वह जानती थी कि उसे अब वापस चले जाना चाहिए, इससे पहले कि बहुत देर हो जाये। लेकिन उसके सामने न कह पाना असम्भव लग रहा था। और फिर, वह इतनी ठंडी थी।

# 52

### *फ़ाइल 114 के बारे में ठोस सूचना*

नवम्बर 1967 से अक्टूबर 1974 के दरम्यान ग्रामीण इलाकों में बाहरी व्यापार को लेकर विनियमन एवं बंदिशों को लेकर स्वीडन एवं फ्रांस के कानूनों का तुलनात्मक विश्लेषण

# 53

मार्कस घर पहुँच गया था और अपनी अलमारी के सामने चहलकदमी कर रहा था। नैटेली के साथ रात के खाने पर तुम क्या पहनने वाले हो? वह सबसे शानदार कपड़े, बेहतरीन से भी बेहतर। जिसे देखकर उसका ध्यान बड़ी समस्या से हट जाये। क्या उसे टाई पहननी चाहिए? उसे कोई मदद करने वाला नहीं था। वह दुनिया में अकेला था, और वह दुनिया नैटेली थी। आमतौर पर पहनने-ओढ़ने के मामले में वह आत्मविश्वास से भरपूर रहता था मगर उस समय उसे कुछ भी समझ में नहीं आ रहा था, यह भी नहीं कि उसे अपने जूते किस तरह से चुनने चाहिए। रात में बाहर जाने के लिए उसे अलग से तैयार होने जैसी कोई आदत नहीं थी। और फिर, यह सतर्कता का मामला था, वह उसकी अधिकारी भी थी, जिससे दबाव और बढ़ गया था। आखिरकार उसने खुद को यह कहते हुए शान्त किया कि कोई कैसा दिखता है, यह सबसे महत्त्वपूर्ण नहीं होना चाहिए। सबसे बढ़कर, उसे सहज होना चाहिए, और बहुत सारे विषयों पर बातचीत करनी चाहिए। और काम के बारे में बात करने से खासतौर पर बचना चाहिए। सबसे बड़ी मनाही होगी फ़ाइल संख्या 114 की चर्चा। बातों ही बातों में दोपहर को शाम में ढलने देना चाहिए। फिर वे क्या बात करने वाले थे? आप एक उँगली हिलाकर विषय का सन्दर्भ तो नहीं बदल सकते हैं। उनकी स्थिति ऐसी होती जैसे एक शाकाहारी आयोजन में दो कसाइयों की। नहीं, यह बेवकूफ़ी थी। शायद सबसे बढ़िया होता उसे रद्द कर देना। अब भी समय था। अचानक आ गये किसी कारण से। हाँ, माफ़ करना, नैटेली। मैं सच में जाना चाहता था, लेकिन अचानक मेरी माँ गुज़र गयी। अब

यह तो बहुत क्रूर लगता है न। बहुत कुछ अलबर्ल्ट कामु लेखक जैसा; लेकिन कामु इस संदर्भ में ठीक नहीं लग रहे थे। लेखक सार्त्र अधिक बेहतर हैं। देखो मैं आज रात नहीं आ सकता। लहज़े में हल्का-सा अस्तित्ववादी अन्दाज़ लिये—वह बढ़िया रहेगा। जब उसके दिमाग में यह बात आयी तो उसे यह भी सूझा कि वह अन्तिम पल तक किसी बहाने की तलाश करता रहेगा, लेकिन उस समय तक तो कोई भी नहीं था। वे एक घंटे में मिलने वाले थे और अभी तक कोई सन्देश नहीं आया था। उसे उसका इन्तज़ार करना था, उसे करना ही था। या फिर, यह कि उसके फ़ोन की बैट्री में समस्या आ गयी थी जिसकी वजह से वह उसे यह नहीं बता पायी कि कुछ हो गया था। उसके विचार इसी तरह से काफ़ी देर तक चलते रहे। और फिर, चूँकि, कोई समाचार नहीं था इसलिए वह ऐसा महसूस करता जा रहा था जैसे कि उसे अन्तरिक्ष में कुछ करने के लिए कहा गया हो।

# 54

उसने एक इतालवी रेस्तराँ का चुनाव किया था, जो वहाँ से अधिक दूर नहीं था। यह अपने आप में बहुत अच्छी बात थी कि वह उसके साथ रात के खाने के लिए तैयार हो गयी थी। वह यह नहीं चाहता था कि उसे खाने के लिए शहर में दूसरी तरफ़ जाना पड़े। चूँकि वह कुछ जल्दी पहुँच गया था, उसने सामने की दुकान में दो वोडका गटक लिये। वह यह उम्मीद कर रहा था कि उससे उसका थोड़ा साहस बढ़ेगा और थोड़ा-सा नशा भी चढ़ जायेगा। लेकिन शराब का कोई असर नहीं हुआ, और वह रेस्तराँ में बैठा रहा। उसके बाद वह पूरे सुरूर में था जब उसने नैटेली को देखा, जो समय पर आयी थी। उसे तुरन्त यह बात सूझी कि वह नशे में नहीं था। वह यह नहीं चाहता था कि उसके आने की जो खुशी है वह नशे की वजह से बर्बाद हो जाये। जब वह उसकी तरफ़ बढ़ी...वह कितनी खूबसूरत थी...बहुत अधिक। और फिर उसने इस बात के बारे में सोचा कि उसने उसको कभी शाम को नहीं देखा था। उसे उस समय ऐसा लग रहा था कि वह जैसे वहाँ मौजूद थी ही नहीं। वह ज़रूर इस तरह का था जो यह मानते हैं कि सुन्दरता को रात में बक्से में बन्द करके रखा जाना चाहिए। लेकिन यह सच नहीं हो सकता था, नहीं, लेकिन वह थी क्योंकि वह उसके सामने खड़ी थी।

उसका स्वागत करने के लिए वह उठ खड़ा हुआ। उसने कभी इस बात के ऊपर ध्यान नहीं दिया था कि वह इतना लम्बा था। उसकी कम्पनी में कर्मचारी दीवार से दीवार तक के कालीन में डूब जाते थे, बाहर, सभी लम्बे

दिखाई देते थे। उसे लम्बाई का यह पहला परिचय बहुत दिनों तक याद रहेगा।

''आने का शुक्रिया,'' मार्कस यह कहने से खुद को रोक नहीं पाया।

''आपका स्वागत है...।''

''नहीं...मेरा मतलब है कि आप बहुत काम करती हैं...खासकर इस समय फ़ाइल संख्या 114 को लेकर...''

उसने उसकी तरफ़ देखा।

वह शर्माकर हँसने लगा।

''असल में मैंने खुद से यह वादा किया था कि मैं इस फ़ाइल के बारे में चर्चा नहीं करूँगा...हे भगवान, मैं भी क्या नमूना हूँ...''

जवाब में नैटेली मुस्कुरा दी। फ्रांसुआ की मौत के बाद पहली बार वह इस हालत में आयी थी कि वह किसी को आश्वस्त कर रही थी। उस आदमी की शर्म में कुछ बात थी जो छू जाने वाली थी। उसे याद आया चार्ल्स के साथ खाया डिनर, जिस तरह का आत्मविश्वास उसने दिखाया था, इस बार वह अधिक सहज महसूस कर पा रही थी। एक ऐसे आदमी के साथ डिनर करते हुए जो एक ऐसे नेता की तरह से लग रहा था जिसे यह पता चल गया हो कि उसने ऐसा एक चुनाव जीत लिया था, जो वह लड़ा ही नहीं।

''बेहतर होगा कि हम काम के बारे में बातें न करें,'' नैटेली ने कहा।

''फिर हम बातचीत किस बारे में करें? अपनी रुचियों के बारे में? बातचीत शुरू करने के लिए रुचियाँ काम आती हैं।''

''हाँ...लेकिन यह थोड़ा अजीब होगा कि इस तरह से सोचा जाये—कि आप एक-दूसरे को क्या कह सकते हैं।''

''मुझे लगता है कि बातचीत के लिए विषय की तलाश बातचीत का एक अच्छा विषय है।''

उसने जिस तरह से बात को पलटते हुए कहा उसे वह अच्छा लगा। "तुम काफ़ी मज़ेदार हो।"

"शुक्रिया। क्या मैं कभी सख्त लगा हूँ इस सब में?"

"एक तरह से... हाँ," उसने मुस्कुराते हुए कहा।

"आइये वापस रुचियों की बात करते हैं। यह बेहतर होगा।"

"मैं तुमको कुछ बताने वाली हूँ। अब मैं इस बारे में नहीं सोचती कि अब मैं क्या पसन्द या नापसन्द करती हूँ।"

"क्या मैं आपसे एक सवाल पूछ सकता हूँ?"

"हाँ।"

"आप अतीत के मोह (नोस्टेल्जिया) में जीने वाली हैं।"

"मुझे ऐसा नहीं लगता।"

यह नैटेली नाम वालों में बहुत दुर्लभ बात होगी।"

"अच्छा, सच में?"

"हाँ। क्योंकि नैटेली नाम वालों में अतीत के मोह (नोस्टेल्जिया) की प्रवृत्ति रही है।"

वह फिर मुस्कुरा दी। अब वह इसकी आदी नहीं रह गयी थी। लेकिन इस आदमी के शब्द उसे उलझन में डाले ज़रूर रहते थे। आप कह नहीं सकते थे कि वह क्या कहने वाला था। उसके दिमाग में शब्द वैसे ही रहते थे जैसे कि मशीन से बाहर आने से पहले 'लोटो' खेल की गेंद। क्या उसके बारे में उसके खयालात कुछ और थे? अतीत का मोह (नोस्टेल्जिया)। वह खुलकर अतीत के मोह (नोस्टेल्जिया) से अपने सम्बन्ध को देखती थी। अचानक मार्कस की बातें उसे अतीत के दृश्यों में ले गयीं। अचानक से उसे एक गर्मियों

की बात याद आयी, जब वह 8 साल की थी। वह अपने माता-पिता के साथ दो शानदार महीनों के लिए अमेरिका गयी थी। उन छुट्टियों की याद उसकी 'पेज़' नामक टॉफ़ी से लगाव से जुड़ी है। खिलौने के अन्दर भरी छोटी-छोटी टॉफ़ियाँ। आप उस खिलौने के सिर को ज़रा-सा दबाते और खिलौने से टॉफ़ी निकल आती थी। एक गर्मी की याद उसे उस वस्तु के सहारे आती थी। उसे वैसी टॉफ़ी फिर कभी नहीं मिली। वह याद नैटेली के दिमाग में तभी उभरकर आयी जब वेटर पास आया।

"क्या आप लोग कुछ ऑर्डर करना चाहेंगे?" उसने पूछा।

"हाँ, हमें दो रिसोतो और ऐस्परागास दीजिये और मीठे में हम पेज़ लेंगे," मार्कस ने कहा।

"...आप क्या लेंगे?"

"पेज़।"

"हमारे पास ऐसा कुछ नहीं है...पेज़, सर।"

"कितने अफ़सोस की बात है," मार्कस ने अन्त में कहा।

वेटर कुछ सोचता-सा चला गया। उसके शरीर में एक पेशेवर झुकाव था, और जहाँ दोनों तरफ़ से एक कटावदार रेखा बनती थी वहाँ से हास्यास्पद-सा कटाव। वह यह बात नहीं समझ पाया कि वह महिला उस आदमी के साथ क्या कर रही थी। इसमें कोई शक नहीं कि वह कोई निर्माता होगा और वह कोई अभिनेत्री। इस बात का कोई पेशेवर कारण होना चाहिए कि वह क्यों एक बेढब के साथ डिनर ले रही थी। और मीठे में पेज़ मँगवाने का क्या चक्कर है? क्या उनका मतलब किसी pest से था? उसे इस तरह से कीड़ों के बारे में बात करना पसन्द नहीं आया था। वह ऐसे ग्राहकों के बारे में जानता था जो वेटरों को परेशान किया करते थे। यहाँ यह नहीं होने वाला था।

नैटेली यह सोच रही थी कि वह शाम एक मज़ेदार शाम में बदल गयी थी। मार्कस के साथ रहना तो मज़ेदार था।

"तुमको एक बात पता है। तीन साल में यह दूसरी बार है, जब मैं खाने के लिए बाहर निकली हूँ।"

"क्या आप दबाव पर दबाव बनाना चाहती हैं?"

"क्यों, नहीं, सब कुछ ठीक है।"

"सुनकर मुझे खुशी हुई। मैं चाहता हूँ कि आप आज शाम का लुत्फ़ उठायें, नहीं तो आप वापस अपने अतीत के अकेलेपन में डूब जायेंगी।"

उनके बीच किसी तरह का दिखावा नहीं था। नैटेली को अच्छा लगा। मार्कस कोई ऐसा दोस्त या कोई पुरुष नहीं था, जिसके साथ भविष्य में वह मेलजोल बढ़ाये। उसका अपना सहज स्थान था, जो उसके अतीत से जुड़ा हुआ नहीं था। मानो सभी स्थितियाँ यूँ मिल गयी हों जिससे वह शाम बिना कोई दुःख महसूस किये बीत गयी हो।

# 55

***रिसोतो के साथ ऐस्परागास में उपयोग में आने वाली सामग्री***

7 औंस अर्बोरियो चावल (इटैलियाई/टूटे चावल)

थोड़े से ऐस्परागास

चार औंस चीड़ की सुपारी

एक प्याज

7 औंस ड्राई व्हाइट वाइन

3 औंस लाईट क्रीम

3 औंस पनीर

अखरोट का तेल

नमक

काली मिर्च

*पारमेसन का व्यंजन बनाने की सामग्री*

3 औंस पारमेसन

2 औंस चीड़ का तेल

दो बड़े चम्मच आटा

पानी की कुछ बूँदें

# 56

मार्कस अक्सर नैटेली को देखता था। जब वह अपने शानदार सूट में दीवार से दीवार वाले कालीन के ऊपर चलती हुई जाती थी तो उसे देखना अच्छा लगता था। अब उसकी जो काल्पनिक छवि थी, वह वास्तविक छवि के साथ टकरा जाती थी। हर किसी की तरह वह भी इस बात को जानता था कि उसके साथ क्या कुछ हुआ था। हालाँकि, उसकी एक ही झलक वह ले पाया था जिसका कि उसने उसके सामने खुलासा किया था—एक आश्वस्त करने वाली महिला, जिसका अपने ऊपर बहुत अधिक विश्वास था। अचानक उसे ऐसे एक सन्दर्भ में पाकर जिसमें उसको कोई मुखौटा ओढ़ने की ज़रूरत नहीं थी, उसे लगा कि वह उसके कोमल पक्ष के सम्पर्क में था। यह सच है कि ज़्यादा कुछ अन्तर नहीं था, लेकिन बीच-बीच में उसने अपना रूप बदला था। वह जितना ही सहज होती, उसका असली रूप उतना ही उभर कर आता। उसकी कमज़ोरियाँ, उसकी पीड़ा, उसकी मुस्कान के साथ विडम्बनापूर्ण तरीके से सामने आ जाती थीं। जबकि दूसरी तरफ़, मार्कस एक रक्षक जैसी दृढ़ता दिखा रहा था। उसकी मौजूदगी में, वह आनन्द का अनुभव कर रहा था, जीवन से भरपूर, यहाँ तक कि साहसी भी। उन पलों की ऊर्जा के सहारे वह पूरा जीवन गुज़ारने की तमन्ना रखता था।

बावजूद इसके कि मौके के मुताबिक़ उसका सूट बहुत बढ़िया था उसके व्यवहार में कमियाँ थीं। जब उसने दूसरी बोतल की माँग की तो वह वाइन के नामों को लेकर उलझन में आ गया। उसने ऐसे जताया जैसे वह सब जानता

हो, और वेटर ने उसकी इस अज्ञानता की तरफ़ ध्यान दिलाने का मौका हाथ से नहीं जाने दिया। उसने अपने तौर पर उसका छोटा-सा जवाब भी दिया। जब वह बोतल लेकर आया तो उसने कहा, ''आह, आपका शुक्रिया महोदय, हमें प्यास लगी थी। यह आपके स्वास्थ्य के लिए जाम है।''

''शुक्रिया। आप कितने अच्छे हैं।''

''नहीं। यह बात नहीं है। स्वीडिश में एक कहावत है कि कोई भी आदमी किसी भी समय जगह बदल सकता है। और यह कि कुछ भी कभी भी अन्तिम नहीं होता है। इसलिए अगर आप खड़े हैं तो एक दिन आप बैठ पायेंगे। अगर आप कहते हैं तो मैं उठ जाऊँगा और आपको जगह दे दूँगा।''

मार्कस अचानक अजीब तरीके से उठ गया। और वेटर को यह समझ में नहीं आ रहा था कि वह किस तरह से प्रतिक्रिया दे। उसने एक दुःख भरी नज़र से देखा और बोतल को छोड़ दिया। मार्कस के दिमाग को बिना समझे नैटेली हँसने लगी। उसे अचानक का उसका बेढबपना अच्छा लगा। अपनी सीट वेटर को देने की बात उसको अपनी जगह रखने का सबसे अच्छा तरीका हो सकता था। उसे अच्छा लगा क्योंकि उस पल को उसने एक काव्यात्मक पल के रूप में लिया। उसने सोचा कि मार्कस में पूरब का हल्का-सा रंग था और जो उसे बहुत आकर्षक लगा। वह कुछ ऐसा था, जैसे कि स्वीडन में कोई रूमानिया या पोलैंड का हो।

''क्या तुमको पक्का पता है कि तुम स्वीडिश हो?''

''आप कल्पना नहीं कर सकती हैं कि मुझे इस बात से कितनी खुशी हुई कि आपने मेरी जातीय पृष्ठभूमि को लेकर सवाल उठाया...आप सच में शानदार हैं।''

''क्या स्वीडिश लोग सख्त होते हैं?''

''आप कल्पना नहीं कर सकतीं। जब मैं वहाँ जाता हूँ तो मुझे ज़िन्दादिल कहा जाता है। सब मुझे यही कहते हैं। आप मानेंगी?''

“निश्चित रूप से।”

वह शाम उसी तरह से चलती रही, एक तरफ़ ऐसे पल आये जब उनको कुछ नया पता चला और दूसरी तरफ़ ऐसे भाव पैदा किये गये कि वे दोनों एक-दूसरे से परिचित हो सकें। हालाँकि उसने योजना यह बनायी थी कि वह घर जल्दी जायेगी, लेकिन आधी रात से अधिक समय हो गया। उनके आस-पास के लोग उठने लगे थे। एक तरह से वह उतना सूक्ष्म भी नहीं था, लेकिन वेटर ने भी उनको यह समझाने की कोशिश की थी कि अब समय आ गया है कि वे भी उसके बारे में सोचें। मार्कस ने बिल का भुगतान किया और बाथरूम की ओर बढ़ा। यह मुद्रा बड़ी नफ़ासत भरी थी। बाहर निकलने पर, उसने उसके सामने टैक्सी में साथ चलने की पेशकश की। वह इतना उदार था। उसके घर के बाहर उसने उसके कन्धे पर हाथ रखा और उसके गालों पर चुम्बन लिया। उस समय उसे वह बात समझ में आयी जिसको वह पहले से ही जानता था कि वह उससे बहुत अधिक प्यार करता था। नैटेली ने सोचा कि वह उसकी जितनी परवाह कर रहा है, उसमें एक तरह की संवेदना थी। इस दौरान वह उसके साथ खुशी महसूस कर रही थी। उसे कुछ और नहीं समझ में आ रहा था। अपने बिस्तर पर लेटे-लेटे उसने उसे शुक्रिया का सन्देश भेजा। उसके बाद उसने बत्ती बन्द कर दी।

# 57

## *पहली बार रात का खाना साथ खाने के बाद नैटेली द्वारा मार्कस को भेजा गया एसएमएस*

इस सुन्दर शाम का शुक्रिया।

# 58

उसका जवाब बहुत सादा था, 'इसे सुन्दर बनाने के लिए आपका शुक्रिया।' वह इसका जवाब ऐसे देना चाहता था जो अधिक मौलिक लगे, मज़ेदार हो, दिल को छू लेने वाला हो, रोमांटिक हो, साहित्यिक, रूसी, रंगीन हो। लेकिन असल में, उसने जो बात लिखी वह उस समय के माहौल के एकदम मुताबिक़ थी। अपने बिस्तर में, वह इस बात को जानता था कि वह सो नहीं पायेगा; आप उस समय सपनों की दुनिया में किस तरह खो सकते हैं, जिस समय कि आपने उसे छोड़ा ही हो?

वह किसी तरह सोने में सफल रहा, लेकिन चिंता के कारण जगा रहा। जब आपकी डेटिंग बढ़िया गुज़र जाती है, तब आप खुशी के मारे पागल हो जाते हैं। धीरे-धीरे स्पष्टता बनती है, तब जाकर यह बात समझ में आती है कि बाद में क्या आने वाला है। अगर सब कुछ ठीक से न गुज़रा हो तो आप एक-दूसरे से कभी नहीं मिलते हैं। लेकिन इसके साथ कैसे निपटा जाये? डिनर के दौरान जो आत्मविश्वास पाया था वह सारा-का-सारा रात के वक्त पिघल गया—आपको अपनी आँखें कभी बन्द नहीं करनी चाहिए। एक छोटी-सी मुलाकात से यह बात उभर आयी। गलियारे में नैटेली और वह मिल गये। एक कॉफ़ी मशीन की तरफ़ जा रहा था, दूसरा आ रहा था। एक-दूसरे को सजग ढंग से मुस्कुराकर देखने के बाद उन्होंने एक-दूसरे का अभिवादन किया। दोनों में से किसी ने भी दूसरा शब्द नहीं कहा, या कोई ऐसा प्रसंग, जिससे बातचीत का अन्त किया जाये। एक बात भी नहीं। यहाँ तक कि मौसम का

ज़िक्र भी नहीं, कि मौसम बदली भरा था, धूप भरा था—कुछ भी नहीं, हालात बेहतर होने की कोई उम्मीद नहीं थी। इस असहजता के अनुभव के बाद वे अलग हो गये। उनके पास एक-दूसरे को कहने के लिए कुछ भी नहीं था। कुछ लोग इसे बाद की अवस्था का खालीपन कहते हैं।

अपने दफ़्तर में, मार्कस ने दिमाग को शान्त करने की कोशिश की। यह एकदम सामान्य बात थी कि हर वक्त एक जैसा न रहा जाये। जीवन के निश्चित रूप से अपनी अव्यवस्था के पल, मदहोश करने वाले पल, खालीपन के पल होते हैं। अगर एक सुन्दर शाम के बाद रोमियो और जूलियट को भी सुबह-सुबह एक गलियारे में रख दिया जाये तो वे भी निश्चित रूप से एक-दूसरे से कुछ नहीं कह पायेंगे। कोई बड़ी बात नहीं। उसको भविष्य के ऊपर अपना ध्यान लगाना चाहिए। वही महत्त्वपूर्ण है। और आप कह सकते थे कि वह उसको बहुत अच्छी तरह से कर रहा था। बहुत जल्दी, वह शाम के खयालों में खो गया, रात की गतिविधियों में। उसने सभी कुछ कागज़ के एक बड़े से टुकड़े पर रख दिया, जैसे कि हमला करने की योजना हो। उसके छोटे से दफ़्तर में मानो फ़ाइल 114 मौजूद नहीं थी—फ़ाइल 114 की जगह नैटेली की फ़ाइल ने ले ली थी। वह नहीं जानता था कि इसके बारे में किससे बात की जाये, किस से मदद माँगी जाये। कई सहकर्मियों के साथ उसके अच्छे सम्बन्ध थे। जैसे बर्थियर था, जिसके साथ वह कुछ निजी गुप्त बातों को साझा करता था, और उसे एक तरह से उसका करीबी कहा जा सकता था। लेकिन जहाँ तक नैटेली का सवाल था, यहाँ किसी और से इस बारे में बात करने का सवाल ही नहीं उठता था। उसे अपनी अनिश्चितताओं को चुप्पी की एक दीवार के पीछे छिपा देना पड़ा। चुप्पी, हाँ, हालाँकि उसे यह डर था कि उसका दिल इतनी ज़ोर-ज़ोर से धड़केगा कि उससे बहुत अधिक कोलाहल होगा।

इंटरनेट पर उसने सभी ऐसी साइट्स के बारे में पता किया जहाँ शाम रोमांटिक तरीके से बितायी जा सकती हो, बोट पर जाना (जबकि ठंड थी), या थियेटर में जाना (वैसे वह अन्दर से गर्म तो होता था, मगर वह नाटक नहीं देख पाता था)। जब तक कोई चीज़ बहुत अधिक तड़क-भड़क वाली न हो तो उसे वह भाती नहीं थी। दूसरे शब्दों में, उसे इस बात का खयाल नहीं

था कि वह क्या चाहती थी, या वह क्या सोच रही थी। हो सकता है कि वह उससे फिर कभी न मिलना चाहे। वह उसके साथ एक बार डिनर पर जाने के लिए तैयार हुई थी। शायद वही बात रही हो। उसने यह देखा था और यह बेहतर था। अब यह सब खत्म हो गया था। वादे केवल उसी समय तक वैध होते हैं, जिस समय वे किये जाते हैं। दूसरी तरफ़, उसने उसे उस सुन्दर शाम के लिए शुक्रिया अदा किया था। हाँ, उसने 'प्यारा' शब्द लिखा था। मार्कस को उस शब्द से बहुत आनन्द आया था। 'प्यारा' कितना सुन्दर शब्द है। साफ़ तौर पर, कितनी प्यारी शाम। यह आपके यह सोचने के लिए काफ़ी है कि आप लम्बी-लम्बी ड्रेस और घोड़े से चलने वाली बग्घियों के बीच थे... 'लेकिन मैं सोच क्या रहा था?' उसने अचानक पीछे जाते हुए सोचा। मुझे काम करना होगा और अपने दिमाग को इधर-उधर भागने से रोकना होगा। हाँ, 'प्यारा' शब्द निश्चित रूप से बढ़िया शब्द था, लेकिन यह काफ़ी नहीं था; अब उसे आगे जाने की ज़रूरत थी। ओह, उसे बेचैनी महसूस हो रही थी। उसे ज़रा भी इस बात का इल्म नहीं था। कल की जो सहजता थी वह महज़ एक शाम की सहजता थी। एक भ्रम। वह अपनी बुरी अवस्था के बारे में सोच रहा था कि वह एक ऐसा आदमी था जिसमें कोई गुण नहीं था, एक ऐसा आदमी जिसको इस बात की ज़रा भी समझ नहीं थी कि नैटेली के साथ दूसरी मुलाकात कैसे तय की जाये।

दरवाज़े पर खटखटाहट हुई।

मार्कस ने कहा, "आ जाइये।" जो व्यक्ति अन्दर आया, वह वो था जिसने उसके साथ हसीन शाम के बारे में लिखा था। हाँ, नैटेली आयी थी। सच में वही थी।

"तुम ठीक तो हो? मैं तुम्हारे काम में बाधा तो नहीं डाल रही हूँ न? ऐसा लग रहा है कि तुम किसी चीज़ में डूबे हुए थे।"

"नहीं...नहीं, सब ठीक है।"

"मैं सोच रही थी कि कल तुम चाहो तो मेरे साथ नाटक देखने चल

सकते हो...मेरे पास दो टिकट हैं...इसलिए अगर तुम...''

''बहुत खूब। मुझे नाटक बहुत पसन्द है।''

''बहुत बढ़िया। फिर कल शाम।''

वह फुसफुसाया, ''कल रात'' को ही, लेकिन तब तक बहुत देर हो चुकी थी। वह जवाब हवा में तैरने लगा, इस बात से दु:खी होकर कि कोई कान नहीं था उसे सुनने वाला। मार्कस का हर अणु गहरी खुशी में पिघल गया था। और इस खुशी के पल में उसका दिल उसके पूरे शरीर में हिचकोले खा रहा था।

अजीब बात थी कि इस खुशी से वह गम्भीर हो गया। रास्ते में, उसने सभी लोगों को उनकी कारों में देखा, सभी लोग अपनी नीरसता में फँसे हुए थे, और वह वास्तव में उनके बीच गुमनाम नहीं लग रहा था। वह वहाँ खड़ा रहा, और पहले से भी बढ़कर, वह इस बात को जानता था कि वह औरतों को प्यार करता था। एक बार घर पहुँचने के बाद, उसने अपनी दिनचर्या को देखा। लेकिन उसे खाने का अधिक मन नहीं हो रहा था। वह बिस्तर पर लेट गया और उसने कुछ पन्ने पढ़ने की कोशिश की। फिर उसने बत्ती बुझा दी। एक ही समस्या थी—वह सो नहीं सका, ठीक उसी तरह जिस तरह वह नैटेली के चुम्बन के बाद सो न पाया था। उस महिला ने उसकी नींद को चुरा लिया था।

# 59

## *ग्युरोसां के लिए पैकेज में दिये विवरण का एक अंश*

वयस्कों में अस्थायी थकान के इलाज के लिए

# 60

समय आसानी से गुज़र रहा था। यहाँ तक कि समूह की बैठक भी हुई थी। सब कुछ सामान्य था, और किसी को इस बात की भनक भी नहीं थी कि नैटेली उस शाम मार्कस के साथ नाटक देखने जा रही थी। अच्छा महसूस हो रहा था। कर्मचारियों को बातें छिपाकर रखना, गुपचुप प्यार करना, ऐसा जीवन जीना जिसके बारे में कोई न जानता हो, अच्छा लगता है। इससे उस जोड़े के जीवन में जैसे मिर्च-मसाला जुड़ता है, जिसके साथ वे संग साथ बनाते हैं। नैटेली यह जानती थी कि किस तरह से चीज़ों को अलग-अलग हिस्सों में रखा जाये। एक तरह से, उसकी त्रासदी ने उसे संवेदनहीन बना दिया था। जिसको इस तरह कहा जा सकता है कि उसने रोबोट की तरह बैठक का संचालन किया, और वह इस बात को लगभग भूल गयी कि उस दिन की शाम को उसे बाहर जाना था। मार्कस को ज़रूर यह बात अच्छी लगी होती कि उसके ऊपर खास ध्यान दिया गया होता, किसी तरह की मंत्रणा का भाव, नैटेली की आँखों में, लेकिन वह उसके काम करने का अन्दाज़ नहीं था।

यही बात क्लोई के बारे में भी सच थी, जो समय-समय पर यह चाहती थी कि लोग इस बात के ऊपर ध्यान दें कि अपनी बॉस के साथ उसका विशेष सम्बन्ध था। केवल वही थी जो उसके साथ समय बिताती थी और उसके साथ वह अनौपचारिक व्यवहार करती थी। जब से नैटेली उससे दूर हुई थी तब से उसने एक बार भी कोशिश नहीं की थी कि वह उसके साथ बाहर जाये। वह यह जानती थी कि उन पलों में वह खतरनाक पहलू आ सकता था—अपने

बॉस की कमज़ोरी का गवाह बनने का उल्टा असर भी हो सकता था। इसलिए उसने यह तय कर लिया कि वह अलग-अलग वर्गों को मिलायेगी नहीं और जो एक सोपानक्रम था उसका सम्मान करेगी। दिन के आखिर में, वह उसके पास मिलने गयी।

"आप कैसी हैं ? उस दिन के बाद हमारे बीच बमुश्किल ही बात हुई है।"

"हाँ, वह मेरी गलती थी, क्लोई, लेकिन उस दिन सच में बहुत अच्छा लगा था।"

"अच्छा, सच में ? आप उस दिन अचानक उठ गयीं, और वह अच्छा समय था ?"

"हाँ, मैं सच में कह रही हूँ।"

"बहुत बढ़िया...फिर आज वहीं चलें ?"

"अरे नहीं। माफ़ करना। मैं नहीं जा सकती। मुझे एक नाटक देखने जाना है।" नैटेली ने ऐसे कहा जैसे कि वह यह घोषणा कर रही हो कि उसे एक बच्चा हुआ है।

क्लोई यह नहीं चाहती थी कि वह अपनी हैरानी को दिखाये, लेकिन निश्चित रूप से इसके कारण थे। यह बेहतर था कि उस तरह के बयान की तात्कालिकता के ऊपर ज़ोर दिया जाये और ऐसे जताया जाये जैसे कि कुछ भी नहीं हुआ हो। एक बार अपने दफ़्तर में वापस जाकर उसने अपनी रिपोर्ट को सही करने के लिए उसमें कुछ काम किया, अपने ईमेल को देखा; और फिर अपना कोट उठाया और चल दी। जब वह स्वचालित सीढ़ियों पर थी तो उसने कुछ असम्भावित देखा—मार्कस और नैटेली साथ-साथ जा रहे थे, उनको बिना दिखाई दिये वह कुछ करीब गयी, उसे लगा कि उसने थियेटर शब्द सुन लिया था। तत्काल, उसे कुछ ऐसा महसूस हुआ जो कि वह बता नहीं सकती थी। पीड़ा, यहाँ तक कि नापसन्दगी भी।

# 61

थियेटर में सीटें कितनी संकरी होती हैं। मार्कस को ज़ाहिर तौर पर आराम नहीं मिल रहा था। उसे इस बात का बड़ा दुःख हो रहा था कि उसकी टाँगें लम्बी क्यों हैं; अफ़सोस की बात है कि ये किसी काम की नहीं। यह कहने की ज़रूरत नहीं है कि एक बात और है जिससे उसकी यंत्रणा बढ़ रही थी—इससे बुरा कुछ नहीं होता है कि आप एक ऐसी महिला के बगल में बैठे हों जिसे देखने के लिए आप मरे जा रहे हों। शो उसकी बायीं तरफ़ था, जहाँ वह थी, स्टेज पर नहीं। केवल यही नहीं, लेकिन वह देख क्या पा रहा था? यह ठीक-ठाक था। सच बात यह थी कि वह एक स्वीडिश नाटक था। क्या उसने यह जानबूझकर किया था? मानो यही काफ़ी न हो, जो नाटककार था उसने अपनी पढ़ाई उप्पसला में की थी। हो सकता है कि उसने उसके माता-पिता के यहाँ रात का खाना भी खाया हो। उसका ध्यान इस कदर भटका हुआ था कि उसे नाटक का कुछ सिर-पैर समझ में नहीं आ रहा था। वे इस बात को लेकर निश्चित थे कि नाटक खत्म होने के बाद नाटक के बारे में बातचीत होगी, और वह उस बातचीत में बिलकुल बेवकूफ़ की तरह प्रस्तुत होगा। वह इस सम्भावना को किस तरह भूल सकता था? उसे निश्चित तौर पर ध्यान लगाकर देखना था और होशियारी भरी कुछ टिप्पणियाँ भी करनी थीं।

साथ ही, नाटक खत्म होने के बाद उसे इस बात की हैरानी हुई कि वह ज़बर्दस्त भावनाओं के प्रभाव में आ गया था। हो सकता है कि इसका कारण स्वीडिश होने के कारण उस नाटक के कथानक के साथ उसका जुड़ाव रहा

हो। नैटेली भी सन्तुष्ट लग रही थी। लेकिन थियेटर में इस बात को समझ पाना मुश्किल होता है, कई बार लोग इस बात से भी खुशी महसूस करते हैं कि चलो परीक्षा समाप्त हुई। जब वे बाहर आये तो मार्कस उस सिद्धान्त के बारे में बात करना चाहता था जो उसने एक्ट 3 को देखते हुए बनाया था, लेकिन नैटेली ने बात बीच में काट दी।

"मुझे लगता है कि हमें कुछ और करना चाहिए।"

मार्कस ने अपने पैरों के बारे में सोचा। लेकिन नैटेली ने स्पष्ट किया, "चलिए एक ड्रिंक लेते हैं।"

तो यह था कुछ और करना।

# 62

### *ऑगस्ट स्त्रेंडबर्ग के नाटक 'मिस जूली' का अंश, जिसे नैटेली और मार्कस ने अपनी दूसरी मुलाकात में देखा था*

**जूली :** क्या मैं तुम्हारी आज्ञा का पालन करूँ?

**ज्यां :** एक बार, तुम्हारे अपने लिए। मैं तुमसे भीख माँगता हूँ। रात घिरती आ रही है, नींद गैर ज़िम्मेदार बना देती है और दिमाग गर्म हो जाता है।

# 63

फिर कुछ ऐसा हुआ जो निर्णायक था। एक महत्त्वहीन–सा पहलू था जो बहुत बड़ा कारक बन गया। सब कुछ वैसे ही चल रहा था, जैसे कि पहली शाम चला था। आकर्षण ने अपना प्रभाव दिखाया, और यह प्रगति पर था। मार्कस बड़ी सुघड़ता से उससे निकल आया। वह जितना सम्भव हो सके अपनी स्वीडिश मुस्कुराहट के साथ मुस्कुरा रहा था, एक तरह से स्पैनिश मुस्कान थी। उसने कुछ मज़ेदार किस्से सुनाये, जिसमें बड़ी कुशलता से उसने अपनी संस्कृति और अपने निजी सन्दर्भों को जोड़ा, बड़ी सफलतापूर्वक निजी से सामान्य की तरफ़। उसने बड़ी गरिमा के साथ अपना 'दुनियावी आदमी' का रूप दिखाया। लेकिन उसकी कुशलता के केन्द्र में वह एक भ्रम का शिकार हो गया, जो कि मशीन को गलत दिशा में ले जाने वाली थी—उसके ऊपर अकेलेपन का दौरा पड़ रहा था।

शुरुआत में, ऐसा नहीं था कि उसके साथ निपटा जाये, वह एक तरह का अतीत मोह था। लेकिन नहीं, जब आप अधिक करीब जाते तो आपको अकेलेपन का चटक रंग दिखाई देता। और अधिक नज़दीक जाने पर आप एक तरह की उदासी का एक निश्चित रूप देख सकते थे। एक पल से दूसरे पल में, किसी रुग्ण, दयनीय इच्छा की तरह वह खुद को उस शाम के खालीपन के साथ आमने–सामने पा रहा था। "लेकिन मैं अपना सबसे अच्छा रूप दिखाने की कोशिश क्यों कर रहा हूँ," उसने खुद से पूछा? "इस औरत को हँसाने की कोशिश क्यों कर रहा हूँ, उसे खुश करने की हरसम्भव कोशिश

क्यों कर रहा हूँ, एक ऐसी महिला को जो पूरी तरह से पहुँच से बाहर है ?'' उसका जो अतीत था जिसमें वह खुद को लेकर अनिश्चित रहता था, उसने उसे जैसे अपने जबड़ों में जकड़ लिया था। और बात इतनी ही नहीं थी। इस वापसी ने त्रासद तरीके से दूसरे कारक को जाग्रत किया—उसने टेबलक्लॉथ पर रेड वाइन गिरा दी। इसे सामान्य गलती के तौर पर भी देखा जा सकता था। हो सकता है कि आकर्षण के योग्य भी—नैटेली के दिल में हमेशा से बेतुकेपन के लिए जगह रही थी। लेकिन उस समय वह उसके बारे में सोच नहीं रहा था। वह इस छोटी-सी घटना को बहुत बड़े संकेत के रूप में देख रहा था—लाल का फिर से उभर आना। उसके जीवन में लाल का कभी समाप्त न होने वाला विस्फोट।

''यह इतनी बड़ी बात नहीं है,'' नैटेली ने कहा, मार्कस के चेहरे की उथल-पुथल को देखते हुए।

ज़ाहिर है नहीं थी; वह उतनी बड़ी बात नहीं थी। वह त्रासद था। वह लाल रंग उसे मर्लिन की तरफ़ वापस ले गया। दुनिया में उन सभी औरतों की उसे याद आयी जिन्होंने उसे ठुकराया था। उसके कानों में कुछ फड़फड़ाने लगा। उसकी सारी आशंकाएँ फिर से उभर आयीं—वह एक बच्चा था जब खेल के मैदान में उसका मज़ाक उड़ाया जाता था, एक सिपाही को परेशान किया जा रहा था, एक पर्यटक को धोखा दिया जा रहा था। इस सबका प्रतिनिधित्व करता था सफ़ेद टेबलक्लॉथ के ऊपर फैला लाल धब्बा। उसने कल्पना की कि यह दुनिया उसे देख रही थी। जब वह गुज़रता तो लोग उसे देखकर फुसफुसा रहे थे। वह एक बड़े ऐय्याश के बड़े से सूट में तैर रहा था। इन आशंकाओं की तरफ़ विचलन को कुछ भी नहीं रोक सकता था। यह विचलन अकेलेपन से उपजा था, और इस सहज भाव से कि अतीत को शरणस्थली के रूप में देखा जा सकता था। उस समय वर्तमान मौजूद नहीं था। नैटेली तो महज़ एक छाया थी, औरतों की दुनिया की एक प्रेत।

मार्कस उठा और एक पल के लिए वह खामोश-सा रह गया। नैटेली उसे देख रही थी, बिना यह जाने कि वह कहने क्या जा रहा था। क्या वह

कुछ मज़ेदार करने वाला था? कठोर? आखिर में, उसने बहुत शान्त आवाज़ में कहा, ''मुझे अब चलना चाहिए।''

''क्यों? वाइन की वजह से? लेकिन... ऐसा तो सबके साथ होता है।''

''नहीं...ऐसा नहीं है...बस यूँ ही... ''

''यूँ ही क्या? क्या मैंने तुमको बोर कर दिया?''

''नहीं...बिलकुल नहीं...आप तो मुझे कभी बोर कर ही नहीं सकतीं...''

''फिर क्या?''

''फिर कुछ भी नहीं। बात यही है कि मेरा दिल आपके ऊपर आ गया है। मैं आपके प्रति बहुत अधिक आकर्षित हूँ।''

''...''

''मेरी इच्छा बस यही है कि तुमको एक बार फिर से चूमूँ...लेकिन मैं एक पल के लिए भी इस बात की कल्पना नहीं कर सकती कि तुम मेरे ऊपर मोहित रहो... इसलिए, मुझे लगता है कि हमारे लिए बेहतर यही होगा कि हम एक-दूसरे से मिलना-जुलना छोड़ दें...मुझे तो तब भी पीड़ा होगी, लेकिन वह पीड़ा उतनी कटु नहीं होगी, अगर मुझे कहने का साहस हो तो...''

''तुम हमेशा इसी तरह सोचते हो?''

''लेकिन मैं क्यों नहीं सोच सकता? मुझे यहाँ आपके सामने रहने के लिए क्या करना है? क्या आपको पता है कि वह कैसे किया जाता है, जानती हैं?''

''मेरे सामने आओ?''

''देखिये मैं जो बात कह रहा हूँ, वह बेवकूफ़ी है। मेरे लिए अच्छा यही होगा कि चलूँ यहाँ से।''

''मैं ठहरना चाहूँगी।''

"किसलिए?"

"मुझे नहीं पता।"

"आप मेरे साथ क्या करने की कोशिश कर रही हैं?"

"मुझे नहीं पता। मुझे तो बस यही लगता है कि जब मैं तुम्हारे साथ होती हूँ तो मुझे अच्छा लगता है कि तुम में किसी तरह का दिखावा नहीं है...दूसरों की परवाह करने वाले हो...मेरे साथ बड़े लिहाज़ से बात करते हो। और मुझे यह बात समझ में आने लगी है कि मुझे यही चाहिए, बड़ी साफ़ बात है।"

"और बस?"

"यह अपने आप में काफ़ी है, नहीं?"

मार्कस अभी भी खड़ा था। नैटेली भी उठ खड़ी हुई, वे कुछ पल वैसे ही खड़े रहे, अनिश्चितता में जमे हुए से। विपरीत दिशा में गर्दन घुमाये। यह बहुत दुर्लभ होता है कि जब आप खड़े हों तो न चलें। शायद इसी बात से मार्गरीट की मशहूर पेंटिंग का खयाल आया हो जिसमें पुरुष आकाश से पत्थरों की तरह नीचे गिर रहे हैं। ऐसा लग रहा था कि उन दोनों के वहाँ होने में कुछ हद तक वह बेल्जियन पेंटर के पात्रों जैसे हैं।

मार्कस चला गया और नैटेली कैफ़े से बाहर निकल आयी। सही समय आ गया था, उसे वहाँ से निकलना ही था। नैटेली को उसका व्यवहार समझ में नहीं आया। उसकी शाम अच्छी बीत रही थी, और अब, इसे उसने उसके खिलाफ़ पाया। बिना इस बात को समझे, मार्कस ने अच्छा अभिनय किया। उसने नैटेली को फिर से जगा दिया। उसने उसको उस तरफ़ धकेल दिया जहाँ वह अपने आप से कुछ सवाल करे। 'उसने कहा था कि वह उसको चूमना चाहता है। लेकिन क्या यही बात थी? क्या वह चाहती थी? नहीं, उसने ऐसा नहीं सोचा। उसने उसे उस तरह का...लेकिन वह बात उतनी मायने नहीं रखती है...फिर, क्यों नहीं...' उसने सोचा। 'उसे कुछ...और उसे भी मज़ा आया... फिर वह निकल क्यों गया? क्या बेवकूफ़ है।' वह बुरी तरह से चिढ़ गयी...

"हाँ, कितना बेवकूफ़ था वह, हाँ कितना बेवकूफ़," वह दोहराये जा रही थी, जबकि कैफ़े में बैठे ग्राहक उसे ध्यान से देख रहे थे। इतनी सुन्दर औरत को वह घटिया आदमी छोड़ कर चला गया। वह उनकी नज़रों के ऊपर ध्यान भी नहीं दे रही थी। वह वहाँ चिढ़ी हुई और हताश खड़ी थी कि वह उस हालात के ऊपर काबू नहीं कर पायी, इस बात को नहीं समझ पायी कि उसको किस तरह से रोका जाये, किस तरह से समझा जाये। उसे अपने आपको दोष देने का कोई कारण नहीं था; वह कुछ नहीं कर पायी। उसकी आँखों में, उसके पास होने के लिए वह उसकी ख्वाहिशों से भी ज़्यादा थी।

घर पहुँचकर नैटेली ने उसका नम्बर मिलाया, लेकिन घंटी बजने से पहले ही रख भी दिया। वह यह चाहती थी कि वह फ़ोन करे। आखिरकार, वही थी जिसने दूसरी बार मिलने की पहल की थी। उसको कम-से-कम इस बात के लिए उसका शुक्रिया तो करना चाहिए ही था। उसे सन्देश भेजा। वह वहाँ खड़ी थी, अपने टेलीफ़ोन के सामने खड़ी इन्तज़ार करती हुई, और यह बहुत दिनों में पहली बार हुआ था कि उसने ऐसी किसी चीज़ का अनुभव किया था—इन्तज़ार। वह सो नहीं पायी और उसने अपने लिए थोड़ी-सी वाइन निकाल ली। हल्का संगीत चला दिया। एलें सुशां। एक गीत जो उसे फ्रांसुआ के साथ सुनना पसन्द था। वह इस बात को नहीं समझ पायी कि कैसे बिना रोये वह इस गाने को सुन भी गयी। वह ड्रॉइंग रूम में गोल-गोल टहलती रही, थोड़ा-सा नाच भी लिया, किये गये किसी वादे की ऊर्जा के सहारे उसके अन्दर सुरूर-सा चढ़ने का भाव प्रवेश कर रहा था।

# 64

***एलें सुशां के गीत 'लव ऑन द रन' का पहला पद्य जिसे नैटेली ने मार्कस से दूसरी मुलाकात के बाद सुना था***

प्यारे चित्र जो खींचे गये मेरी त्वचा के ऊपर रखे कैमरे से,
हमने उसे जिया।
फाड़ दो इनको और हर उस समय को जब हम रोये,
भुला दो
हमारे पास वह सब गोंद और चिपकाने वाले टेप हैं
उन टूटे दिलों को वापस जोड़ने के लिए।

उन दिनों हम चित्र में क्या लगते थे,
प्यारे जोड़े।
मैं तुम्हारे साथ आयी और तुम्हारी दुनिया को पाया,
तुम्हारी खुशी।
फिर आया वह टूटा शीशा जिसने हमारी मुस्कान छीन ली।
शीशे के खून सने टुकड़े हमारी नयी टाइल्स पर हैं

मैं, तुम, हम निभा नहीं पाये।
ओहो, वे उम्मीद के बिना आँसू
एक-दूसरे से जुदा होते हुए, और दोनों तरफ़ चुप्पी।
यह भगोड़ा प्यार है
भगोड़ा प्यार।

# 65

मार्कस एक खतरे के साथ चलता रहा, उसे लग रहा था जैसे कि उसके पैरों में पंख लग गये हों। जब उस शाम वह घर पहुँचा तो उसे वे दर्द भरी छवियाँ परेशान करती रहीं। शायद इस सबका सम्बन्ध स्त्रेंडबर्ग से था? सभी को अपने देशवासियों के भय के सम्पर्क में आने से बचना चाहिए। उस पल की सुन्दरता, नैटेली की सुन्दरता, उस सबको उसने अन्तिम मुकाम की तरह देखा था—बर्बादी का मुकाम। उसके सामने सुन्दरता थी, उसकी आँखों में आँखें डाले, पहले से नियत त्रासदी की तरह। क्या विस्कोंती की फिल्म 'डेथ इन वेनिस' में यही नहीं लिखा था, वह महत्त्वपूर्ण लाइन—'वह, जो सुन्दरता को देखता है, उसकी मृत्यु भी तय होती है?' हाँ, मार्कस बहुत डींगें मारने वाला लग सकता था। और, भाग जाना तो बेवकूफ़ी ही थी। लेकिन इस बात को समझने के लिए कि कोई आदमी कैसे किसी सम्भावना से अचानक डर सकता है, पहले आपको बहुत दिनों तक नाउम्मीदी में रहने की आवश्यकता है।

उसने उसे फ़ोन नहीं किया। वह औरत जिसे उसमें पूर्वी यूरोपीय गुणों को देखकर अच्छा लगा था, उसे इस बात से फिर हैरानी हुई कि उसने स्वीडिश परम्परा का ही पालन किया था। उसमें पोलिश का एक कण भी नहीं था। मार्कस ने यह फैसला किया कि वह यह सब छोड़ दे और स्त्री रूपी आग से खेलना छोड़ दे। हाँ, ये शब्द उसके दिमाग में घूम रहे थे। पहला नतीजा निम्नलिखित था—उसने फैसला किया कि वह कभी उसकी आँखों में आँखें डाल कर नहीं देखेगा।

अगली सुबह जैसे ही नैटेली दफ़्तर पहुँची उसे क्लोई मिल गयी। इस बात को यहीं स्वीकार करते हैं कि क्लोई संयोग का झूठा दिखावा करने में माहिर थी। वह तो यूँ ही हॉल में टहल रही थी जब संयोगवश बॉस से उसका सामना हो गया। वह गपबाज़ी में बहुत ही चतुर थी और उसका मकसद था कुछ राज़ की बातों को जानना।

''अरे नैटेली, क्या हाल है, आप क्या कर रही हैं?''

''बिलकुल ठीक। ठीक हूँ। थोड़ा-सा थक गयी हूँ।''

''कल रात जो नाटक आपने देखा उसकी वजह से? कितना लम्बा नाटक था?''

''नहीं, उसकी वजह से नहीं... ''

क्लोई समझ गयी कि और कुछ निकाल पाना मुश्किल होगा, लेकिन एक ऐसा संयोग हुआ कि वह सब कुछ आसान कर देने वाला था। मार्कस आ रहा था और देखने से वह अजीब तरह के मूड में लग रहा था। उस युवती ने यह पक्का किया कि वह रुके।

''ओह, हैलो मार्कस, क्या चल रहा है?''

''बढ़िया, मैं ठीक हूँ... तुम्हारा क्या हाल है?''

''बुरा नहीं है।''

जब वह जवाब दे रहा था तो वह उन दोनों महिलाओं को देखने से कतरा रहा था। इससे अजीब-सा लग रहा था, जैसे किसी से जल्दबाज़ी में बात करें। जो अजीब था, क्योंकि मार्कस बिलकुल जल्दबाज़ी नहीं महसूस कर रहा था।

''तुम ठीक हो? क्या तुम्हारी गर्दन में कुछ हुआ है?''

''नहीं... नहीं... मैं ठीक हूँ... सब ठीक है, मुझे जाना है।''

दोनों महिलाएँ देखती रह गयीं, वह चला गया। तत्काल क्लोई ने सोचा, 'वह ज़रूर असहज है,... वे ज़रूर साथ सोये थे... मुझे और कोई कारण दिखाई नहीं देता है... अगर नहीं, तो उसने उसकी अनदेखी क्यों की?' इसलिए वह नैटेली को देखकर ज़ोर से मुस्कुराई।

"क्या मैं आपसे एक सवाल पूछ सकती हूँ? क्या कल आप मार्कस के साथ नाटक देखने गयी थीं?"

"इस बात से तुम्हारा कोई लेना-देना नहीं है।"

"हाँ ठीक है... मुझे यूँ ही लगा कि हम बहुत सारी बातों को साझा करते हैं, मैं आपको सब कुछ बता देती हूँ।"

"लेकिन मेरे पास कहने के लिए कुछ नहीं है। ठीक है। अब काम पर वापस जाते हैं।"

नैटेली ने बड़ी संक्षिप्तता से कहा। क्लोई की बेतकल्लुफी उसे पसन्द नहीं आयी थी। उसकी आँखों में आप चुगली करने की बेचैनी को महसूस कर सकते थे। शर्माते हुए, क्लोई ने हकलाते हुए कहा कि वह कल के लिए जो उसका जन्मदिन भी है, पीने का इन्तज़ाम कर रही है। नैटेली ने अजीब से भाव से कहा, "ठीक है।" लेकिन पक्का नहीं था कि वह जायेगी या नहीं।

बाद में, उसने फिर सोचा कि क्लोई में नफ़ासत नहीं है। नैटेली महीनों से ऐसी अफ़वाहों के साथ जी रही थी। इस तरह की गुप-चुप सी टिप्पणियाँ कि वह खुद को कितनी अच्छी तरह से रखती थी, वह क्या कर रही थी, किस तरह से उसने खुद को काम के प्रति समर्पित कर रखा था। इससे कोई फ़र्क नहीं पड़ता था कि वे टिप्पणियाँ उसके लिए अच्छे भाव लिये ही होती थीं, उन्हें वे बोझ प्रतीत करती थी। बेहतर होता कि कोई उसकी तरफ़ ध्यान न दे। विडम्बना यह थी कि लगातार जो प्यार उसके ऊपर उड़ेला जा रहा था, उसने इस काम को जटिल बना दिया था। उस दौर की उसकी कड़वी स्मृतियाँ थीं जब उसने ध्यान खींचा था। परिणामतः, वह जब इस बात के बारे में सोच रही थी कि जिस तरह से क्लोई ने बात की थी, वह यह बात समझ गयी थी

कि उसे कितनी होशियारी से रहना होगा और मार्कस के साथ अपने सम्बन्ध की बात किसी को भी नहीं बतानी होगी। लेकिन क्या वह सम्बन्ध एकमात्र अफ़ेयर था? फ्रांसुआ की मौत के बाद उसने परखने के मापदंड खो दिये थे। मानो वह प्यार के बारे में जो भी जानती थी वह सब कुछ तबाह हो गया था और उसका दिल उन तबाही के खंडहरों में धड़क रहा था। वह मार्कस के रुख को समझ नहीं पा रही थी, और उसको न देखने का उसका तरीका। या तो वह अभिनय कर रहा है या वह पागल है? पागलपन की सम्भावना अधिक है। वह यह नहीं सोचती—अगर आप किसी महिला को देखना नहीं चाहते हैं तो आपको उसे सच में प्यार करना चाहिए। नहीं, यह कोई ऐसी बात थी जो कि वह सोच नहीं सकता था। वह भ्रम की अवस्था में आ गयी।

# 66

***विस्कोंती के नाटक 'डेथ इन वेनिस' में अभिनय करने वाले अभिनेता ब्योर्न एंडरसन से जुड़ी तीन अफ़वाहें***

उसने न्यूयॉर्क में एक समलैंगिक अभिनेता की हत्या कर दी थी।

मेक्सिको में एक हवाई दुर्घटना में उसकी मौत हुई थी।

वह सिर्फ़ हरा सलाद खाता था।

# 67

मार्कस का मन काम में नहीं लग रहा था। वह खिड़की के पास खड़ा बाहर खाली आकाश में देख रहा था। वह अभी भी पुरानी यादों में खोया था—संक्षेप में कहें तो बेतुकी पुरानी यादों में। वह भ्रम जो यह कहता है कि आपके उदास अतीत का भी अपना एक आकर्षण होता है उस पल, उसका गरीब बचपन उसके लिए जीवन का स्रोत लग रहा था। उसने उसके बारे में विस्तार से सोचा और उसे वह दिल को छू लेने वाला लगा, जबकि पहले वह शोचनीय लगा था। वह शरणस्थली खोज रहा था, कहीं भी, जिसमें वह अपने वर्तमान से भागकर छिप सके। हालाँकि, पिछले कई दिनों में उसने एक तरह से एक रोमांटिक सपना हासिल किया है, एक खूबसूरत महिला के साथ नाटक देखने जाकर। फिर उसके भीतर अतीत में जाने की इतनी ख्वाहिश क्यों हो रही है? कुछ ऐसा था जिसे आसानी से समझा जा सके, कुछ ऐसा जिसे आप *खुशी का डर* कह सकते हैं। कहते हैं कि जब हम मर रहे होते हैं तो हमारे जीवन के सबसे खूबसूरत पल हमारी आँखों के सामने आ जाते हैं। तो फिर इस बात की पूरी सम्भावना लगती है कि अतीत के बुरे अनुभव, आपके सामने उस समय तैरने लगें जिस समय आप खुशी के दौर से गुज़र रहे हों।

नैटेली ने उसे अपने दफ़्तर में बुलाया, लेकिन उसने मना कर दिया।

"मैं वास्तव में आपसे मिलना चाहता हूँ," उसने कहा। "लेकिन फ़ोन पर।"

“मुझसे फ़ोन पर मिलना चाहते हो? तुम ठीक तो हो न?”

“मैं ठीक हूँ, शुक्रिया। मैं आपसे बस यह कहना चाहता हूँ कि कुछ दिनों तक मेरी नज़रों के सामने मत आइये। बस मैं यही कह रहा हूँ।”

वह और अधिक अशक्त होती जा रही थी। और फिर भी, वह उस विचित्रता से आकर्षित भी रहना चाहती थी। सोचते-सोचते वह बहुत दूर निकल गयी। उसने इस बारे में भी विचार किया कि मार्कस का यह जो लगाव है वह उसकी रणनीति भी हो सकती थी। या फिर रूमानी हास्य का आधुनिक रूप। ज़ाहिर है, वह गलत थी। मार्कस पूरी तरह से और परेशान करने वाले ढंग से भावुकता के प्रथम चरण में फँस गया था।

दिन खत्म होते-होते उसने यह तय किया कि उसके निर्देशों का पालन न किया जाये, वह उसके दफ़्तर में चली गयी। तुरन्त उसने अपनी नज़रें उठायीं।

“यह नहीं चलेगा! और, आप बिना खटखटाये अन्दर आ गयीं।”

“क्योंकि मैं यह चाहती हूँ कि तुम मुझसे आकर मिलो।”

“मैं नहीं चाहता।”

“क्या तुम हमेशा ऐसे ही रहोगे? पक्की बात है कि इसका कारण रेड वाइन नहीं था?”

“एक तरह से।”

“तुम ऐसा एक कारण से कर रहे हो? मुझे उलझन में डालने के लिए, क्या यही बात है? मैं स्वीकार करती हूँ कि वह काम कर रहा है।”

“नैटेली, मैं आपसे यह वादा करता हूँ कि इसके अलावा समझने की कोई बात नहीं है, जो मैंने आपसे कही थी। मैं अपने आपको बचा रहा हूँ, बस। यह समझना इतना मुश्किल नहीं है।”

“लेकिन इस तरह से रहने से तुम्हारी गर्दन में दर्द हो जायेगा।”

"दिल में दर्द होने से मुझे गर्दन में दर्द होना पसन्द है।"

अन्तिम जुमले के साथ वह टँगी रह गयी, जिसे उसने किसी तरह के खान-पान के जोड़े की तरह से सुना था, जैसे हैम और एग (ham and eggs), या बनाना और क्रीम (bananas and cream)। फिर वह आगे बोली, "और तब क्या होगा जब मैं तुमको देखना चाहूँ? और मैं तुम्हारे साथ कुछ समय बिताना चाहूँ? और जब मैं तुम्हारे साथ रहूँ और मुझे अच्छा लगे तो। मुझे क्या करना चाहिए?"

"यह सम्भव नहीं है। यह कभी सम्भव नहीं हो पायेगा। आपके लिए बेहतर यही है कि आप जायें।"

नैटेली को यह समझ में नहीं आ रहा था कि क्या करना चाहिए। क्या उसे उसको चूमना चाहिए, मारना चाहिए, काम से निकाल देना चाहिए, उसके ऊपर ध्यान नहीं देना चाहिए या उसका मज़ाक उड़ाना चाहिए, उससे भीख माँगनी चाहिए? आखिरकार उसने दरवाज़े का हैंडल घुमाया और वह चली गयी।

# 68

अगले दिन शाम को क्लोई ने दफ़्तर में अपना जन्मदिन मनाया। वह उन लोगों को नहीं भूल सकती थी जो उसमें नहीं आये। अगले कुछ सालों में, यकीनन इसके विपरीत बात सच होगी। आप उसकी ऊर्जा की तारीफ़ कर सकते हैं, उदासी के माहौल में भी जान डाल देने की उसकी अदा की, जिस तरह से वह वहाँ काम करने वालों को खुश रख सकती थी। उस मंज़िल पर काम करने वाले सभी लोग वहाँ थे, और उन सबसे घिरी क्लोई शैम्पेन का गिलास पी रही थी। अपने उपहारों का इन्तज़ार करती हुई। जिस तरह से उसने बेतुके ढंग से आत्ममुग्धता का बढ़ा-चढ़ा कर प्रदर्शन किया था, उसमें कुछ था जो दिल को छू लेने वाला था, लगभग सम्मोहक।

कमरा उतना बड़ा नहीं था; तो भी नैटेली और मार्कस ने कोशिश यही की कि वे जितना हो सके एक-दूसरे से दूरी बनाकर रहें। उसने उसकी माँग मान ली थी और भरसक कोशिश कर रही थी कि वह उसकी नज़रों के सामने न आये। क्लोई, जो उनके इस छोटे से खेल को देख रही थी, को धोखा नहीं दिया जा सकता था। 'जिस तरह से वे एक-दूसरे से बातचीत नहीं कर रहे थे, वह अपने आप में बहुत कुछ कह जाता था,' उसने सोचा। 'साफ़ दिखाई दे रहा था। हाँ, ठीक है,' लेकिन वह इस मसले को लेकर कोई धारणा नहीं बना लेना चाहती थी; उसका जन्मदिन का आयोजन सफल रहे, उसके लिए यह बात मायने रखती थी। सभी कर्मचारी वहाँ सूट पहने, हाथ में गिलास थामे मस्ती की कला का प्रदर्शन कर रहे थे। मार्कस सभी के उस उत्साह

को देख रहा था और उसे वह सब भोंडा लग रहा था। लेकिन उसके लिए इस भोंडेपन में भी एक मानवीय पहलू था। वह भी इस सामूहिक उत्साह का हिस्सा बनना चाहता था। उसे इस बात की ज़रूरत महसूस हुई कि चीज़ों को सही तरीके से किया जाये। देर दोपहर में उसने सफ़ेद गुलाब के लिए फ़ोन पर ऑर्डर दिया था। वह बहुत बड़ा फूलों का गुलदस्ता था, क्लोई के साथ उसके सम्बन्धों के अनुपात से बहुत बड़ा। जैसे सफ़ेद के साथ चिपके रहने की ज़रूरत। वह सफ़ेद जो लाल रंग को कुछ कम कर देता है। जब फूल देने वाली महिला नीचे रिसेप्शन पर फूल देने आयी तो मार्कस वहाँ आ गया। देखने लायक नज़ारा था—मार्कस उस लॉबी में हाथ में विशाल गुलदस्ता लिये खड़ा था, जहाँ कोई भी नहीं था।

हाथ में गुलदस्ता थामे वह क्लोई के पास गया, सफ़ेदी के पीछे छिपा हुआ। उसने उसे आते हुए देखा और पूछा, ''क्या यह मेरे लिए है ?''

''हाँ, तुमको जन्मदिन मुबारक हो क्लोई।''

वह शरमा रही थी। स्वभाववश उसने अपनी गर्दन नैटेली की तरफ़ घुमायी। क्लोई को यह समझ में नहीं आ रहा था कि वह मार्कस से क्या कहे। उनके बीच जैसे एक विशाल सफ़ेद स्थान था—फूलों के सफ़ेद रंग पर उनकी अपनी सफ़ेदी। हर कोई उनकी तरफ़ देख रहा था। बल्कि, जो उनके चेहरों पर दिखाई दे रहा था। क्लोई को यह महसूस हुआ कि उसे कुछ कहना चाहिए, लेकिन क्या? आखिरकार बोली, ''तुमको नहीं लाना चाहिए था। यह तो बहुत अधिक है।''

''हाँ। मुझे पता है। लेकिन मुझे ऐसा महसूस हुआ कि मुझे कुछ सफ़ेद लाना चाहिए।''

एक और सहकर्मी तोहफ़ा लेकर आया और मार्कस उसका फ़ायदा उठाकर पीछे हो गया।

नैटेली ने दूर से देख लिया था कि क्या हुआ था। वह चाहती थी मार्कस के बर्ताव में वह कोई दखल न दे, लेकिन उसने जो देखा था उससे वह बुरी

तरह दुःखी थी, इसलिए उसने फैसला किया कि उसके पास जाकर बात करे।

''तुमने उसे इतना बड़ा फूलों का गुलदस्ता क्यों दिया?''

''पता नहीं।''

''सुनो...मैं तुम्हारी बहकी-बहकी बातों से परेशान हो रही हूँ...तुम मेरी तरफ़ देखना नहीं चाहते...तुम मुझे कुछ बताना नहीं चाहते।''

''मैं आपसे यह सच कह रहा हूँ कि मुझे पता नहीं है। मैं ही हूँ जो सबसे ज़्यादा दुःखी हूँ। मुझे यह समझ में आ गया है कि यह अनुपात से अधिक था। लेकिन यह इसी तरह से है। जब मैंने फूल के लिए ऑर्डर दिया तो मैंने सफ़ेद गुलाबों के एक बड़े गुलदस्ते की माँग की।''

''तो तुम उससे प्यार करते हो।''

''आपको जलन हो रही है क्या?''

''मैं ईर्ष्या नहीं कर रही हूँ। लेकिन मुझे लगने लगा है कि तुम्हारे इस उदास स्वीडिश चेहरे के पीछे एक ऐय्याश है।''

''और आप पुरुषों की मानसिकता की विशेषज्ञ हैं, इसमें कोई शक नहीं।''

''यह पूरी तरह से बेतुकी बात है।''

''क्या बेतुका है इसमें कि मुझे आपके लिए भी तोहफ़ा लाना चाहिए था... और यह कि मैंने वह आपको नहीं दिया।''

उन्होंने एक-दूसरे को देखा। और मार्कस ने खुद से कहा, ''मैं यह कैसे सोच सकता था कि मुझे उसे और नहीं मिलना चाहिए?'' वह उसे देखकर मुस्कुराया, वह भी जवाब में मुस्कुरा दी। एक बार फिर मुस्कुराने का समय आ गया। कितनी हैरानी की बात है कि कई बार आप किस तरह के संकल्प कर लेते हैं, अपने आप से कहते हैं कि हर चीज़ अब से इस तरह से होगी, और फिर होंठों की हल्की-सी जुम्बिश होती है और आपका अनन्त लगने

वाला आत्मविश्वास टूटने लगता है। मार्कस का सारा संकल्प टूटने लगा जब उसने नैटेली के चेहरे की गवाही देखी। वह थका हुआ चेहरा था, उसे समझना मुश्किल था, तो भी वह नैटेली का चेहरा था। बिना एक शब्द कहे वे चुपचाप पार्टी से निकल गये और मार्कस के दफ़्तर में मिले।

# 69

वह जगह बहुत छोटी थी। दोनों को जो राहत महसूस हुई थी वह उस कमरे को भरने के लिए काफ़ी थी। वे दोनों अकेले में खुश थे। मार्कस ने नैटेली को ध्यान से देखा, और उसकी आँखों में उसने जो झिझक देखी वह उसमें गहरे उतर गयी।

''इस तोहफ़े का क्या चक्कर है ?'' उसने पूछा।

''मैं आपको दूँगा, लेकिन आपको यह वादा करना होगा कि आप घर पहुँचने से पहले इसे नहीं खोलेंगी।''

''ठीक है।''

मार्कस ने एक छोटा–सा पैकेट निकाला और नैटेली ने उसे अपने बैग में रख लिया। वे उसी तरह से एक पल तक रुके रहे, उस तरह का पल जिसके बारे में आल्बेयर कोहेन ने लिखा है, 'वह पल जो अब भी जारी है।' मार्कस को यह महसूस नहीं हुआ कि उस शून्यता को तोड़ने के लिए उसे कुछ बोलना चाहिए। वे राहत महसूस कर रहे थे, एक बार फिर साथ होकर उनको खुशी महसूस हो रही थी। एक पल के बाद, नैटेली ने कहा, ''हम लोगों को अब वापस जाना चाहिए। अगर हम नहीं गये तो अजीब लगेगा।''

''आप सही कह रही हैं।''

वे दफ़्तर से निकलकर हॉल में आये। जब वे वहाँ पहुँचे जहाँ पार्टी थी तो उनके लिए एक आश्चर्य था। वहाँ कोई भी नहीं था। पार्टी खत्म हो गयी थी और हर चीज़ अपने स्थान पर वापस रख दी गयी थी। वे हैरानी से यह सोचने लगे कि दफ़्तर में उन्होंने कितना समय बिताया था।

घर पहुँचने के बाद अपने बिस्तर पर बैठकर नैटेली ने उस पैकेट को खोला। उसके भीतर पेज़ टॉफ़ी की बोतल थी। वह उससे उबर नहीं पायी थी; वह फ्रांस में नहीं मिलती है। यह अन्दाज़ उसे बहुत अच्छा लगा। उसने अपना कोट पहना और फिर से बाहर निकल गयी। हाथ हिलाकर उसने टैक्सी रोकी।

# 70

### *पेज़ के बारे में विकिपीडिया का लेख*

पेज़ नाम आया है... पिपरमेंट के लिए इस्तेमाल होने वाले जर्मन नाम पेफर्मिन्ज़ से, जो पेज़ का पहला स्वाद है। पेज़ मूल रूप से ऑस्ट्रिया में शुरू हुआ था...। और फिर वह दुनिया भर में मिलने लगा। पेज़ की बोतल इस ब्रांड की एक खासियत है। इसकी विविधता इसे एक संग्रहणीय वस्तु बनाती है।

# 71

जब वह दरवाज़े पर पहुँची तो एक पल के लिए झिझकी। इतनी देर हो चुकी थी। लेकिन वह अब इतनी दूर आ चुकी थी; वापस मुड़ कर जाना बेतुका होता। उसने एक बार घंटी बजाई, फिर दूसरी बार बजाई। कुछ नहीं। वह खटखटाने लगी। एक मिनट के बाद उसे कदमों की आहट सुनायी दी।

''कौन है?'' एक बेचैन आवाज़ ने पूछा।

''मैं हूँ,'' उसने जवाब दिया।

दरवाज़ा खुला, और नैटेली ने जो देखा उससे वह परेशान हो गयी। उसके पिता के बाल बिखरे हुए थे, आँखें बाहर की ओर निकली हुई थीं। वह हैरान लग रहे थे, जैसे किसी ने उनको लूट लिया हो। शायद ऐसा इसलिए था क्योंकि उनकी नींद उड़ गयी थी।

''यहाँ क्या कर रही हो? क्या कोई मुश्किल है?''

''नहीं...सब ठीक है...मैं आपको देखना चाहती थी।''

''इस वक्त?''

''हाँ, ज़रूरी था।''

नैटेली ने अपने माता-पिता के घर में प्रवेश किया।

"तुम्हारी माँ सो रही है, तुमको पता है न। दुनिया चाहे खत्म हो जाये, पर वह सोती रह जायेगी।"

"मुझे मालूम था, मैं तुम्हें ही जगा रही हूँ।"

"कुछ पीयोगी? हर्बल चाय?"

नैटेली मान गयी, और उसके पिता रसोई में गये। वे जिस तरह से जुड़ रहे थे वह आराम देने वाला था। अब वह हैरानी दूर हो गयी थी, उसके पिता शान्त थे। ऐसा लग रहा था कि वह सभी चीज़ों को हाथ में लेने वाले थे। हालाँकि, रात के उस वक्त नैटेली ने अपने आप में सोचा कि उनकी उम्र हो गयी है। यह उसे इस बात से महसूस हुआ जिस तरह से वे चप्पल पहनकर चल रहे थे। यह वह आदमी है जो आधी रात को जगा लेकिन चप्पल पहनने में उसे समय लग रहा है जिससे वह यह देख सके कि क्या हो रहा है। पैरों को लेकर इस तरह की उनकी सतर्कता दिल को छू लेने वाली थी। वह वापस ड्रॉइंग रूम में आ गये।

"तो क्या हो रहा है? ऐसा क्या है, जिसके लिए इन्तज़ार नहीं किया जा सकता था?"

"मैं आपको यह दिखाना चाहती थी।"

उसने अपनी जेब से पेज़ की बोतल निकाली, और तत्काल पिता के भीतर भी वही भावना जग गयी जो बेटी में थी। उस छोटी-सी चीज़ ने उनको वापस उन्हीं गर्मी के दिनों में पहुँचा दिया। अचानक, उनकी बेटी 8 साल की हो गयी। इस तरह से वह धीरे-से अपने पिता के पास आयी और उसने उनके कन्धे पर अपना सिर रख दिया। अतीत का सारा प्यार पेज़ में था, जो समय गुज़रने के साथ खत्म हो गया था, अचानक नहीं, लेकिन थोड़ा-थोड़ा करके। पेज़ उनको उस अतीत में ले गया जब वे दुःखी नहीं थे, जब टूटन एक खरोंच की तरह होती थी। उसके पिता का खयाल पेज़ की यादों से जुड़ा था, वह आदमी जिसकी तरफ़ उसे एक बच्चे की तरह भागना पसन्द था, उनकी बाँहों में चढ़ जाना; और एक बार जब वह उनको अपने सामने महसूस करती

तो वह अपने भविष्य को लेकर पूरी तरह से आश्वस्त हो जाती थी। वे दोनों उसी अवस्था में सोच रहे थे, उस अमहत्त्वपूर्ण खिलौने को देखते, जैसे उसमें जीवन के सारे वर्ग मौज़ूद हों।

फिर नैटेली रोने लगी। ज़ोर-ज़ोर से। पीड़ा के आँसू, जिनको उसने अपने पिता की मौज़ूदगी में थामे रखा था। उसे पता नहीं था कि क्यों, लेकिन वह उनके सामने आँसू कभी नहीं बहाती थी। क्या इसलिए क्योंकि वह बड़ी बच्ची थी? क्या इसलिए क्योंकि उसे बेटे की भूमिका भी निभानी पड़ती थी? लेकिन वह एक छोटी बच्ची थी, ऐसी बच्ची जिसने अपने पति को खो दिया था। इसलिए इतने समय बाद, पेज़ के प्रभाव में वह अपने पिता की बाँहों में रोने लगी। ताकि सांत्वना की उम्मीद में खुद को बहा ले।

# 72

अगले दिन जब नैटेली दफ़्तर पहुँची तो वह थोड़ी बीमार थी। वह अपने माता-पिता के घर पर ही सो गयी थी। अहले सुबह, अपनी माँ के उठने से ठीक पहले वह अपने घर आ गयी। जवानी के दिनों में रात-रात भर बाहर रहने की यादें, जब वह सुबह तक पार्टी कर सकती थी, कपड़े बदलकर सीधा क्लास चली जाया करती थी...। वह शरीर में एक अजीब से विरोधाभास का अनुभव कर रही थी—थकान की एक ऐसी अवस्था जो आपको जगाये रखती है। वह मार्कस को देखने गयी और उसे यह देखकर आश्चर्य हुआ कि वह उसी मन:स्थिति में था जिसमें वह एक दिन पहले था। एक तरह की शान्ति भरी शक्ति जो उसी तरह की थी। यह सोचकर वह आश्वस्त हुई, यहाँ तक कि राहत भी महसूस हुई।

''मैं तुम्हारा शुक्रिया अदा करती हूँ...तोहफ़े के लिए।''

''आपका स्वागत है।''

''क्या आज शाम मेरे साथ ड्रिंक लेना पसन्द करोगे?''

मार्कस ने सहमति में सिर हिलाया, सोचते हुए, 'मैं उससे प्यार करता हूँ, और यह वही है जो हमारी मुलाकातों के लिए पहल करती है।' सबसे बढ़कर, उसने यह फैसला किया कि उसे अब और नहीं डरना चाहिए, वह बेवकूफ़ था जो इस तरह से पीछे हट जाया करता था, खुद को बचाने के लिए।

किसी को सम्भावित यातना के लिए इस तरह से पीछे नहीं हटना चाहिए। एक बार फिर, वह सोचने लगा, यहाँ तक कि उसे जवाब भी देने लगा, जबकि वह कई मिनट पहले वहाँ से चली गयी थी। उसका अब भी यह मानना है कि ये सब बातें पीड़ा, निराशा, भयानक भावनात्मक गतिरोध की तरफ़ ले जाने वाली हैं। लेकिन वह वहाँ जाना चाहता था। वह किसी अनजान जगह के लिए जाना चाहता था। कुछ भी त्रासद नहीं था। वह जानता था कि पीड़ा और भुलक्कड़पन के टापू के बीच, और यहाँ तक कि जो उससे भी दूर है, नौकाएँ चलती हैं, उम्मीद की।

नैटेली ने कैफ़े में मिलने का सुझाव दिया था। पिछले दिन के भागने के बाद बेहतर था कि वे चुपचाप मिलें। और वह क्लोई के सवालों को भी नहीं भूली थी। मार्कस को भी ऐसे दूसरों की नज़रों से दूर मिलना स्वीकार था, चाहे अन्दर से उसका मन था कि वह नैटेली के साथ हर मुलाकात की घोषणा करते हुए प्रेस कांफ्रेंस आयोजित करे। मार्कस पहले पहुँच गया और उसने वहाँ बैठने का फैसला किया, जहाँ पर नैटेली उसे आसानी से देख सके। एक ऐसी चुनी हुई जगह जहाँ एक सुन्दर महिला का आना किसी की नज़र से छूट नहीं सकता था, जिसके साथ उसकी मुलाकात तय थी। यह एक महत्त्वपूर्ण काम था, जिसे निश्चित रूप से कृत्रिम तो नहीं कहा जा सकता था। वैसे भी इसका पुरुष अहंकार से कोई लेना-देना नहीं था। कुछ और अधिक महत्त्वपूर्ण था जिसे इसमें देखा जाना चाहिए था—आत्म स्वीकार की पहली उपलब्धि।

उस सुबह, पहली बार, घर से निकलते समय वह अपने साथ किताब ले जाना भूल गया। नैटेली ने उससे कहा था कि वह जितनी जल्दी हो सके कैफ़े में आ जायेगी, लेकिन इस सम्भावना से उसने इनकार नहीं किया था कि उसे वहाँ कुछ समय तक इन्तज़ार करना पड़ सकता था। मार्कस उठा और उठकर एक अखबार ले आया, और उसे पढ़ने में डूब गया। जल्दी ही वह एक समाचार से बहुत प्रभावित हो गया। जब वह उस लेख में गहरे डूबा हुआ था कि नैटेली आयी।

"सब ठीक है न? मैं तुमको परेशान तो नहीं कर रही न?"

“नहीं, बिलकुल नहीं।”

“तुमको देख कर ऐसा लग रहा था कि तुम सचमुच में एकाग्र होकर पढ़ रहे थे।”

“हाँ, मैं एक लेख पढ़ रहा था... जो मोज़ारेला के अवैध व्यापार को लेकर है।”

इससे नैटेली के ऊपर हँसी का दौरा-सा पड़ा, उस तरह की हँसी जो तब आती है जब आप थके हुए होते हैं। वह रुक नहीं सकती थी। मार्कस समझ गया कि यह कितनी मज़ेदार बात हो सकती थी और वह भी हँसने लगा। उनके ऊपर निरर्थकता हावी हो गयी थी। उसने बस यही किया था कि बिना दो बार सोचे सीधा जवाब दे दिया था। और अब वह बिना रुके हँसे जा रही थी। मार्कस के लिए यह देखना वैसे ही था जैसे कोई पागल हो। जैसे मछली को पैरों के साथ देखना। सालों में, सैकड़ों बैठकों के दौरान, उसने एक औरत देखी थी जो गम्भीर थी; प्यारी, हाँ, लेकिन हमेशा गम्भीर। उसने उसको मुस्कुराते हुए देखा था, ज़ाहिर है, उसने उसे पहले भी हँसाया था—लेकिन इस तरह नहीं। यह पहली बार था कि वह इतनी शिद्दत के साथ हँस रही थी। उसके लिए सब कुछ साफ़ था—एक ऐसा पल जो इस बात का स्पष्ट सबूत था कि वह मार्कस के साथ क्या अनुभव करना पसन्द करती थी। एक कैफ़े में बैठा हुआ आदमी जो आपके आने पर बड़े प्यार से मुस्कुराता है और बड़ी गम्भीरता से यह घोषणा करता है कि वह मोज़ारेला के अवैध व्यापार पर लेख पढ़ रहा है।

# 73

## *मेट्रो नामक समाचारपत्र का वह लेख, जिसका शीर्षक था 'मोज़ारेला का अवैध धंधा करने वाले धरे गये'*

कल और उससे पहले के दिन बोंदोफ्ल (एस्सोन) में बढ़िया गुणवत्ता वाली मोज़ारेला का अवैध व्यापार करने वालों के ऊपर छापा मारा गया और पाँच लोगों को पुलिस हिरासत में लिया गया। प्रमुख जाँच अधिकारी पियरे चुकौफ़ के मुताबिक़ करीब 60 से 70 ट्रक मोज़ारेला, जिसका वज़न 33 टन था, को दो साल के दौरान जमा किया गया था और उनको विलेजुड (वाल दे मारन) जैसे दूरदराज के इलाकों में बेच दिया गया। यह अवैध व्यापार कोई कम मायने नहीं रखता, इस बात को ध्यान में रखते हुए कि इससे होने वाला नुकसान 2 लाख 80 हज़ार यूरो का था। इसकी जाँच 2008 में शुरू हुई थी, जब एक स्टेफ समूह ने शिकायत दर्ज करवाई थी, जिसकी जाँच में अन्य लोगों के अलावा दो पिज्जा बनाने वाली कम्पनियों के मैनेजर तक इसका सिरा पहुँचा, जिनमें से एक पैलेस्यु में था और वही इसका केन्द्र भी था। पुलिस को अभी तक यह पता नहीं चल पाया है कि इस सारी कार्रवाई का प्रमुख कौन था। मोज़ारेला से गलत तरीके से कमाया गया धन गया कहाँ।

# 74

प्रेम सम्बन्ध के दौरान शराब दो विपरीत पलों में साथ देती है—दूसरे को ढूँढने और उसके बारे में बात करने में; और उस समय जब एक-दूसरे से कहने को अधिक कुछ भी नहीं रहता। वे पहले चरण में थे। उस चरण में जब आपका ध्यान समय के गुज़रने पर नहीं जाता, जिसमें आप कहानी को फिर से बनाते हैं, खासकर चुम्बन के दृश्य। नैटेली ने सोचा कि वह चुम्बन जो था वह महज़ भावावेश के संयोग से घटित हुआ था। पर शायद नहीं। शायद संयोग कुछ था ही नहीं? हो सकता है संयोग हो ही नहीं। और यह सब केवल अन्तर्ज्ञान का अचेतन उद्‌भव रहा हो। यह धारणा कि वह उस आदमी के साथ सही महसूस करेगी। इस बात से उसे खुशी हुई, फिर गम्भीर हुई, फिर खुश हो गयी। उत्साह से उदासी के बीच निरन्तर झूलती हुई। और अब यह यात्रा उसे बाहर ले जा रही थी। ठंड की तरफ़। नैटेली को बहुत अच्छा महसूस नहीं हो रहा था। पिछली रात बाहर आने-जाने से उसे ठंड लग गयी थी। वह और मार्कस कहाँ जा रहे थे? एक तरह की लम्बी पैदल यात्रा होने वाली थी, क्योंकि दोनों में से किसी ने भी एक-दूसरे के घर जाने का साहस अभी नहीं किया था, और वे ज़ाहिर तौर पर अलग नहीं होना चाहते थे। अनिश्चय के इस भाव को उन्होंने चलने दिया, चलने दिया। और यह रात के वक्त और अधिक प्रभावशाली हो जाता।

''क्या मैं आपको चूम सकता हूँ?''

''मुझे पता नहीं... मुझे जुकाम महसूस होने लगा है।''

''फर्क नहीं पड़ता। मैं आपके साथ बीमार पड़ने के लिए तैयार हूँ। क्या मैं आपको चूम सकता हूँ?''

नैटेली उसके द्वारा यह सवाल पूछने से बड़ी खुश हुई। यह एक तरह की संवेदनशीलता का रूप था। उसके साथ बिताया हर पल साधारण से बढ़कर होता था। वह जिस तरह के हालात से गुज़री थी, वह किस तरह से एक जादुई दुनिया में घुसने के बारे में सोच सकती थी? इस आदमी में कुछ था जो अलग हटकर था।

उसने सिर हिलाकर ''हाँ'' कह दिया।

# 75

***वुडी एलन की 'सेलिब्रिटी' का संवाद जिसने मार्कस को जवाब के लिए प्रेरित किया***

**चार्लीज़ थेरोन :** तुमको इस बात से डर नहीं लगता है कि तुमको रोग के कीटाणु लग जायेंगे? और तुमको पता है, मुझे जुकाम है और भी बहुत कुछ है...

**केनेथ ब्रनाग :** तुम्हारे साथ मैं कैंसरग्रस्त होने के लिए भी तैयार हूँ।

# 76

शामें असाधारण हो सकती हैं, रातें यादगार, और फिर भी वे बाकी सभी साधारण सुबहों की तरह ही सुबह की तरफ़ बढ़ती हैं। नैटेली लिफ़्ट से अपने दफ़्तर में जा रही थी। उस छोटी-सी जगह में किसी के साथ होने से उसे नफ़रत थी, लोगों को देखकर मुस्कुराना पड़ता था। लोगों से विनम्रता से बातें करनी पड़ती थीं, इसलिए वह खाली लिफ़्ट का इन्तज़ार करती थी। अपनी दिनचर्या की तरफ़ बढ़ने के दौरान उसे वो कुछ लम्हे पसन्द थे, जो इस पिंजरे (लिफ़्ट) में जो कि हमें सुरंग में जाती चींटी के समान बना देता था, में बीतते थे। वह बाहर निकली और उसने पाया कि उसका बॉस उसके सामने था। यह कोई मुहावरा नहीं है—वे सच में एक-दूसरे से टकरा गये।

"कितनी हैरानी की बात है। मैं सोच ही रहा था कि आजकल हम लोग अधिक मिल नहीं पाते...और ठीक सामने तुम्हें पाया! अगर मुझे यह पता होता कि मेरे अन्दर यह शक्ति है तो मैं एक और इच्छा करता..."

"बहुत चालाक हैं आप।"

"लेकिन सच में गम्भीरता से कह रहा हूँ कि मुझे तुमसे बात करनी है। क्या तुम कुछ देर रुक कर मुझसे मिल सकती हो?"

नैटेली जैसे इस बात को भूल ही गयी थी कि चार्ल्स भी था। वह एक पुराने टेलीफ़ोन नम्बर की तरह था, एक ऐसा पहलू जो कि समय के साथ

प्रासंगिक नहीं रह जाता। वह न्युमैटिक मेल ट्यूब की तरह था, और 1983 तक वह पेरिस में था ही नहीं। नैटेली को उसके दफ़्तर वापस जाना अजीब लगा। न जाने कब से उसने वहाँ जाना छोड़ दिया था, उसे ठीक से याद नहीं आ रहा था। अतीत के किस्से जैसे आपस में घुलते-मिलते जा रहे थे, जैसे भुलक्कड़पन के पीछे छिपे हुए थे। और यह इस बात का अच्छा सबूत था कि वर्तमान की भूमिका शुरू हो चुकी थी। सुबह का काफ़ी वक्त बीत जाने के बाद नैटेली ने अपना मन बनाया।

# 77

## *किसी और शताब्दी के टेलीफ़ोन नम्बरों के उदाहरण*

ओडियन 32–40

पैसी 22–12

क्लिची 12–14

# 78

नैटेली चार्ल्स के दफ़्तर में गयी। उसका ध्यान तत्काल इस बात की तरफ़ गया कि खिड़कियों के पल्ले सामान्य से कम खुले हुए थे; ऐसा लग रहा था जैसे सुबह को अँधेरे में बदल देने की कोशिश की गयी हो।

"यह सही बात है कि यहाँ आये मुझे ज़माना हो गया," उसने अन्दर घुसते हुए कहा।

"हाँ, लम्बा समय..."

"आपने इस दौरान कुछ शब्दकोशों की परिभाषाएँ पढ़ी होंगी..."

"ओह, वह बात...नहीं। मैंने छोड़ दिया है। मैं परिभाषाओं से परेशान हो चुका हूँ। साफ़-साफ़ कहूँ, क्या तुम मुझे बता सकती हो कि शब्दों के मतलब जानने का कोई मतलब है भी?"

"क्या आप यही पूछने के लिए मुझसे मिलना चाहते थे?"

"नहीं...नहीं। हम कुछ देर अतीत में जा सकें...और मैं बस यही जानना चाहता था कि तुम्हारा क्या हालचाल है...आजकल क्या चल रहा है?"

आखिरी कुछ शब्दों को कहते हुए वह कुछ हकलाने लगा। उस तरह की औरत के सामने उसकी हालत ऐसी हो गयी जैसे ट्रेन पटरी से उतर गयी हो। वह इस बात को समझ नहीं पाया कि नैटेली का उसके ऊपर ऐसा प्रभाव

क्यों पड़ा। वह खूबसूरत थी, ज़ाहिर बात है, जो उसकी श्रेष्ठता के विचार के अनुकूल थी, लेकिन तो भी—क्या यह काफ़ी था? वह एक शक्तिशाली इन्सान था और कई बार उसकी लाल बालों वाली सहायिकाएँ उसके कामकाज के तरीके पर दबी आवाज़ में हँसती भी थीं। वह औरतों की सोहबत करता तो रोज़ पाँच से सात बजे तक का समय पाँच सितारा होटलों में बिता सकता था। फिर वह ऐसा करता क्यों नहीं था? उसके पास इस बात का कोई जवाब नहीं था। वह अपनी पहली छवि का गुलाम था। उसे वैसा ही होना था। जिस पल उसने उसके जीवनवृत्त में उसका चेहरा देखा था, उसी वक्त उसने कहा था कि मुझे इसके साथ साक्षात्कार करने दो। फिर वह आयी, युवा और शादीशुदा, पीली और अनिर्णय की स्थिति में रहने वाली और कुछ पल बाद उसने उसे क्रिस्परोल खाने के लिए पूछा। क्या वह एक तस्वीर के प्यार में ही पड़ सकता था? क्योंकि पत्थर में जड़ित सुन्दरता की विषयासक्ति से अधिक कुछ भी नहीं थकाता। वह उसे देखकर परखता रहा। वह बैठना नहीं चाहती थी। वह दफ़्तर में टहल रही थी। चीज़ों को छू रही थी, किसी छोटी-सी बात पर मुस्कुरा रही थी—स्त्रीत्व का साक्षात् रूप लग रही थी। आखिरकार, वह टहलते हुए उसकी मेज़ के पीछे आयी और उसके पीछे खड़ी हो गयी।

"क्या कर रही हो तुम?"

"मैं आपके सिर को देख रही हूँ।"

"लेकिन क्यों?"

"मैं आपके सिर के पीछे देख रही थी। क्योंकि मुझे यह लगता है कि कहीं आपके दिमाग में पीछे कुछ चल रहा है।"

यही वह चाहता था—उसकी तरफ़ से कुछ हँसी मज़ाक। चार्ल्स हालात के नियन्त्रण में नहीं था। वह उसके पीछे खड़ी थी। पहली बार अतीत की बात अतीत लग रही थी। चार्ल्स ने रातें यह सोचते हुए बिताई थीं कि वह आत्महत्या कर सकती थी और वह यहाँ थी, उसके पीछे, पूरी तरह से जीवन्त।

"आओ और बैठ जाओ न," उसने बड़ी शान्ति से कहा।

"ठीक है।"

"तुम खुश लग रही हो। और यह तुमको सुन्दर बनाता है।"

नैटेली ने जवाब नहीं दिया। वह उम्मीद कर रही थी कि उसने उसे यहाँ इसलिए नहीं बुलाया था कि वह कुछ नयी बातें स्वीकार कर सके। चार्ल्स ने आगे कहा, "तुम्हारे पास मुझे कहने के लिए कुछ नहीं है?"

"नहीं, आप मुझसे मिलना चाहते थे।"

"तुम्हारी टीम में सब सही चल रहा है?"

"हाँ। मुझे लगता है। असल में, मुझे यह लगता है कि आप मुझसे बेहतर जानते हैं। आपके पास आँकड़े हैं।"

"और...मार्कस के साथ?"

तो उसके दिमाग में पीछे यह चल रहा था। वह मार्कस के बारे में बात करना चाहता था। उसने इसके बारे में पहले क्यों नहीं सोचा था?

"मैंने सुना है कि तुम उसके साथ अक्सर रात के खाने पर जाने लगी हो।"

"आपको यह किसने बताया?"

"इस जगह पर हर बात सामने आ जाती है।"

"तो क्या? यह मेरा निजी जीवन है। इसका आपसे क्या लेना-देना है?" अचानक नैटेली रुक गयी। उसके चेहरे का रंग बदल गया। उसने चार्ल्स की तरफ़ देखा कि वह कितना नीच दिख रहा था, उसके शब्द मुँह में ही रह गये, एक स्पष्टीकरण की उम्मीद में, खंडन से अधिक किसी बात की उम्मीद में। वह उसको बहुत देर से देखे जा रही थी, बिना यह जाने कि क्या करना चाहिए। उसने अपने बॉस को अनिश्चितता में छोड़ दिया, उसको अपनी हताशा के साथ। वह इस तरह की अफ़वाहों को सहन नहीं कर पा रही थी,

जो लोग उसके पीठ पीछे कर रहे थे। उसने अपनी पूरी दिनचर्या को पलटकर देखा—उनके दिमाग में पीछे जो बातें चल रही थीं, उसके पीछे की जाने वाली बातें, उसके ऊपर घटिया स्तर की टिप्पणी करना। चार्ल्स ने जो बात कही थी कि यहाँ हर बात बाहर आ जाती है, यही बात उसे परेशान कर रही थी। अब जब उसने इसके बारे में एक बार फिर सोचा, वह समझ सकती थी कि यह बात सही थी—हाँ, उसने दूसरों की आँखों में कुछ महसूस कर लिया था। हो सकता है, किसी ने उनको रेस्तराँ में देख लिया हो, या एक साथ निकलते हुए देख लिया हो, और यह काफ़ी था कि पूरी कम्पनी उसके खिलाफ़ काम करने लगे। वह उत्तेजित क्यों हो रही थी?

उसने बड़ी तत्परता से यह जवाब दिया था कि यह उसका जीवन था। वह चार्ल्स को आसानी से कह सकती थी, ''हाँ, हम एक-दूसरे के बीच आदमी और औरत का रिश्ता बनते देख सकते हैं।'' पूरे आत्मविश्वास के साथ। लेकिन नहीं, वह उस हालात को कोई नाम नहीं देना चाहती थी, और इस बात का तो सवाल ही नहीं उठता था कि कोई उसको ऐसा करने के लिए आगे कर दे। जब वह अपने दफ़्तर की तरफ़ बढ़ रही थी तो वह कुछ सहकर्मियों के सामने से गुज़री और उसने फ़र्क को महसूस किया। सहिष्णुता और सहानुभूति की जगह उनके चेहरों पर कोई और भाव थे। लेकिन वह अभी भी इस बात की कल्पना नहीं कर सकती थी कि क्या होने वाला था।

# 79

***क्लाउड लिलो की फिल्म 'ए मैन एंड ए वुमन', जिसमें अनुक ऐमी और ज्यां लुई त्रिंतिग्नात थे, की रिलीज़ तारीख***

12 जुलाई, 1966

# 80

नैटेली के जाने के बाद काफ़ी समय तक चार्ल्स स्थिर बना रहा। वह इस बात को अच्छी तरह से समझ गया था कि उसने बातचीत कितने गलत तरीके से की थी। वह बेढंगा हो गया था। खासकर, वह इस बात को कह नहीं पाया कि उसे कैसा महसूस हो रहा था। ''हाँ, इस बात का मुझसे कुछ ताल्लुक ज़रूर है। तुम मेरे साथ इसलिए बाहर नहीं जाना चाहती थीं क्योंकि तुम दोबारा किसी पुरुष के साथ नहीं दिखना चाहती थीं। हाँ, इसलिए मुझे इस बात को जानने का अधिकार है कि तुमको कैसा महसूस हो रहा है। मुझे यह बात जानने का अधिकार है कि उसमें तुमको ऐसा क्या लगा, और मुझमें तुमको क्या अच्छा नहीं लगा। तुम इस बात को बहुत अच्छी तरह से जानती हो कि मैं तुमसे कितना प्यार करता था, और मेरे लिए यह कितना मुश्किल था। तुम्हें मुझे यह बताना होगा, मैं बस यही पूछ रहा हूँ।'' वह यही बात कहना चाहता था। लेकिन इस तरह से नहीं—जब प्यार के बारे में बातचीत करने का समय आता है तो तुम हमेशा पाँच मिनट पीछे होते हो।

वह पूरा दिन काम में ध्यान नहीं लगा पाया। उस शाम जब कई सारे सॉकर मैच थे, उसने नैटेली से सीधे इस विषय में बात की थी, तब उसे इन बातों का पता चला था। सेक्स सम्बन्धी किसी अजीब से तर्क के कारण वह अपनी पत्नी से फिर से जुड़ गया। उन्होंने कई सप्ताहों तक सम्भोग किया, अपने शरीरों के माध्यम से एक-दूसरे को ढूँढते रहे। आप इसके बारे में यह कह सकते है कि वह बहुत अच्छा वक्त था। प्यार की खोज के मुकाबले प्यार

की पुनः खोज में कहीं अधिक भावनाएँ जुड़ी होती हैं। और फिर, धीरे-धीरे व्यथा उभर कर आ गयी। उपेक्षा की तरह; वे इस बात को किस तरह से मान सकते थे कि उन्होंने एक-दूसरे को एक बार फिर प्यार किया था? वह एक अनुच्छेद था, छिपी निराशा के रूप में एक कोष्ठक, करुणा के दो पहाड़ों के बीच समतल भूमि का एक टुकड़ा।

चार्ल्स को बहुत थकान महसूस हुई। वह स्वीडन से थक चुका था। स्वीडिश अधिकारियों की हमेशा खामोश रहने की आदत के कारण। टेलीफ़ोन पर कभी भी नहीं चिल्लाने के कारण। वे जिस तरह से संयत रहकर अपने कर्मचारियों तक सन्देश पहुँचाते थे। यह सारा संयम और शान्ति उसे तोड़ रही थी। उसे भूमध्यसागरीय जुनून की याद आती थी, और वह कभी-कभी यह सपना देखता था कि वह कालीन के विक्रेताओं के साथ व्यापार कर रहा था। जिस समय उसे नैटेली के निजी जीवन के बारे में पता चला, उस समय उसका दिमाग इस तरह का था। तब से लेकर वह इस मार्कस के बारे में ही सोचता रहा, 'जिस आदमी का नाम ही इतना बेवकूफ़ाना हो उसने नैटेली को किस तरह अपनी तरफ़ आकर्षित कर लिया?' वह इस बात के ऊपर यकीन नहीं कर पा रहा था। वह यह सोच पाने की बेहतर हालत में था कि उसका दिल एक तरह से मरुस्थल की मरीचिका की तरह था, आप जैसे ही उसके पास गये कि वह खत्म। लेकिन यह समय अलग था। इस तरह से असाधारण और अनुपात से हटकर प्रकट की गयी उसकी प्रतिक्रिया इस अफ़वाह की जैसे पुष्टि करती थी। "नहीं, ऐसा नहीं हो सकता। वह इस बात को कभी नहीं सह सकता। यह हुआ कैसे," चार्ल्स इस बात को दोहराता रहा। उस स्वीडिश इन्सान ने ज़रूर नैटेली के ऊपर जादू कर दिया होगा, कुछ इस तरह का। उसे सम्मोहित कर दिया हो, कोई चीज़ पीने के लिए दे दी हो। यही बात हो सकती थी। वह इतनी अलग दिख रही थी। शायद इस बात ने उसे सबसे अधिक दुःखी किया हो—वह उसकी नैटेली तो बिलकुल नहीं थी। कुछ बदल गया था। उसमें बदलाव आ गया था। इसका एक ही समाधान था तब—मार्कस को बुलाया जाये और यह देखा जाये कि वह था कैसा। उसके रहस्य को समझा जाये।

# 81

*उन भाषाओं की संख्या, स्वीडिश सहित, जिसमें आप माइकेल ब्यूटर की 'द मोडिफिकेशन' (पुनःचिंतन), प्रिक्स रेंद्यु, 1957 पढ़ सकते हैं।*

20

# 82

मार्कस इस विचार के साथ बड़ा हुआ था कि आपको कभी ज़्यादा इतराना नहीं चाहिए। आप जहाँ भी जायें, आपको ज़रूर चौकन्ना रहना चाहिए। जीवन एक तरह से एक गलियारे के समान था। इसलिए जब उसे निदेशक ने अन्दर बुलाया तब उसका घबराना स्वाभाविक था। वह एक पुरुष हो सकता था, उसमें अगर हास्यबोध और ज़िम्मेदारी का भाव होता तो उसे पुरुष माना जा सकता था—लेकिन जब अधिकार से जुड़ा मसला आया तो उसने खुद को एक बच्चे के रूप में पाया। वह घबराया हुआ था, तरह-तरह के सवाल उसके मन में उठ रहे थे। वह मुझसे क्यों मिलना चाहते हैं ? ऐसा मैंने किया क्या है ? क्या मैंने फ़ाइल 114 के बीमा के हिसाब-किताब में कोई गलती की थी ? क्या मैं पहले जल्दी-जल्दी डेंटिस्ट के पास गया था ? उसे हर तरफ़ से ग्लानि का भाव घेर रहा था। उसका स्वभाव शायद यही था। मिलने वाली सज़ा को लेकर अजीब-सा भाव उसके ऊपर डेमोक्लिज की तलवार की तरह लटका हुआ था।

उसने दरवाज़ा खटखटाया, हमेशा की तरह दो उँगलियों से। चार्ल्स ने उसे अन्दर आने के लिए कहा।

''हैलो सर, मैं आपसे मिलने आया था...क्योंकि आपने बुलाया था...''

''इस समय मेरे पास समय नहीं है...इस समय मेरी किसी से मीटिंग तय है।''

''जी, ठीक है सर।''

''...''

''ठीक है सर, मैं अब चलूँगा। मैं बाद में आ जाऊँगा।''

चार्ल्स ने अपने उस कर्मचारी को वापस कर दिया, क्योंकि उसके पास उससे मिलने का समय नहीं था। वह उस प्रसिद्ध मार्कस का इन्तज़ार कर रहा था, बिना इस बात के बारे में एक बार भी सोचे कि उसने उसे देख रखा था। उस हरामी ने नैटेली के दिल पर कब्ज़ा कर रखा था, और अब उसकी इतनी हिम्मत हो गयी थी कि जब उसे बुलाया गया, वह उस वक्त नहीं आया। वह किस तरह का विद्रोही हो सकता है? इसे इस तरह से नहीं होना चाहिए। वह समझता क्या है खुद को? चार्ल्स ने अपनी सचिव को फ़ोन किया।

''मैंने मार्कस लेंडल को आकर मुझसे मिलने के लिए कहा था, और वह आया नहीं है। क्या तुम देखकर बता सकती हो कि हो क्या रहा है?''

''लेकिन आपने उसे जाने के लिए कहा था।''

''नहीं, वह आया ही नहीं।''

''हाँ वह आया था। मैंने अभी उसे आपके दफ़्तर से निकलते देखा है।''

फिर चार्ल्स का दिमाग खाली हो गया, जैसे उसके शरीर में अचानक हवा आ गयी हो। उत्तर की हवा, निस्संदेह। वह लगभग गिर गया। उसने अपनी सचिव से उसे वापस बुलाने के लिए कहा। मार्कस जो मुश्किल से अपनी कुर्सी पर बैठा ही था कि उसे फिर से उठ जाना पड़ा। वह सोच रहा था कि कहीं उसके बॉस ने उसके साथ किसी तरह का मज़ाक तो नहीं किया। शायद स्वीडिश मालिकों से उनकी बन न रही हो और वे कम्पनी में स्वीडन के एक कर्मचारी को सबक सिखाना चाहते हों। मार्कस खिलौना नहीं बनना चाहता था। अगर यह बात थी तो वह दूसरे माले पर यूनियन के प्रतिनिधि ज्यां पियरे के ऊपर दबाव बनाने वाला था।

वह एक बार फिर चार्ल्स के दफ़्तर में गया। चार्ल्स का मुँह भरा हुआ था। वह क्रिस्परोल खाकर खुद को शान्त करने की कोशिश कर रहा था। हम अक्सर उन चीज़ों के माध्यम से खुद को शान्त रखने की कोशिश करते हैं जो हमारे दिमाग में चढ़ गयी होती हैं। वह काँप रहा था, उसके मुँह से खाना बाहर गिर रहा था। मार्कस हैरान था। इस तरह का आदमी कम्पनी का प्रभारी कैसे हो सकता है? लेकिन उससे भी अधिक हैरान था चार्ल्स। इस तरह का एक आदमी किस तरह नैटेली के दिल का मालिक हो सकता है? उन दोनों की उलझन में दोनों के बीच समय का एक पल टँगा रह गया, वैसा पल जिसमें कि कोई भी इस बात की कल्पना नहीं कर सकता था कि क्या उम्मीद करनी चाहिए। और चार्ल्स को यह बात समझ में नहीं आ रही थी। वह सदमे में था। लेकिन यह सम्भव कैसे हो सकता था? वह घिनौना था...उसका शरीर बहुत साधारण था, उसका शरीर नूडल की तरह पतला था...नहीं, यह नहीं हो सकता...और फिर, उसका लोगों को कनखियों से देखने का अन्दाज़...नहीं, कितना भयानक है...नहीं नैटेली, यह आदमी...इसमें तो कुछ भी नहीं है... यह तो भयानक है...वह उसके आस-पास घूमता रहे, इस बात का सवाल ही नहीं उठता...सवाल ही नहीं...मैं उसे स्वीडन वापस भेजने वाला हूँ...हाँ, यह बात है...एक छोटा-सा स्थानान्तरण, मैं कल उसका स्थानान्तरण करने जा रहा हूँ!"

चार्ल्स इस तरह से काफ़ी देर तक रह सकता था। वह बोल नहीं पा रहा था। लेकिन असल में, उसने उसे अन्दर बुला लिया, ताकि उससे कुछ कह सके। कुछ समय के बाद उसने उसके सामने क्रिस्परोल की पेशकश करते हुए कहा, "कितना अच्छा क्रिस्परोल है?"

"नहीं शुक्रिया। इस तरह की चीज़ों को खाने से खुद को रोकने के लिए ही मैंने स्वीडन छोड़ा था... इसलिए मैं यह सब यहाँ दोबारा शुरू नहीं करने वाला हूँ।"

"हा...हा...हा...मज़े की बात...ही ही।"

चार्ल्स हँसी के दौरे में डूब गया। इस महामूर्ख में हास्यबोध तो था। लेकिन कितना बड़ा मूर्ख है...ऐसे लोग सबसे अधिक बुरे होते हैं, जो देखने में मनहूस दिखाई देते हैं और हमें अपने हास्यबोध से चौंका देते हैं...आप जिसकी उम्मीद नहीं कर रहे होते हैं...वहाँ एक चुटकुला...यही उसका रहस्य होना चाहिए...चार्ल्स को हमेशा यह लगता था कि उसका कमज़ोर पहलू यही था कि वह अपने ज़ीवन में आयी औरतों को हँसा नहीं पाता था। अपनी पत्नी के सन्दर्भ में वह अक्सर यह भी सोचता था कि कहीं उसी के कारण वे दोनों उदास रहते थे। 'यह सच है कि लौरेंस दो साल, तीन महीने और सत्रह दिन से हँसी नहीं है।' उसने याद किया क्योंकि इस बात को उसने एक कैलेण्डर में दर्ज कर रखा था, उसी तरह से जिस तरह से आप चन्द्रग्रहण के समय का ध्यान रखते हैं। "आज मेरी पत्नी हँसी।" तो भी, उसे विषय से भटकने से खुद को रोकना पड़ा। उसे कुछ कहना चाहिए। आखिर वह किस बात से डर रहा था? वह बॉस था। वही इस बात को तय करता था कि दिन के खाने के कितने वाउचर होंगे और कितनी राशि के होंगे। नहीं, सच में, उसे हालात को काबू करना चाहिए। लेकिन वह इस आदमी से बात कैसे करेगा? वह उससे आँख-में-आँख डालकर बात कैसे करेगा? हाँ, वह नैटेली को छू सकता था, यह सच्चाई घिनौनी थी। यह विचार कि वह उसके होंठों पर अपने होंठ रखता होगा। कितनी नफ़रत की बात थी, कितना बड़ा उल्लंघन। ओह नैटेली, उसने हमेशा नैटेली को प्यार किया था। यह साफ़ था। हम अपनी भावनाओं से उबर नहीं पाते। उसने सोचा था कि भुला पाना आसान होगा। लेकिन नहीं, वह भावना उसके भीतर छिप गयी थी जो अब पागलपन की हद तक उसके भीतर से उभर आयी थी।

उसे एक और तरीका सूझा और यह स्थानान्तरण से अधिक कठोर था। उसे कुछ पेशेवर गलतियाँ करने देनी चाहिए। हर आदमी गलती करता है। लेकिन वह किसी और जैसा नहीं था। वह नैटेली के साथ जाता था इस बात के सबूत थे। हो सकता है कि वह आदर्श कर्मचारी हो, उनमें से जो समय से अधिक काम करते हैं, जो कभी वेतनवृद्धि की माँग नहीं करते। यह तो ऐसा है जो किसी कर्मचारी संघ में भी नहीं हो शायद।

"आप मुझसे मिलना चाहते थे?" मार्कस ने कहने की कोशिश की, चार्ल्स ने सदमे की हालत में जो लम्बा समय बिताया था, उसमें बाधा डालते हुए मार्कस ने कहा।

"हाँ...हाँ...मैं ज़रा कुछ सोच रहा हूँ। वह पूरा होते ही मैं तुमसे बात करता हूँ।"

वह उसे इस तरह से इन्तज़ार करते नहीं रहने दे सकता था। या फिर तब क्या हो, जब वह उसे उसी तरह सारा दिन छोड़ दे, सिर्फ़ यह देखने के लिए कि वह क्या प्रतिक्रिया करता है? लेकिन उसने जो भी रणनीति अपनायी वह कुछ काम आयी। अब चूँकि उसने इसके बारे में सोचा था—इससे अधिक सहज कुछ भी नहीं हो सकता है कि आप ऐसे आदमी के सामने बने रहें जो कुछ भी नहीं कहता हो। खासकर तब जबकि वह आपका बॉस हो। कोई और कर्मचारी होता तो बेचैन हो उठता, हो सकता है पसीने की बूँदें भी टपक पड़ी होतीं, किस तरह का उसने भाव बनाया होता, पाँव इधर-उधर किया होता, लेकिन इस मामले में बात यह नहीं थी। मार्कस ने दस मिनट, हो सकता है पन्द्रह मिनट बिना हिले-डुले बिता दिये। पूरे आत्मसंयम के साथ। यह बात अभी तक सुनी नहीं गयी थी, अब जब उसने उसके बारे में बार-बार सोचा तो उसे इस आदमी की मानसिक स्थिति बहुत मज़बूत लगी।

उस समय, मार्कस बस अनिश्चितता के भाव से असहज महसूस कर रहा था। वह यह बात नहीं समझ पा रहा था कि हो क्या रहा था। सालों से, उसने अपने बॉस को देखा नहीं था और अब उस आदमी ने उसे बुलाया और चुप्पी से खुद को ढँक लिया। देखने वाले के लिए वे दोनों ही शक्ति की मूर्ति लग रहे थे, जबकि दोनों को ही इस बात का पता नहीं था। यह चार्ल्स के ऊपर था कि वह पहले बोले—लेकिन मौका नहीं मिला। उसके शब्द उसके भीतर बन्द हो गये थे। वह सम्मोहित था और वह मार्कस की आँखों में देखता रहा। पहले तो उसने यह सोचा कि इस आदमी से मुक्ति ली जाये। लेकिन एक दूसरी सम्भावना भी उसके अन्दर पनप रही थी। वह उसे काम पर वापस भेजना नहीं चाहता था। इसलिए आखिरकार उसने यह तय पाया

कि उससे बात की जाये।

‘‘माफ़ करना कि तुमको इन्तज़ार करना पड़ा। बात यह है कि किसी से बात करने से पहले मैं मन-ही-मन शब्दों को सोच लेता हूँ। खासकर तब जब यह घोषणा करनी हो कि मुझे तुमसे क्या कहना है।’’

‘‘...’’

‘‘बात यह है कि फ़ाइल 114 का तुमने जिस तरह से काम देखा है उससे मैं बहुत प्रभावित हुआ हूँ। देखो, मुझे सब कुछ पता है। मुझसे कुछ भी छिपा नहीं है। और मुझे यह कहना चाहिए कि तुम्हें अपने बीच पाकर मुझे खुशी होती है। और मैंने तुम्हारे बारे में स्वीडन में बात की है, और वे ऐसे देशवासी के ऊपर गर्व करते हैं जो काम में इतना होशियार है।’’

‘‘शुक्रिया।’’

‘‘मैं तुम्हारा शुक्रिया अदा करता हूँ। हमें लगता है कि तुम इस कम्पनी को आगे ले जाने वाली शक्ति हो, और क्या। मैं तुम्हारा निजी तौर पर शुक्रिया अदा करता हूँ। मुझे लगता है कि कम्पनी के अच्छे काम करने वाले लोगों के साथ मैं अच्छा समय बिता नहीं पा रहा हूँ। मुझे तुम्हारे बारे में और जानना अच्छा लगेगा। हम साथ रात का खाना खाने भी जा सकते हैं? तुम इस बारे में क्या सोचते हो? अच्छा विचार है न?’’

‘‘हाँ।’’

‘‘अच्छा, बहुत खूब, मैं इसका इतना इन्तज़ार कर रहा था! वैसे भी हमारे जीवन में काम के सिवा है भी क्या...हम और मुद्दों पर बात भी कर पायेंगे। मुझे लगता है कि कभी-कभी बॉस और कर्मचारी की बाधा को तोड़ना भी ठीक रहता है।’’

‘‘अगर आप कहते हैं तो।’’

‘‘ठीक है मार्कस, तो आज रात चलते हैं। और अब जाओ काम

करो अपना।''

मार्कस वहाँ से उसी तरह स्तब्ध निकला जैसे कि ग्रहण के समय सूर्य स्तब्ध हो जाता है।

# 83

***2002 में बेचे गये क्रिस्परोल्स के पैकेटों की संख्या***

22.5 मिलियन

# 84

कम्पनी भर में यह अफ़वाह फैल गयी—मार्कस और नैटेली में चक्कर है। सच यह था—उन्होंने बस तीन बार चुम्बन लिया था, एक-दूसरे का। और कल्पना की जा रही थी कि वह गर्भवती है। हाँ, लोग बातों को बढ़ा देते हैं। इस अफ़वाह को बढ़ाने के लिए आपको बस कॉफ़ी मशीन तक की यात्रा की संख्या को जोड़ना होता है। आज, वह संख्या ऐतिहासिक होने जा रही थी। वैसे तो कम्पनी में हर कोई नैटेली को जानता था, कोई भी यह नहीं जानता था कि मार्कस कौन था। वह चेन से बँधा अदृश्य तार था, कपड़े में छिपे धागे की तरह। जब वह अपने दफ़्तर वापस लौटा तो जिस बात का उसने उस समय अनुभव किया था, उस बात को लेकर थोड़ा-सा हैरान था, उसे महसूस हुआ कि बहुत सारी आँखें उसे घूर रही थीं। वह समझ नहीं पा रहा था कि क्यों। उसने बाथरूम में जाकर अपने जैकेट की क्रीज को भी देखा, अपने बिखरे बालों को, अपने दाँतों के बीच की जगह को, और अपने चेहरे की रंगत को। उनमें से किसी से भी उस बात का लेना-देना नहीं था, सभी कुछ ठीक था।

जैसे-जैसे दिन बीतता गया, उसके ऊपर सभी का ध्यान बढ़ता गया। बहुत सारे कर्मचारी उससे माफ़ी माँग-माँग कर उससे मिलने आये। उन्होंने उससे सवाल पूछे, या यह कहा कि वे गलती से वहाँ आ गये थे। हो सकता था कि वह महज़ संयोग रहा हो। ''कुछ दिन होते हैं जो घटनाओं से भरे होते हैं, कोई नहीं जानता कि क्यों।'' स्वीडन में उसकी बुआ मून थी, जिनका नॉर्वे में एक भविष्यवक्ता के रूप में नाम था, ने यह बात कही थी। इन सारी

बाधाओं के कारण उसके पास काम करने का समय ही नहीं बचा। उस दिन वह एक भी काम नहीं कर पाया, जिस दिन उसके बॉस ने उसको बधाई दी। हो सकता है, यह बात भी उसमें आड़े आ रही हो। अचानक इस तरह से उत्साहित किये जाने को तब आसानी से ले पाना मुश्किल होता है जब आपको पहले से उसकी उम्मीद नहीं रही हो, जब किसी ने कभी इस बात के ऊपर ध्यान न दिया हो कि आप करते क्या हैं। और फिर नैटेली थी। हमेशा उसके भीतर रहने वाली। उनकी पिछली मुलाकात ने उसको और भी आत्मविश्वास दिया था। जीवन एक अजीब मोड़ लेने लगा था, धीरे-धीरे भय एवं अनिश्चितताओं को पार करता जा रहा था।

नैटेली के भीतर भी उथल-पुथल मची हुई थी। उसे इस बात का हल्का-सा आभास ही था कि जब तक क्लोई ने उससे पूछने का साहस न कर लिया, ''मैं एक सवाल पूछूँ तो बुरा तो नहीं मानेंगी?''

''पूछो।''

''सभी कह रहे हैं कि मार्कस के साथ आपका चक्कर है। क्या सही है?''

''मैं यह बात तुमसे पहले ही कह चुकी हूँ कि इस बात से तुम्हारा कोई लेना-देना नहीं है।''

इस बार नैटेली सच में चिढ़ी हुई थी। उस लड़की में उसे कुछ बातें अच्छी भी लगती थीं पर अब ऐसा लगा जैसे सब काफूर हो गया हो। अब उसमें जो दिखाई दे रहा था, वह झूठा लगाव था। वह पहले ही चार्ल्स के व्यवहार से दुःखी हो चुकी थी, और अब फिर से यह पूछ रही थी। सब इस बात के पीछे क्यों पड़ गये हैं? क्लोई हकलाने लगी, ''मैं इस बात की कल्पना नहीं कर सकती कि आप...''

''बहुत हो गया। तुम अब जा सकती हो।'' नैटेली ने गुस्से में आते हुए कहा।

स्वभाववश, उसे ऐसा लगा कि जितना ही मार्कस की आलोचना की

जायेगी वह उसके उतना ही करीब महसूस करेगी। इसलिए जो कुछ भी हो रहा था वह उनको एक ऐसी दुनिया में एक–दूसरे के करीब ला रहा था जो किसी की समझ से परे था।

क्लोई दफ़्तर से चली गयी, खुद को बेवकूफ़ की तरह से महसूस करती हुई। उसने नैटेली के साथ बेहतर सम्बन्ध बनाना चाहा था, लेकिन वह इसके लिए बेवकूफ़ों की तरह से आगे बढ़ी थी। बहरहाल, वह हैरान थी। क्या उसे पूछने का कोई हक नहीं था? सबसे बढ़कर बात यह थी कि इस विचार में वह अकेली नहीं थी। उन दोनों के साथ होने में एक अजीब–सी बात थी। ऐसा नहीं था कि वह मार्कस को पसन्द नहीं करती थी, उसे वह कोई ऐसा अरुचिकर भी नहीं लगता था। बस बात यह थी कि वह उसके किसी औरत के साथ होने की बात सोच नहीं पाती थी। उसके बारे में वह यही सोचती थी जैसे कि वह पुरुषों की दुनिया से आया दूसरे ग्रह का प्राणी हो, जबकि उसकी नज़र में नैटेली एक तरह से किसी आदर्श स्त्री की तरह थी। इसी वजह से उसे उन दोनों का मेल परेशान करता था जिसकी वजह से उसने ऐसी प्रतिक्रिया व्यक्त की। वह जानती थी कि वह कुछ संवेदनहीन थी, लेकिन जब सभी ने उससे इस बारे में पूछना शुरू कर दिया तो उसे लगा कि इस व्यवहार के लिए कुछ तो उसका हक बनता है।

# 85

## *कर्मचारियों द्वारा मार्क्स से मिलने जाने के लिए आज़माये गये बहाने*

मैं इस साल गर्मियों में अपनी पत्नी को छुट्टियों में स्वीडन ले जाना चाहता हूँ। क्या आप मुझे कोई सुझाव देना चाहेंगे?

आपके पास रबर (eraser) है?

ओह माफ़ कीजियेगा। मैं गलत दफ़्तर में आ गया।

अभी 114 पर काम कर रहे हो?

क्या तुम्हारा इंटरनेट काम कर रहा है?

कितने अफ़सोस की बात है कि आपका स्वीडिश साथी उससे पहले ही मर गया, इससे पहले कि वह अपनी त्रयी (trilogy) की सफलता देख पाता।

# 86

बीच दोपहर में नैटेली और मार्कस ने एक साथ काम से छुट्टी ली और वे छत पर मिले। वह उनकी शरणस्थली बन गयी थी, उनकी खोह। जैसे ही उनकी आँखें मिलीं वे समझ गये कि कुछ अस्वाभाविक हुआ था। कि वे दोनों ही दूसरों की उत्सुकता का केन्द्र बन चुके थे। वे इस तरह की बेवकूफ़ी के ऊपर हँसने लगे और एक-दूसरे के करीब आ गये, चुप्पी बरतने का यह सबसे अच्छा तरीका था। नैटेली ने फुसफुसाते हुए कहा कि वह उस शाम उससे मिलना चाहती थी और यह भी कहा कि काश, अभी शाम होती। वह सुन्दर था, बहुत प्यारा, एक अयाचित तीव्रता। मार्कस शर्मिंदा था, क्योंकि वह खाली नहीं था। वह गहरे असमंजस में था—नैटेली के बिना एक-एक पल उसे निरर्थक लगने लगा था। तो भी वह अपने बॉस के साथ डिनर को रद्द नहीं कर सकता था। नैटेली को हैरानी हुई लेकिन वह यह पूछने का साहस नहीं कर पायी कि उसकी योजना क्या थी। वह खास तौर पर इस बात को लेकर हैरान थी कि वह खुद को कमज़ोर स्थिति में पा रही थी, इन्तज़ार करने की स्थिति में। मार्कस ने उसे समझाया कि वह चार्ल्स के साथ डिनर लेने वाला था।

"आज की रात? उसने तुमको खाने पर बुलाया है?"

उस समय उसे यह बात समझ में नहीं आयी कि उसे हँसना चाहिए या इस बात के ऊपर गुस्सा होना चाहिए। चार्ल्स को इस बात का कोई अधिकार नहीं है कि वह बिना उसे बताये उसकी टीम के किसी सदस्य के साथ रात

का खाना खाये। वह तत्काल इस बात को समझ गयी कि इसका काम से कुछ लेना-देना नहीं है। अभी तक, मार्कस ने इस बात को समझने की कोशिश नहीं की थी कि अचानक उसके बॉस की उसमें रुचि क्यों जाग गयी थी। आखिरकार यह सुखद हो सकता था—वह 114 पर अच्छी तरह से काम कर रहा था।

''और क्या उसने तुमको यह बताया कि वह तुम्हारे साथ डिनर क्यों करना चाहता है?''

''उम्...हाँ... वह मुझे बधाई देना चाहता था...''

''यह बात तुमको अजीब नहीं लगती है? तुमको क्या लगता है कि वह हर उस कर्मचारी के साथ डिनर करता है, जिसको वह बधाई देना चाहता है?''

''मैं बताऊँ, मुझे वह इतना अजीब लगा कि वह जो भी करता है वह मुझे अजीब लगता है।''

''यह बात पक्की है। तुम सही कह रहे हो।''

नैटेली जिस तरह से बातें करती थी, मार्कस को वह बहुत पसन्द था। उसे भोलापन कहा जा सकता था। लेकिन वह था नहीं। बच्चों जैसे उस भाव में कुछ था जो बहुत प्यारा था, हालात को स्वीकार करने की क्षमता, यहाँ तक कि हास्यास्पद परिस्थितियों को भी। वह उसके पास गया और उसने उसे चूम लिया। यह उनका चौथा चुम्बन था, सबसे स्वाभाविक। किसी सम्बन्ध की शुरुआत में आप हर चुम्बन का विश्लेषण कर सकते हैं। स्मृति में सभी कुछ अच्छी तरह से दर्ज रहता है जो दोहराये जाने के भ्रम की तरफ़ धीरे-धीरे बढ़ता है। नैटेली ने यह फैसला किया कि वह चार्ल्स के बारे में कुछ नहीं कहेगी और उसके घटिया इरादों के बारे में भी। मार्कस को खुद यह बात समझ में आ जायेगी कि उस डिनर के पीछे इरादा क्या था।

# 87

मार्कस जल्दी से कपड़े बदलने के लिए अपने घर गया, क्योंकि उसका बॉस के साथ मिलना नौ बजे से पहले नहीं होने वाला था। जैसी कि उसकी आदत थी उसने कई स्पोर्ट्स जैकेट में से एक को देखा। और उसने वह चुना जो सबसे पेशेवर लग रहा था। सबसे गम्भीर, न कि सबसे मनहूस। उसको देखने से यह लग रहा था कि वह छुट्टी पर जा रहा हो। ठीक उसी समय जब उसे उपनगरीय ट्रेन लेने की ज़रूरत थी, एक समस्या खड़ी हो गयी। यात्री उत्तेजित होने लगे थे। उनके पास सूचना का अभाव था। क्या आग लगी थी? आत्महत्या की कोशिश? किसी को असल में पता नहीं था। यह दहशत मार्कस के डिब्बे तक पहुँची, उसके मन में पहला खयाल यही आया था कि वह अपने बॉस से प्रतीक्षा करवाने वाला था। जो होने वाला था। चार्ल्स वहाँ दस से अधिक मिनट तक बैठा रहा, रेड वाइन का एक गिलास पीता रहा। वह चिढ़ा हुआ लग रहा था, बल्कि वह बहुत चिढ़ गया था, क्योंकि किसी ने उसे इतनी देर तक इन्तज़ार नहीं करवाया था। और निश्चित रूप से उसके किसी कर्मचारी ने तो कभी नहीं, इसके बारे में वह उस सुबह तक जानता भी नहीं था। हालाँकि, चिढ़ की वजह से एक और भाव जग गया। वही भाव जो कि वह सुबह में भी अनुभव कर रहा था, लेकिन इस बार वह अधिक तेज़ी से आ रहा था। इसका सम्बन्ध एक तरह के आकर्षण से था। वह आदमी किसी चीज़ के योग्य था। कौन यह साहस कर सकता था कि उससे मिलने में देरी करे? अपने बॉस के सामने इस तरह से कौन कर सकता था? इस सम्बन्ध

में कहने के लिए कुछ और नहीं था। यह आदमी नैटेली के लायक था। इसमें कोई शक नहीं था। यह गणितीय था। यह रासायनिक था।

कभी-कभार जब आपको देरी होती है तो आप खुद से यह कहते हैं कि यह किसी चीज़ को आगे बढ़ाने में मदद नहीं कर पायेगी। आप खुद से कहते हैं कि 35 मिनट का ठीक वही महत्त्व होता है जो 30 का होता है। इसलिए आप इन्तज़ार करने वाले को थोड़ा और इन्तज़ार करवाते हैं और कोशिश करते हैं कि आप पसीने में न आयें। मार्कस ने यही फैसला किया। वह यह नहीं चाहता था कि जब वह पहुँचे तो उसकी साँस फूली हो और चेहरा लाल। वह इस बात को जानता था—वह थोड़ा-सा भी दौड़ता था तो नवजात बच्चे जैसा लगने लगता था। इसलिए वह मेट्रो से घबराया हुआ निकला क्योंकि देर बहुत हो चुकी थी, वह माफ़ी भी नहीं माँग सकता था, क्योंकि उसके पास अपने बॉस का टेलीफ़ोन नम्बर नहीं था, तो भी वह पैदल चल रहा था। और इस तरह से वह एक घंटा देरी से डिनर पर पहुँचा, लेकिन एकदम शान्त भाव से। उसके काले रंग के स्पोर्ट्स जैकेट को देखकर वही प्रभाव पैदा हो रहा था जो किसी मातम में जाने का होता है। फिल्म के दृश्य की तरह, जिसमें नायक अँधेरे से चुपचाप आगे की तरफ़ बढ़ता है। चार्ल्स इन्तज़ार करते-करते लगभग एक बोतल वाइन पी चुका था। इससे वह रोमांटिक हो गया था, पिछली यादों में डूबा। उसने मार्कस के देर से आने के कारण के लिए माँगी गयी माफ़ी के बारे में भी नहीं सुना कि ट्रेन लेट हो गयी थी। उसके आने से गरिमा का आगमन हो गया था।

और उस शाम को पहले प्रभाव की जीत दर्ज हुई।

# 88

***फिल्म 'सुपरमैन' (1978) में मिस तेस्माकर और लेक्स लूथर, सुपरमैन के बारे में चर्चा करते हुए***

**मिस तेस्माकर :** लेक्स, इस आदमी के बारे में क्या कहानी है ? क्या आपको लगता है कि इस तरह का कोई आदमी हो सकता है ?

**लेक्स लूथर :** अगर वह है तो वह इस दुनिया का नहीं है।

**मिस तेस्माकर :** क्यों ?

**लेक्स लूथर :** क्योंकि अगर कोई आदमी इतना बड़ा और आश्चर्यजनक करतब करने वाला होता तो वह मैं ही होता!

# 89

पूरे डिनर के दौरान मार्कस चार्ल्स के व्यवहार को देखकर हैरान था। वह बोले जा रहा था, बड़बड़ाये जा रहा था। वह एक भी वाक्य पूरा कर पाने में असमर्थ था। अचानक हँसने लगता था, लेकिन तब बिलकुल नहीं जब मार्कस कुछ मज़ाकिया होने की कोशिश करता था। वह किसी ऐसे आदमी की तरह व्यवहार कर रहा था, जिसे वर्तमान के सन्दर्भ में जेट लैग जैसा हो गया हो। कुछ समय के बाद मार्कस ने पूछने की हिम्मत की, "आप पूरी तरह से ठीक हैं?"

"ठीक? मैं? पता है, कल से, लगातार। खासकर इस समय।"

जिस तरह से असंगत ढंग से जवाब दिया उससे मार्कस का सन्देह और बढ़ गया। चार्ल्स पूरी तरह से पागल नहीं हुआ था। वह इस बात को समझ रहा था, बातचीत के बीच-बीच में, कि वह अपना आपा खो रहा था। लेकिन वह अपने ऊपर काबू नहीं रख पा रहा था। ऐसा लग रहा था जैसे कि उसे किसी तरह का शॉर्ट सर्किट जैसा हो गया हो। उसके सामने जो स्वीडिश आदमी बैठा था उसने उसको उलट कर रख दिया था, सब कुछ उलट-पुलट कर दिया था। वह यथार्थ में लौटने के लिए संघर्ष कर रहा था। जहाँ तक मार्कस का सवाल था, वैसे तो उसका अतीत उतना घटनाप्रद नहीं रहा था, लेकिन वह यह सोच पा रहा था कि यह जो डिनर था वह उसके जीवन का सबसे खराब डिनर था। और जब खराब होने की बात आती तो वह उसमें पारंगत था। हालाँकि, वह अपने भीतर करुणा को पैदा होने से नहीं रोक पाया, इस इच्छा से कि उस आदमी की मदद की जाये जो उसके सामने गड़बड़ाता जा रहा था।

''क्या मैं आपके लिए कुछ कर सकता हूँ?''

''हाँ, ज़रूर, मार्कस...मैं इस बारे में सोचने वाला हूँ, यह अच्छी बात है। अब, यह सही है, तुम अच्छे हो...यह पता चलता है...तुम जिस तरह से मुझे देखते हो... तुम निर्णय नहीं कर रहे हो...मैं सब कुछ समझता हूँ...। मैं सब कुछ समझता हूँ, अब...''

''आप क्या समझते हैं?''

''लेकिन मैं नैटेली के लिए समझता हूँ। जितना ही मैं तुमको देखता हूँ, उतना ही मैं यह बात समझता हूँ कि मैं क्या नहीं हूँ।''

मार्कस ने अपना गिलास नीचे रख दिया। उसे इस बात का सन्देह होने लगा कि इस सबका कुछ सम्बन्ध नैटेली से ज़रूर था। सभी उम्मीदों के विपरीत उसे सबसे पहले राहत महसूस हुई। यह पहली बार था कि कोई उससे उसके बारे में बात कर रहा था। इस छोटे से पल में, नैटेली उसकी कल्पना से निकलकर उसके वास्तविक जीवन में आ गयी।

चार्ल्स आगे कहता रहा, ''मैं उसको प्यार करता हूँ। क्या तुमको यह पता है कि मैं उससे प्यार करता हूँ।''

''मुझे पक्के तौर पर यह लगता है कि आपने बहुत अधिक पी ली है।''

''तो? नशे में होने से कुछ नहीं बदलता। मुझे अभी भी समझ में आ रहा है, बहुत कुछ। मैं हर वह बात समझता हूँ जो कि मैं नहीं हूँ। तुमको देखकर, मुझे यह बात समझ में आयी इसके लिए मैंने अपना जीवन बर्बाद कर दिया...वह बिन्दु जिससे मेरा जीवन तुच्छ बन गया, और स्थायी रूप से एक समझौता। यह तुमको लग सकता है कि पागलपन लगे, लेकिन मैं तुमको कुछ ऐसा बताने जा रहा हूँ जो मैंने आज तक किसी को नहीं बताया—मैं एक कलाकार बनना चाहता था...हाँ, मुझे पता है, वही पुराना गीत...लेकिन सच में, जब मैं छोटा था तो मुझे छोटे-छोटे नाव के चित्र बनाना बहुत पसन्द था...उसमें मुझे बहुत आनन्द आता था...मेरे पास छोटी-छोटी नावों का संग्रह था...मैं घंटों उनके चित्र बनाता रहता था...बड़े ध्यान से...हर विस्तार के साथ...इस तरह

से मुझे चित्र बनाना पसन्द था...जीवन को उस तरह की उन्माद भरी शान्ति में बिताने में...और उसके बावजूद, मैं खुद को दिन भर क्रिस्परोल से भरे रहता था...और वे दिन हमेशा रहते हैं...वे एक-दूसरे से वैसे ही अलग होते हैं जैसे कि चीनी लोग होते हैं...और मेरा सेक्स जीवन...मेरी पत्नी...और यह सब...मैं अब इनके बारे में बात भी नहीं करना चाहता हूँ...अब मैं सब कुछ समझ गया हूँ... मैंने तुमको देखा और मैं सब कुछ समझ गया...''

अचानक चार्ल्स ने अपना एकालाप बन्द किया। मार्कस असहज महसूस कर रहा था। यह आसान नहीं होता जब कोई अनजान आदमी आपसे अपनी बातें साझा करने लगे, और उससे भी कम आसान होता है जब वह आपका बॉस हो। उसने सोचा कि हँसी-मज़ाक करके माहौल को जीवन्त बनाया जाये।

''आपने यह सब मुझे देखकर समझ लिया? क्या आपके ऊपर सच में मेरा ऐसा प्रभाव है? इतने कम समय में... ''

''और सबसे बढ़कर तुम्हारा स्वभाव बहुत मज़ाकिया है। तुम सही में अनमोल हो। एक मार्कस था, एक आइन्स्टाइन, और अब तुम हो।''

मार्कस को इतनी भारी-भरकम टिप्पणी का कोई जवाब नहीं सूझा। सौभाग्य से, वेटर आ गया।

''आपने फैसला कर लिया?''

''हाँ, मैं बीफ खाऊँगा'', चार्ल्स ने कहा। ''यदा कदा।''

''मेरे लिए मछली।''

''बहुत अच्छा महोदय,'' वेटर ने कहा और चला गया।

वह बमुश्किल से छह फीट दूर गया था कि चार्ल्स ने उसे वापस बुलाया, ''असल में, मैं भी वही खाऊँगा जो यह महानुभाव खायेंगे। मेरे लिए भी मछली।''

''बहुत अच्छा, अभी लाया,'' वेटर ने फिर से जाने से पहले कहा।

कुछ देर की चुप्पी के बाद चार्ल्स ने स्वीकार किया, ''मैंने यह फैसला

किया है कि मैं हर वह काम करूँगा जो तुम करते हो।''

''हर काम मेरी तरह?''

''हाँ, जैसे कोई गुरु के साथ करता है।''

''आप जानते हैं, मेरे जैसा करने के लिए ज़्यादा कुछ करना नहीं होता है।''

''मैं इस बात से सहमत नहीं हूँ। उदाहरण के लिए, तुम्हारा स्पोर्ट्स जैकेट। मुझे लगता है कि मैं भी ऐसा ही पहनता तो अच्छा रहता। मुझे भी उसी तरह के कपड़े पहनने चाहिए जैसे कि तुम पहनते हो। तुम्हारी अपनी अलग शैली है। सब कुछ अच्छी तरह से सोच-समझकर; इससे लगता है कि तुम ज़रा-सा भी मौका नहीं छोड़ना चाहते। यही महिलाओं में होता है। सही, यही उनके लिए भी होता है, सही?''

''आह, हाँ, मुझे पता नहीं। अगर आप चाहें तो मैं आपको यह उधार दे सकता हूँ।''

''यही तुम्हारा वास्तविक रूप है, बहुत अच्छा व्यवहार जैसे साकार हो। मैंने यह कहा कि मुझे तुम्हारा स्पोर्ट्स जैकेट पसन्द है और एक पल में तुमने मुझे उधार देने की बात कह दी। यह कितनी अच्छी बात है। मुझे यह बात समझ में आयी कि मैंने अपनी स्पोर्ट्स जैकेट कभी किसी को नहीं दी। जहाँ तक स्पोर्ट्स जैकेट की बात आती है तो मैं पूरा जीवन बहुत स्वार्थी किस्म का आदमी रहा हूँ।''

मार्कस को यह बात समझ में आयी कि वह जो भी बात कहता वह प्रेरित करने वाली होनी ही थी। सामने बैठा आदमी उसे प्रशंसा की नज़रों से ही देख रहा था, अगर आदर न कहें तो। अपनी पूछताछ आगे बढ़ाते हुए चार्ल्स ने पूछा, ''अपने बारे में ज़रा और कुछ बताओ।''

''सच बताऊँ आपको, तो मैं अक्सर यह बात सोचता भी नहीं हूँ कि मैं कौन हूँ।''

''यह हुई न बात। यह हुई न! मेरी मुश्किल यही है कि मैं सोचता बहुत अधिक हूँ। मैं हमेशा यही सोचता रहता हूँ कि दूसरे क्या सोचते हैं। मुझे और

निर्लिप्त किस्म का होना चाहिए।''

''उसके लिए आपको स्वीडन में पैदा होना चाहिए था।''

''हा! बहुत मज़ेदार बात है! तुमको मुझे इस तरह की मज़ेदार बातें सिखानी चाहिए। कितनी हाज़िरजवाबी है! यह है तुम्हारा वास्तविक रूप! क्या मैं तुम्हारे गिलास में कुछ और डालूँ?''

''नहीं, मुझे लगता है कि मैं काफ़ी पी चुका हूँ।''

''और खुद के ऊपर कितना नियन्त्रण है! ठीक है, मुझे लगता है कि यह काम मैं तुम्हारी तरह नहीं करूँगा। मैं खुद के लिए यह अपराध करता हूँ।''

वेटर दो मछली की प्लेटें लेकर आया और उसने उन दोनों को अच्छे भोजन के लिए अभिवादन किया। वे खाने लगे। अचानक, चार्ल्स ने अपनी प्लेट से सिर उठाया।

''मैं भी कितना बेवकूफ़ हूँ। यह सब बेतुका है।''

''क्या?''

''मुझे मछली से नफ़रत है।''

''ओह... ''

''लेकिन यह उससे भी बुरी बात है।''

''सच में?''

''हाँ, मुझे मछली से एलर्जी है।''

''...''

''अब सभी कुछ कहा जा चुका है। मैं तुम्हारी तरह कभी नहीं हो पाऊँगा। मैं कभी भी नैटेली के साथ नहीं हो सकता। यह सब इस मछली की वजह से।''

# 90

## *मछली से एलर्जी से जुड़ी कुछ तकनीकी बातें*

मछली से एलर्जी कोई दुर्लभ चीज़ नहीं है। यह 'आठ बड़ी एलर्जी' में से एक है। जो लोग इसके शिकार होते हैं, उनके लिए बड़ा मुद्दा यह जानना है कि यह एलर्जी केवल एक तरह की मछली से है या कई तरह की मछलियों से। चिकित्सा के लिहाज़ से, वैसे आधे लोग जिनको एक तरह की मछली से एलर्जी थी, उनको दूसरी तरह की मछली से भी थी। इसके लिए यह ज़रूरी हो जाता है कि एलर्जी की प्रतिक्रिया की जाँच करवाई जाये (उस भोजन के इस्तेमाल से, जिसको खाने से एलर्जी होती हो), उन मामलों में जिनमें त्वचा की जाँच नाकाफ़ी हो। किसी को यह भी जानना चाहिए कि क्या कुछ ऐसी मछलियाँ भी होती हैं, जिनके खाने से एलर्जी होने की सम्भावना कम रहती है। इस सवाल का जवाब जानने के लिए एक शोध टीम ने मछलियों की नौ प्रजातियों में प्रतिक्रिया के स्तर की तुलना की—ताज़ा और नमकीन कॉड, सालमोन, व्हाइटिंग, मैकरल, टूना, हेरिंग, बॉस, हैलिबत और पलिस। इसके नतीजे में यह बात सामने आयी कि टूना और मैकरल से कम ही लोगों को एलर्जी होती है और इसी मापदंड में हैलिबत और पलिस दूसरे स्थान पर थीं। जबकि बाकी मछलियों में प्रतिक्रिया की बड़ी सम्भावना थी, मतलब यह कि अगर इनमें से किसी एक से आपको एलर्जी हो तो इस बात की काफ़ी सम्भावना है कि आपको बाकी मछलियों से भी एलर्जी हो।

# 91

मछली को लेकर उस खुलासे के बाद डिनर चुप्पी के साथ होने लगा। मार्कस ने कई बार कोशिश की कि बातचीत फिर से शुरू की जाये लेकिन कुछ फ़ायदा नहीं हुआ। चार्ल्स ने कुछ नहीं खाया और पीने में लगा रहा। वे उन बूढ़े दम्पतियों की तरह लग रहे थे जिनके पास कहने के लिए कुछ नहीं होता है। जो उनको इस बात की अनुमति देता है कि वे एक तरह से गहरे चिन्तन में डूब जायें। समय सहज भाव से गुज़रता रहता है (और कई बार सालों)।

बाहर निकलने के बाद मार्कस को अपने बॉस को सँभालना था। इस हालत में वह गाड़ी नहीं चला सकता था। उसने कोशिश की कि उसे एक टैक्सी में बिठा दे, जितनी जल्दी हो सके उतनी जल्दी। वह शाम के उस काम को समाप्त करने की जल्दी में था। लेकिन, बुरी खबर, ताज़ा हवा ने चार्ल्स को फिर से मदहोश बना दिया। वह एक बार फिर से आगे बढ़ना चाहता था, वह पैदल चलने लगा।

''मुझे छोड़कर मत जाओ मार्कस, मैं अब भी तुमसे बात करना चाहता हूँ।''

''लेकिन आपने एक घंटे से एक शब्द भी नहीं कहा है। और आपने पी भी बहुत रखी है। बेहतर होगा कि आप घर जायें।''

''ओह, बहुत हो गयीं इस तरह की गम्भीर बातें! तुम मुझे सच में थका

रहे हो। हम एक गिलास और पियेंगे, बस। यह मेरा आदेश है!

मार्कस के पास कोई और विकल्प नहीं था।

वे एक ऐसे स्थान में गये जहाँ अलग-अलग उम्र के लोग कामुक तरीके से एक-दूसरे से हिल-मिल रहे थे। वह उस तरह से सही मायनों में कोई डांस क्लब तो नहीं था मगर वह देखने में वैसा ही लग रहा था। गुलाबी रंग की एक सीट पर बैठते हुए उन्होंने हर्बल चाय की माँग की। उनके पीछे एक बहुत बड़ा चित्र बना हुआ था, प्राकृतिक सुषमा का, लेकिन जो बहुत मंद-सा था। चार्ल्स अब शान्ति महसूस कर रहा था। एक बार फिर वह अवसाद में डूबता जा रहा था। उसके चेहरे पर उदासी दिखाई दे रही थी। उसने जब गुज़रे हुए सालों के बारे में सोचा तो उसे याद आया, जब नैटेली त्रासदी के बाद काम पर लौटकर आयी थी। उसे उस चोटिल स्त्री की छवि बार-बार परेशान करती थी। आखिर ऐसा क्या होता है कि कोई बात, कोई मुद्रा हमारे ऊपर गहरा प्रभाव छोड़ जाती है, किसी अमहत्त्वपूर्ण बात को एक काल के केन्द्र में ले आती है? उसकी यादों को, पेशे को, पारिवारिक जीवन को नैटेली की छवि ने ढँक दिया। वह नैटेली के घुटने पर पूरी किताब लिख सकता था, जबकि वह यह बता पाने में असमर्थ था कि उसकी बेटी का प्रिय गायक कौन था। उस वक्त वह अपने लिए तर्क गढ़ रहा था। वह समझ गया था कि वह किसी नये अनुभव के लिए तैयार नहीं थी। लेकिन कहीं गहरे उसने इसकी उम्मीद नहीं छोड़ी थी। आज, हर बात उसे रुचिहीन लगती थी—जीवन सख्त था। उसे घुटन-सी महसूस हुई। आर्थिक संकट की वजह से स्वीडन के लोग तनाव में थे। देश दिवालियेपन के कगार पर था और उसने बहुत सारी अनिश्चितताओं को बेमानी कर दिया था। उसने यह भी महसूस किया था कि उसके भीतर अपने बॉस लोगों के लिए नफ़रत बढ़ती जा रही थी। अन्य प्रबन्धकों की तरह उसे अगले औद्योगिक विवाद से खुद को अलग करना पड़ सकता था। और फिर उसकी पत्नी थी। वह उसे समझ नहीं पायी। वे पैसों के बारे में इतनी बातचीत किया करते थे कि कई बार उसे यह लगने लगता था कि जैसे वह उसकी कोई ऋणदाता हो। सब कुछ रंगहीन दुनिया में घुल-मिल गया था, यहाँ तक कि स्त्रीत्व अपने आप में एक अवशेष की तरह था, और किसी

के पास ऊँची हील के जूतों की आवाज़ निकालने के लिए समय नहीं है। इसलिए वह इस बात को समझ नहीं पा रहा था कि नैटेली का किसी और पुरुष के साथ सम्बन्ध था...

उसने यह सारी बातें पूरी ईमानदारी के साथ कीं। मार्कस इस बात को समझ गया कि उसे नैटेली के बारे में बात करनी होगी। उस औरत का नाम, और रात जैसे अनन्त लगने लगती थी। लेकिन वह उसके बारे में क्या कह सकता था? वह तो उसे ठीक से जानता भी नहीं है। उसे सहजता से इस बात को स्वीकार करना होगा, ''आप गलत हैं। सच में हम साथ नहीं हैं...अभी तक बस दो, या तीन या चार चुम्बन ही हुए हैं...और मैं यह बता नहीं सकता हूँ कि यह सब कितना अजीब है...'' लेकिन उसके मुँह से कोई आवाज़ नहीं आयी। उसे उसके बारे में बात करने में मुश्किल हो रही थी, अब जाकर उसे यह बात समझ में आयी थी, उसके बॉस ने अपना सिर उसके कन्धे पर रख दिया, और वह उसे मुँहफट होने के लिए उकसा रहा था। इसलिए जवाब में मार्कस को मजबूर होकर नैटेली के साथ अपने सम्बन्ध के बारे में बताना पड़ा। उसने नैटेली के साथ बिताये अपने पलों का विश्लेषण किया। बिना इसकी उम्मीद के, उसके ऊपर जैसे स्मृतियों की बमबारी हो गयी। उस पल वह अतीत में पहुँच चुका था, चुम्बन के उस भावावेग से पहले के भी पहले के दौर में।

वह पहला मौका था। उसने उसके सामने नौकरी के लिए साक्षात्कार दिया था। उसने तत्काल खुद से कहा था, ''मैं इस तरह की महिला के साथ कभी भी काम नहीं कर सकता।'' उसका साक्षात्कार ठीक नहीं हुआ था, लेकिन नैटेली को निर्देश यह दिया गया था कि स्वीडन के नागरिक को ही काम पर रखना है। मार्कस यहाँ तब किसी आरक्षण के द्वारा आया था। उसे कभी पता नहीं चला। उस महिला की जो पहली छवि थी वह उसके दिमाग में महीनों अटकी रही। अब वह एक बार फिर से इस बारे में सोच रहा था कि वह किस तरह से कानों के पीछे अपनी लटों को रखा करती थी। उसकी इसी बात ने उसे आकर्षित किया था। जब टीम की बैठक होती थी तो उसे इस बात की उम्मीद रहती थी वह फिर से वैसा करेगी, लेकिन नहीं वह बस एक ही जादुई पल था। उसने उसकी अन्य मुद्राओं के बारे में भी सोचा, जैसे कि

जब वह मेज़ के कोने पर फ़ाइल रखती थी, या जिस तरह से वह कुछ पीने से पहले जल्दी से अपने होंठों को गीला कर लिया करती थी, या फिर वह पल जब वह दो वाक्यों के बीच साँस लेती थी। या जिस तरह से वह किसी बात की उद्घोषणा किया करती थी, खासकर दिन के अन्त में, और उसकी वह विनम्र मुस्कान, या शुक्रिया, उसकी ऊँची एड़ी वाली जूती, हाँ, उस ऊँची एड़ी वाली जूती की वजह से उसके पैरों को इतना लाभ मिला हुआ था। उसे कम्पनी में दीवार-से-दीवार तक लगे हुए कालीन पसन्द नहीं थे, और उसने यहाँ तक कि एक दिन यह भी पूछा था, "दीवार-से-दीवार तक लगने वाले कालीन का आविष्कार किसने किया होगा?" और इसी तरह की और बातें। हाँ, सारी बातें उसे सूझ रही थीं, और मार्कस को यह बात समझ में आयी कि अन्दर-ही-अन्दर उसमें नैटेली के लिए बहुत सारा आकर्षण इकट्ठा हो गया था, हर दिन उसके पास बहुत बड़ी लेकिन अन्धविश्वास से भरी जीत उसके दिल के राज़ में ज़रूर होती थी।

उसके बारे में उसने कितनी देर तक बात की? उसे इस बात का पता नहीं था। जब उसने अपना सिर घुमाया तो पाया कि चार्ल्स सो रहा था। उस बच्चे की तरह जो कहानी सुनते-सुनते सो गया हो। उसे जुकाम होने से बचाने के लिए, ध्यान रखने की संवेदनशीलता दिखाते हुए उसने उसे अपने जैकेट से ढँक दिया। उस नयी-नयी चुप्पी में उसने उस आदमी को ध्यान से देखना शुरू किया, जिसकी शक्ति के बारे में वह कल्पना किया करता था। मार्कस, जिसे अक्सर यह महसूस होता था जैसे कि वह पानी के अन्दर रहता हो, मुँह में लगी नली से साँस लेता हुआ, जो अक्सर दूसरों के जीवन से ईर्ष्या किया करता था, उसने अब यह समझ लिया कि वह सबसे दुःखी इन्सान नहीं था। यहाँ तक कि उसकी दिनचर्या से भी उसे खुशी हुई, वह नैटेली के साथ होने की उम्मीद नहीं कर रहा था, लेकिन अगर वह मामला नहीं होता, तो वह अलग नहीं होता। कभी-कभी कमज़ोर पड़ जाता था, लेकिन मार्कस में अपनी ताकत थी। एक तरह की स्थिरता, शान्ति। किसी बात ने उसे यह सिखाया था कि वह अपने जीवन को खतरे में न डाले। जब सभी कुछ बेतुका हो तो उसके कवच में रहने से क्या भला होने वाला था? उन दिनों वह सियोरां के लेखन को

अधिक ही पढ़ रहा था। जीवन सुन्दर हो सकता है बशर्ते आप पैदा होने की असहजता को समझ लें। चार्ल्स को सोते हुए देखकर उसके अन्दर आश्वस्ति का भाव मज़बूत हुआ, जो उसके भीतर और भी मज़बूत होने वाला था।

करीब पचास साल की उम्र की दो औरतों ने उससे बातचीत करनी चाही। लेकिन मार्कस ने इशारे से कहा कि वे कोई आवाज़ न करें। हालाँकि वह जगह संगीत से भरपूर थी। चार्ल्स उठ खड़ा हुआ, उसने अपनी आँखें गुलाबी महल में खोलीं। उसने देखा कि मार्कस उसकी तरफ़ देख रहा था और उसने यह ध्यान दिया कि स्पोर्ट्स जैकेट उसके ऊपर रखा हुआ था। वह मुस्कुराया और अपने चेहरे के हल्के-से हावभाव से उसने यह जता दिया कि उसके सिर में दर्द हो रहा था। यह जाने का समय हो गया था। अहले सुबह हो चुकी थी। और इस बार वे दोनों साथ-साथ दफ़्तर आये। जब वे लिफ़्ट से निकले तो एक-दूसरे से हाथ मिलाते हुए विदा हुए।

# 92

उस सुबह थोड़ी देर बाद, मार्कस कॉफ़ी मशीन की तरफ़ बढ़ गया। जब वह चल रहा था तो उसने ध्यान दिया कि कर्मचारी उसके रास्ते से हट रहे थे। लेकिन इस बात को समझ पाना ज़रूरी था कि क्या कुछ चल रहा था। मार्कस, जो कि एक भावशून्य कर्मचारी था, बाधक, जिसके बारे में कुछ बताने को भी नहीं था, वह एक दिन के भीतर ही कम्पनी की सबसे सुन्दर नहीं तो सबसे सुन्दर महिलाओं में से एक के साथ रात के खाने पर जा सकता था (और उसे इस बात का पूरा श्रेय दिया जाना चाहिए क्योंकि जहाँ तक मौज-मस्ती की बात थी तो उस औरत की ख्याति ऐसी औरत के रूप में थी कि वह पत्थर की तरह ठंडी थी), और अपने बॉस के साथ भी। उसको और उसके बॉस को सुबह के समय एक साथ दफ़्तर आते हुए भी देखा गया था, जो दुर्भावनापूर्ण अफ़वाहों को फैलाने के लिहाज़ से काफ़ी था। एक आदमी के लिए यह काफ़ी था। हर कोई उसका अभिवादन कर रहा था, उससे यह पूछ रहा था कि क्या चल रहा है? और "क्या फ़ाइल 114 आ रही है?" अचानक सभी की दिलचस्पी उस फ़ाइल में हो गयी, वह जिस तरह से बारीकी से लिखता था। इस कदर कि देर सुबह तक मार्कस बीमार-सा हो गया। रात भर बाहर रहने से जो बदलाव हुआ था, वह बहुत कठोर था। मानो सालों की अलोकप्रियता अचानक गायब हो गयी थी। ज़ाहिर है, वह सब सामान्य नहीं था। उसका कोई कारण होना चाहिए था, कुछ छिप-छिपाकर। लोग कह रहे थे कि वह एक जासूस था जो स्वीडन के लिए काम कर रहा था, या यह कि कम्पनी के मालिकों में जिसका हिस्सा सबसे अधिक था, वह उसका बेटा था; उनका कहना था कि वह बुरी

तरह से बीमार था; उनका कहना था कि वह अपने देश में अश्लील फिल्मों का जाना-माना अभिनेता था; उनका कहना था कि इसका चुनाव उस इन्सान के रूप में किया गया है जो मंगल ग्रह पर मानवता का प्रतिनिधित्व करेगा; वे यह भी कहते थे कि वह नैटेली पोर्टमैन का करीबी दोस्त था।

# 93

### *ओपरा विनफ्रे की 8 दिसम्बर 2010 को अमेरिकन टेलीविज़न एबीसी पर बारबरा वाल्टर्स के सामने की गयी घोषणा*

''मैं किसी भी समलैंगिक प्रकृति की नहीं हूँ। और जिस कारण से इस अफ़वाह से मुझे चिढ़ होती है, वह यह कि किसी को ज़रूर यह लगता है कि मैं झूठ बोल रही हूँ।''

# 94

नैटेली और मार्कस दिन के खाने पर मिले। वह थका हुआ था, लेकिन उसकी आँखें अभी भी खुली हुई थीं। वह इस बात से अभी भी नहीं उबर पायी थी कि डिनर पूरी रात चला था। हो सकता है, उसके साथ सब कुछ ऐसे ही होता हो? हो सकता है कि जिस तरह से सोचा गया हो, उस तरह से कुछ भी न हुआ हो। वह उसके बारे में हँसना चाहती थी। लेकिन वह जो देख रही थी, उसकी वजह से वह हँस नहीं रही थी। उसे तनाव महसूस हो रहा था, जिस तरह से चहल-पहल उनके आस-पास मची हुई थी वह उससे चिढ़ी हुई थी। इससे उसे कुछ लोगों की नीचता याद आयी जो उन्होंने फ्रांसुआ के अन्तिम संस्कार के बाद दिखाई थी। सांत्वना के संकीर्णता वाले भाव का प्रदर्शन। हो सकता है कि यह सही तुलना न हो। लेकिन उसमें उसने उस समय के निशान देखे। जब उसने कुछ प्रतिक्रियाओं को देखा तो उसने खुद से कहा, "अगर कोई नया युद्ध हुआ तो सब कुछ उसी तरह से होगा।" शायद यह भाव बढ़ा-चढ़ा कर बताया गया था, लेकिन जिस तरह से अफ़वाहें उड़ायी जा रही थीं, उनमें निन्दा के भाव से, उसके भीतर निराशा का भाव पैदा हो रहा था जिसमें उसके संदिग्ध अतीत की गूँज सुनायी दे रही थी।

वह इस बात को नहीं समझ पायी कि मार्कस के साथ उसके प्यार का इतना महत्त्व क्यों था। क्या यह उसकी वजह से था? क्योंकि उसने जो छोड़ा था? क्या इस तरह से जोड़ी बनाने के पीछे तार्किकता का अभाव था? लेकिन यह बेतुका था—क्या आकर्षण से कम तार्किक कुछ हो सकता था?

क्लोई के साथ अन्तिम चर्चा के बाद से नैटेली का गुस्सा कम नहीं हुआ था। वे सभी उनके बारे में क्या सोचते थे कि वे क्या थे? सबके द्वारा छुपी निगाहों से देखे जाने को उसने अपने ऊपर हमले के रूप में देखा।

"हमने बमुश्किल चुम्बन लिया है एक-दूसरे का और मुझे लगने लगा है कि हर कोई अब मुझसे नफ़रत करता है," नैटेली ने कहा।

"और हर कोई मुझे प्यार करता है।"

"यह चालाकी है, नहीं... "

"भाड़ में जाने दो। मेनू देखो। यही मतलब रखता है। आप सूप में क्या लेते हैं, वही मायने रखता है।"

वह बिलकुल सही था। हालाँकि, नैटेली को चैन नहीं पड़ा। वह यह नहीं समझ पा रही थी कि उसे इतनी ज़बर्दस्त प्रतिक्रिया का सामना क्यों करना पड़ रहा था। हो सकता है कि उसे यह समझने के लिए कुछ समय की ज़रूरत थी कि इस सबका सम्बन्ध उसकी भावनाओं के पुनर्जन्म से था। एक तरह की बेचैनी थी जो उसे उग्र बनाये जा रही थी। सभी के खिलाफ़, और सबसे बढ़कर चार्ल्स के खिलाफ़।

"पता है, जितना ही मैं उसके बारे में सोचती हूँ उतना ही मुझे लगता है कि चार्ल्स की प्रतिक्रिया अपमानजनक थी।"

"मुझे लगता है कि वह तुमको प्यार करता है, बस।"

"यह कोई कारण नहीं हुआ कि वह आपके साथ मज़ाक करे।"

"शान्त हो जाओ, यह उतनी गम्भीर बात नहीं है।"

"मैं शान्त नहीं हो सकती। नहीं हो सकती... "

नैटेली ने यह घोषणा कर दी कि वह खाने के बाद चार्ल्स से मिलने जायेगी ताकि वह यह सब नाटक बन्द कर दे। मार्कस ने उसके संकल्प को

दृढ़ करने का विकल्प चुना। वह खामोशी के खयाल से कमरे से निकल गया, जिसे उसने यह कहते हुए भंग किया, ''माफ़ करना, मुझे लगता है कि मैं निशाने पर हूँ...''

''यह कोई बड़ी बात नहीं है। साथ ही, तुमको पता है न समाचार जल्दी ही बदल भी जाता है...और आज से दो दिन बाद से हमारे बारे में बात भी नहीं करेंगे... एक नयी सचिव अभी आयी है, और मुझे लगता है कि बेर्थियर का दिल उसके ऊपर आया हुआ है...इसलिए मिलते हैं...''

''यह कोई बड़ी बात नहीं है। वह हर उस चीज़ पर कूद पड़ता है जो हिलती-डुलती है।''

''हाँ, सही है। लेकिन इस बार मामला अलग है। याद है, अभी हाल में ही उसकी शादी उस अकाउन्टेंट से हुई है...इसलिए हम एक छोटे-मोटे धारावाहिक बन जाने से सुरक्षित नहीं हैं।''

''सबसे बढ़कर मुझे यह लगता है कि मैं खो चुकी हूँ।''

उसने अचानक यह वाक्य कहा। बिना थोड़ा-सा भी विराम लिये। स्वभाववश, मार्कस ने ब्रेड का मुलायम हिस्सा लिया और उसे अपने हाथ में मसलने लगा।

''तुम क्या कर रहे हो?'' नैटेली ने पूछा।

''मैं वही कर रहा हूँ जो उन्होंने 'टॉम थम्ब' में किया था। अगर तुम खो गयी हो, तो तुमको अपने पीछे मसले हुए ब्रेड की पंक्ति छोड़ते हुए जाना चाहिए। इस तरह से तुमको वापसी का रास्ता मिल सकता है।''

''जो कि मुझे यहाँ तक ले आया... तुम तक, मुझे लगता है?''

''हाँ। मैं भूखा हूँ और मैंने यह फ़ैसला किया है कि जब तक तुम्हारा इन्तज़ार कर रहा हूँ, मैं इन टुकड़ों को खाता हूँ।''

# 95

***मार्कस के साथ लंच में नैटेली ने 'एपेटाईजर' में क्या लिया***

उस दिन का विशेष सूप।

(हम यह पता नहीं लगा पाये कि वह सूप बना किस चीज़ से था)

# 96

चार्ल्स अब वही आदमी नहीं रह गया था जिसने मार्कस के साथ रात काटी थी। सुबह जब थोड़ा-सी चढ़ी तो वह होश में आया और उसे अपने व्यवहार को लेकर अफ़सोस हुआ। वह अब भी इस बात के ऊपर सोच रहा था कि उस स्वीडिश को देखकर वह अपनी सुध-बुध क्यों खो बैठा। हो सकता है कि वह पूरी तरह से सन्तुष्ट न हुआ हो और कई तरह की दुश्चिन्ताओं से गुज़र रहा हो, लेकिन यह उस तरह से प्रतिक्रिया जताने का कोई कारण नहीं था। खासकर किसी के सामने। वह शर्मिंदा था। वह उसको उग्र व्यवहार की तरफ़ धकेलने वाला था। ठीक वैसे ही जब कोई प्रेमी सम्भोग की अवस्था से दूर रहने के कारण उग्र हो सकता है। उसने पाया कि उसके संघर्ष के सभी पहलू एक हो रहे थे। उसने कुछ उठक-बैठक की, यकीनन उसी समय नैटेली दफ़्तर में आयी। वह उठ खड़ा हुआ।

''तुम खटखटा सकती थीं,'' उसने रुखाई से कहा।

वह उसकी तरफ़ उसी तरह से बढ़ी जिस तरह से वह मार्कस की तरफ़ तब बढ़ी थी जब उसने उसे चूम लिया था। लेकिन इस बार थप्पड़ मारने के लिए।

''यह मैंने कर डाला।''

''लेकिन तुम यह नहीं कर सकतीं! मैं इसके लिए तुमको नौकरी से निकाल सकता हूँ।''

चार्ल्स ने अपने चेहरे पर हाथ रख लिया और डर के मारे अपनी धमकी दोहराने लगा।

"और मैं तुम्हारे ऊपर उत्पीड़न के लिए आक्रमण कर सकती हूँ। तुम चाहते हो कि मैं तुमको वे ईमेल दिखाऊँ जो तुमने भेजे?"

"लेकिन तुम मुझसे इस तरह से क्यों बात कर रही हो? मैंने हमेशा तुम्हारी इज़्ज़त की है।"

"हाँ। यही बात है। तुमने मेरे लिए नाटक किया। तुम बस मेरे साथ सोना चाहते थे।"

"सच में, मैं तुमको समझ नहीं पा रहा हूँ।"

"हाँ, मैं भी इस बात को नहीं समझ पायी कि मार्कस के साथ जाकर तुमने क्या किया।"

"क्या किसी कर्मचारी के साथ मुझे डिनर लेने का हक नहीं है?"

"हाँ, ठीक है। अब बहुत हो गया! समझे?" वह चिल्लाकर बोली।

इससे उसे खुशी महसूस हुई, और वह चाहती थी कि और गुस्सा दिखाये। उसकी प्रतिक्रिया ज़्यादा थी। मार्कस के साथ अपने रिश्ते को लेकर इस तरह से व्यवहार करने से उसने अपनी उलझन को दूर कर दिया था। वह उलझन जिसे वह कह नहीं पाती थी, समझ नहीं पाती थी। जहाँ दिल शुरू होता है वहाँ शब्दकोश ठहर जाते हैं। और शायद इसीलिए मार्कस ने उसी दिन शब्दकोश पढ़ना बन्द कर दिया, जिस दिन नैटेली काम पर वापस लौटी। कहने को कुछ नहीं था सिवाय मूल प्रतिक्रिया को आवाज़ देने के।

जब वह दफ़्तर से निकलने वाली ही थी कि चार्ल्स ने घोषणा की, "मैंने उसके साथ डिनर इसलिए किया ताकि मैं उसको जान सकूँ...यह जान सकूँ कि तुमने इतने कुरूप आदमी का चुनाव क्यों किया होगा, जिसकी कोई पहचान नहीं है। मैं इस बात को समझ सकता हूँ कि तुमने मुझे ठुकरा दिया,

लेकिन यह कुछ ऐसी बात है जिसे मैं कभी नहीं समझ पाऊँगा...''

''चुप हो जाओ।''

''तुमको लगता है कि जिस तरह से चीज़ें चल रही हैं, उनको मैं उसी तरह से चलने दूँगा। मैं अभी मालिकों से मिलने वाला हूँ। किसी भी पल, तुम्हारे प्यारे मार्कस को बहुत महत्त्वपूर्ण काम मिलने वाला है। एक ऐसा प्रस्ताव जिसे ठुकराना आत्मघाती होगा। बस एक छोटी-सी मुश्किल है—उसका काम स्टॉकहोम में होगा। लेकिन जिस तरह के लाभ उसे मिलेंगे, मुझे लगता है कि उसे ज़्यादा हिचक नहीं होगी।''

''तुम बड़े दयनीय हो। मुझे इस्तीफ़ा देकर उसके साथ जाने से कोई नहीं रोक सकता।''

''तुम ऐसा नहीं कर सकतीं। मैं इसके लिए मना करता हूँ।''

''तुम बेकार हो। तुम सच में... ''

''और तुम फ्रांसुआ के साथ भी ऐसा नहीं कर सकती हो।''

नैटेली ने उसे घूर कर देखा। वह तत्काल अपनी कही बातों के लिए माफ़ी माँगना चाहता था—वह जानता था कि वह बहुत आगे बढ़ गया था। लेकिन वह कुछ नहीं कह सका। न ही वह कुछ कह सकी। आखिरी वाक्य ने उनकी जान ही निकाल ली थी। आखिरकार, वह चार्ल्स के दफ़्तर से निकल गयी, चुपचाप, बिना कुछ कहे। वह वहाँ अकेला बैठा रहा, निश्चित था कि वह उसे हमेशा के लिए खो चुका था। फिर वह खिड़की तक गया खाली जगह में झाँकने के लिए, बहुत तेज़ी से।

# 97

एक बार जब वह अपनी मेज़ पर आ गयी तो नैटेली ने कैलेण्डर देखा। उसने क्लोई को फ़ोन करके कहा कि वह उसकी सारी बैठकों को रद्द कर दे।

''लेकिन यह सम्भव नहीं है। तुमको एक घंटे में बैठक की अध्यक्षता करनी है।''

''हाँ, मुझे पता है,'' नैटेली ने बीच में टोकते हुए कहा, ''हाँ, ठीक है, मैं बाद में फ़ोन करूँगी।''

उसने फ़ोन रख दिया, उसे समझ में नहीं आ रहा था कि क्या करना चाहिए। वह एक ज़रूरी बैठक थी, और उसने उसकी तैयारी में काफ़ी समय बिताया था। लेकिन यह स्पष्ट था कि जो कुछ भी हुआ था उसके बाद अब वह उस कम्पनी में काम नहीं कर सकती थी। उसे याद आया जब वह पहली बार उस इमारत में आयी थी। तब वह नवयुवती थी। उसे वे शुरुआती दिन याद आये, फ्रांसुआ की सलाह। शायद उसकी मौत से जुड़ी यही सबसे मुश्किल बात थी। उनकी चर्चाओं की अचानक, क्रूर अनुपस्थिति। उन पलों का अन्त जब आप एक-दूसरे से जीवन के बारे में बात करते हैं, जब आपने उसके ऊपर टिप्पणी की। वह खुद को खाई के किनारे पर अकेला पा रही थी और इस बात को गहराई से समझ चुकी थी कि उसकी कोमलता उसे उसके स्तर से गिरा रही थी। पिछले तीन सालों से वह सबसे दयनीय काम कर रही थी। कहीं गहरे उसके जीने की इच्छा समाप्त हो गयी थी। वह इस कदर ग्लानि

का अनुभव करती है, इस कदर बेतुकी-सी ग्लानि जब उसे एक बार फिर उस इतवार की स्मृति में लौटना पड़ा जिस दिन उसके पति की मृत्यु हुई थी। नैटेली को उसे रोक लेना चाहिए था, उसे दौड़ने जाने से रोक लेना चाहिए था। क्या यह पत्नी की भूमिका नहीं होती है ? यह देखना कि पुरुष दौड़ना बन्द कर दे। उसे जाने से रोक लेना चाहिए था, उसे चूमना चाहिए था, प्यार करना चाहिए था। उसे अपना पढ़ना रोक देना चाहिए था, किताब नीचे रख देनी चाहिए थी, बजाय इसके कि उसके जीवन को टुकड़ों में बिखर जाने देना चाहिए था।

उसका गुस्सा अब कम हुआ। उसने अपनी मेज़ पर एक पल और देखा, फिर उसने कुछ सामान अपने बैग में डाला। उसने अपना कम्प्यूटर बन्द किया, दराज बन्द किया, और निकल गयी। उसे इस बात की खुशी थी कि उसे किसी के सामने से नहीं गुज़रना पड़ा, एक भी शब्द नहीं कहना पड़ा। उसका जाना चुपचाप रहा। उसने टैक्सी ली, और ड्राइवर से कहा कि वह उसे सेंट लाज़ार रेलवे स्टेशन ले जाये, वहाँ उसने एक टिकट खरीदा। जब ट्रेन जा रही थी तो वह रोने लगी।

# 98

***पेरिस-लिसेक्स ट्रेन की समयावली, जिसमें नैटेली सवार हुई थी***

प्रस्थान—4:33 सायं। पेरिस/ सेंट लाज़ार

आगमन—6:02 सायं। लिसेक्स

# 99

नैटेली के गायब हो जाने से हर मंज़िल पर काम रुक गया। उसे उस तिमाही की सबसे महत्त्वपूर्ण बैठक की अध्यक्षता करनी थी। वह बिना कोई निर्देश दिये वहाँ से चली गयी थी, किसी को बताया भी नहीं था। गलियारे में कुछ लोग गुस्से में थे और पेशेवर भाव की कमी के कारण उसे कोस भी रहे थे। कुछ मिनटों में उसकी प्रतिष्ठा में गिरावट आ गयी—जो प्रतिष्ठा उसने सालों में कमाई थी, वह उस समय खत्म हो गयी। चूँकि सभी इस बात से अवगत थे कि मार्कस से उसका क्या सम्बन्ध था, इसलिए वे लगातार उससे मिलने जा रहे थे। ''क्या तुमको पता है कि वह कहाँ जा सकती है ?'' उसे यह बात माननी पड़ी कि उसे नहीं पता था। और यह इस बात को कहने जैसा था, ''नहीं, मेरा उससे कोई खास लेना-देना नहीं है। वह कहाँ आती-जाती है इस बात को मुझसे साझा नहीं करती है।'' इस तरह के हालात में ज़िम्मेदारी से भागना उसके लिए मुश्किल था। इस नयी घटना से उसकी वह इज़्ज़त गिर जाने वाली थी जो उसने एक दिन पहले ही कमाई थी। यह ऐसी ही बात थी कि उनको अचानक इस बात की याद आ गयी कि वह बिलकुल मायने नहीं रखता था। और लोग इस बात पर हैरानी जताने लगे कि एक पल के लिए ही सही उन्होंने यह कैसे सोच लिया कि वह नैटेली पोर्टमैन के करीब था।

उसने उससे कई बार बात करने की कोशिश की। लेकिन बात हो नहीं पायी। उसका फ़ोन बन्द था। वह काम नहीं कर सका। वह गोल-गोल घूमता रहा। यह बहुत जल्दी पूरा हो जाता था, क्योंकि उसका दफ़्तर बहुत छोटा

था। वह क्या कर सकता था? पिछले कुछ दिनों में उसने जो आत्मविश्वास अर्जित किया था, वह तेज़ी से बिखरता जा रहा था। उन्होंने साथ-साथ जो लंच लिया था वह उसके दिमाग में घूम रहा था। ''यह जानने से क्या फर्क पड़ता है कि आप 'एपेटाईजर' में क्या लेने वाले हैं।'' उसे याद है कि उसने इस तरह की कोई बात कही थी। इस तरह से बोलना कैसे सम्भव था? यह ज़रूरी नहीं था कि जवाब के लिए इन्तज़ार किया जाये। वह अपने सर्वश्रेष्ठ रूप में नहीं था। उसने कहा था, नहीं कहा था कि वह खो गयी थी; और वह अपने आप में डूबा था, वह इसमें समर्थ था कि कुछ सतही बातें करता। वह किस दुनिया में रह रहा था? निश्चित रूप से उस दुनिया में तो नहीं ही जिसमें औरतें जाने से पहले अपना पता देकर जाती हैं। यह इतना स्पष्ट था कि सब कुछ उसकी ही गलती थी। उसकी वजह से वह औरत भाग खड़ी हुई। वह शायद भिक्षुणी बन जाये। ट्रेन या हवाई जहाज़ से उस दुनिया से दूर निकल जाये, जिसमें वह साँस लेता है। वह बीमार महसूस कर रहा था। इस बात से बीमार कि उसने इतनी बुरी तरह से अभिनय किया। प्रेम की भावना भावनाओं की गलती की तरह होती है। आप यही सोचते रह जाते हैं कि दूसरों को आपकी वजह से तकलीफ़ पहुँची। आप यह सोच सकते हैं—हालाँकि यह पागलपन है—कि किसी विश्वशिल्पी ने आपको दूसरों के दिल पर रख दिया है। जीवन अचानक से उस मर्तबान की तरह हो गया था, जिसमें फेफड़े से सम्बन्धित वाल्व रखे जाते हैं। मार्कस की दुनिया नैटेली थी। वह एक सम्पूर्ण, सर्व आच्छादित दुनिया थी, जिसमें वह सभी कुछ के लिए ज़िम्मेदार था और लगभग किसी भी चीज़ के लिए नहीं।

और सामान्य दुनिया उसके पास आ रही थी। धीरे-धीरे उसने अपने दिमाग पर नियन्त्रण करना सीख लिया था। स्याह और सफ़ेद के बीच सन्तुलन स्थापित करना। उसने एक बार फिर से उन पलों के बारे में सोचा जिसमें दोनों एक-दूसरे से आकर्षित थे। वह बिलकुल सच्चा आकर्षण था जो इस तरह से समाप्त नहीं हो सकता था। नैटेली को खो देने का डर उसके दिमाग में भर गया। उसकी दुश्चिन्ता ही उसकी कमज़ोरी थी, वही कमज़ोरी जो वहाँ भी थी, जहाँ उसके आकर्षण की शक्ति थी। कमज़ोरियों को जोड़-जोड़ कर आप

एक तरह की शक्ति तक पहुँचते हैं। उसे समझ में नहीं आ रहा था कि क्या करना चाहिए, वह और काम नहीं करना चाहता था, तार्किक ढंग से अपने दिन के बारे में नहीं सोचना चाहता था। वह पागल हो जाना चाहता था, भाग जाना, कि वह भी एक टैक्सी पकड़े और जो ट्रेन पहले दिखाई दे उसमें चढ़ जाये।

# 100

फिर वह मानव संसाधन के निदेशक से मिलने गया। ज़ाहिर है, हर कोई उससे मिलना चाहता था। वह वहाँ बिना किसी शंका के गया। वह सत्ता के किसी भी तरह के डर से ऊपर आ चुका था। सब कुछ, कुछ और नहीं बल्कि कई दिनों से चली आ रही चाल थी। श्री बोनिवें ने उसका स्वागत मुस्कुराते हुए किया। तत्काल मार्कस ने सोचा, 'यह मुस्कुराहट सही में कातिल है।' मानव संसाधन के निदेशक के लिए यह ज़रूरी है कि वह इस तरह से दिखे कि वह किसी कर्मचारी के पेशे के लिए उसी तरह से चिन्तित है जिस तरह से वह उसके अपने जीवन से जुड़ा सवाल हो। मार्कस ने ध्यान दिया कि बोनिवें अपने पद के लिए बिलकुल उपयुक्त था।

''ओह, श्री लुन्देल... आपको देखकर कितनी खुशी हुई। पिछले कुछ दिनों से मेरी आपके ऊपर नज़र थी, आपको पता है...''

''सच में?'' उसने जवाब दिया, यह निश्चित है कि इस आदमी ने उसके अस्तित्व की खोज कर ली थी।

''बिलकुल...हर किसी की नौकरी मेरे लिए मायने रखती है...और मैं इस बात को भी स्वीकार करना चाहता हूँ कि मैं सच में आपसे बहुत लगाव रखता हूँ। आप जिस तरह से किसी बात को लेकर कुछ नहीं कहते, न किसी चीज़ की माँग करते हैं, यह बिलकुल बनावटी नहीं है, और यदि मैं इतना अपने काम के प्रति सतर्क न होता तो मैंने अपनी कम्पनी के बीचोंबीच आपकी

मौजूदगी के ऊपर ध्यान नहीं दिया होता...''

''ओह...''

''आप ऐसे कर्मचारी हैं, जिनके बारे में हर नियोक्ता सपना देखता है।''

''बहुत अच्छी बात है। क्या आप मुझे बतायेंगे कि आप मुझसे क्यों मिलना चाहते थे?''

''ओह। यह बिलकुल आपके ढंग की बात है। कार्यकुशलता! कार्यकुशलता! हम समय नहीं गँवाते! काश हर कोई आपकी तरह होता!''

''मतलब?''

''ठीक है...मैं हालात को लेकर आपसे खुलकर बातें करना चाहता हूँ—प्रबन्धन आपको टीम लीडर की नौकरी देना चाहता है। यह बताने की ज़रूरत नहीं है कि आपकी तनख्वाह में पर्याप्त बढ़ोतरी की जायेगी। कम्पनी की रणनीतियों को लेकर जो काम होगा, आप उसका महत्त्वपूर्ण हिस्सा होंगे...और मुझे यह कहना चाहिए कि मैं इस पदोन्नति से नाखुश नहीं हूँ...क्योंकि एक ऐसा समय आया, जब मैंने इसका खुलकर समर्थन भी किया।''

''शुक्रिया... मुझे पता नहीं कि क्या कहना चाहिए।''

''हाँ, ठीक है, हम इस स्थानान्तरण के लिए ज़रूरी प्रशासनिक कदम उठायेंगे।''

''स्थानान्तरण?''

''हाँ। यह नौकरी स्टॉकहोम में है। जहाँ के आप रहने वाले हैं।''

''लेकिन मेरे लिए स्वीडन वापस जाने का कोई सवाल ही नहीं उठता। मैं स्वीडन वापस जाने की बजाय बेरोज़गारी के दफ़्तर में जाना पसन्द करूँगा।''

''लेकिन...''

''लेकिन का कोई सवाल नहीं।''

''हाँ, है। मुझे नहीं लगता है कि आपके पास कोई विकल्प है।''

मार्कस ने जवाब देने की ज़हमत नहीं उठाई और बिना एक भी शब्द कहे वहाँ से निकल गया।

# 101

### *अन्तर्विरोधों का घेरा*

2003 के बाद के दिनों में इसको इस उद्देश्य से बनाया गया था ताकि मानव संसाधन के पेशेवरों के लिए NADHR (national association of directors of human resources) की शुरुआत की जाये, अन्तर्विरोधों का घेरा, मानव संसाधन निदेशकों को महीने में एक बार मानव संसाधन संस्थान बुलाया जाये जिसमें उन मुद्दों के ऊपर चर्चा हो जिनका सम्बन्ध उन मानव संसाधन निदेशकों से हो जो कम्पनी के मूलाधारों के विरोधाभासों को लेकर काम करते हों। ये मासिक बैठकें बौद्धिक रूप से मूर्तिभंजक प्रकृति की होती हैं; संवेदनशील विषयों से पेशेवर ढंग से अलग तरीके से निपटा जाता है। वहाँ हास्य-व्यंग्य के लिए तो जगह होती है मगर आधिकारिक तामझाम के लिए नहीं!

# 102

आम तौर पर मार्कस गलियारे में टहलते हुए कई बार समय बिताता था। वह एक जगह से दूसरी जगह जाने की इस तरह की गतिविधि को काम से अल्प अवकाश की तरह लेता था। वह इस मामले में पूरी तरह पक्का था कि उठे और उसी तरह से कह दे, ''मैं अपने पाँव सीधे करने जा रहा हूँ,'' जिस तरह से कोई सिगरेट लाने जाता है। लेकिन उस बिन्दु तक आते-आते वह यह सब पूरा कर चुका था। वह आवेश में था। उसे इस तरह आगे आते देखना इतना अजीब लग रहा था, मानो वह गुस्से में बढ़ रहा हो। वह किसी डीज़ल कार की तरह गति में लग रहा था। उसमें कुछ अधिक ही जोश लग रहा था—उसकी संवेदना का कोई तार कहीं जाग्रत हो गया था, और वह सीधा उसके दिल तक चला गया था।

वह तेज़ी से अपने बॉस के दफ़्तर में घुसा। चार्ल्स ने अपने उस कर्मचारी को घूर कर देखा और स्वभाववश अपने हाथ गाल पर रख लिये। मार्कस कमरे के बीचोंबीच स्थिर खड़ा रहा, अपने गुस्से को काबू करते हुए। चार्ल्स ने साहस करते हुए कहा, ''तुमको पता है कि वह कहाँ है ?''

''नहीं, मुझे पता नहीं। आप सभी को मुझसे यह पूछना बन्द कर देना चाहिए कि नैटेली कहाँ है। मुझे नहीं पता।''

''मैंने अभी फ़ोन पर उपभोक्ताओं से बात की। वे गुस्से में हैं। मैं इस बात से उबर नहीं पा रहा हूँ कि उसने हम लोगों के साथ ऐसा किया!''

“मैं उसे अच्छी तरह समझता हूँ।”

“तुम मुझसे क्या चाहते हो?”

“मैं आपसे दो बातें कहना चाहता हूँ।”

“जल्दी से। मुझे जल्दी है।”

“पहली बात यह कि मैं आपके प्रस्ताव को ठुकराना चाहता हूँ। आप कितने घटिया हैं। मुझे यह नहीं समझ में आ रहा है कि आप किस तरह से खुद को अब आईने में देखेंगे।”

“तुमको किसने यह कहा कि मैं खुद को देखता हूँ?”

“ठीक है। मुझे इस बात की परवाह नहीं है कि आप क्या करते हैं या नहीं करते हैं।”

“और दूसरी बात?”

“मैं नौकरी छोड़ रहा हूँ।”

वह आदमी इस तेज़ी से प्रतिक्रिया व्यक्त कर रहा था कि उससे चार्ल्स विस्मित था। वह ज़रा-सा भी नहीं हिचका। वह प्रस्ताव को ठुकरा रहा था और कम्पनी की नौकरी भी छोड़ रहा था। चार्ल्स ने हालात को इतनी बुरी तरह से सँभाला? और फिर, नहीं। शायद वह यही चाहता था? वह दोनों को अपने दुर्भाग्यपूर्ण सम्बन्ध के बाद भागते हुए देख रहा था। चार्ल्स उसके चेहरे की तरफ़ देखता जा रहा था और वह उसके चेहरे पर कुछ पढ़ नहीं पा रहा था। क्योंकि उसका गुस्सा एक तरह से जमा हुआ लग रहा था। जिसकी वजह से कोई कारण दिखाई नहीं दे रहा था। हालाँकि, मार्कस उसकी तरफ़ धीरे-धीरे बढ़ रहा था, ज़रूरत से ज़्यादा आत्मविश्वास के साथ। मानो वह किसी अनजान शक्ति से अभिप्रेरित हो। इतना मज़बूत था कि चार्ल्स को डर लगने लगा।

“अब आप मेरे बॉस नहीं रह गये हैं... मैं कर सकता हूँ...”

मार्कस ने अपना वाक्य पूरा नहीं किया; उसके मुक्के ने उसके लिए यह काम किया। यह पहली बार था, जब उसने किसी को मारा था। और उसे इस बात पर अफ़सोस हुआ कि उसने ऐसा पहले क्यों नहीं किया था। हालात को सँभालने के लिए कई बार उसके पास तो शब्द भी नहीं होते थे।

"तुम ऐसा नहीं कर सकते! तुम पागल हो!" चार्ल्स चिल्लाया।

मार्कस एक बार और उसकी तरफ़ बढ़ा, मानो वह उसको एक बार और मारना चाहता हो। चार्ल्स घबराहट में पीछे हटा। वह अपने दफ़्तर के एक कोने में बैठ गया। और मार्कस के जाने के बाद भी वह उसी तरह लम्बे समय तक बैठा रहा।

# 103

***मोहम्मद अली के जीवन में 29 अक्टूबर, 1960 का दिन***

लुइसविले में उसने अपना पहला पेशेवर मुकाबला जीता,
जो अंकों के आधार पर था, मुकाबला
तन्नी हाँसकर से हुआ था।

# 104

जब वह लिसेक्स स्टेशन पर पहुँची तो उसने एक कार किराये पर ली। उसने काफ़ी दिनों से कार नहीं चलाई थी। उसे डर था कि वह स्वचालित गुण को भूल जायेगी। मौसम साथ नहीं दे रहा था; बारिश होने लगी। लेकिन वह इतनी गहरी उदासी से भरी हुई थी कि उस वक्त उसे कुछ भी डरा नहीं सकता था। वह छोटी–छोटी सड़कों पर तेज़ी से गाड़ी चला रही थी, उदासी को सलाम कहती हुई। बारिश के कारण कई बार उसे कुछ भी नहीं दिखाई देता था।

तभी कुछ हुआ। एक पल के झटके में जब वह गाड़ी चला रही थी। उसने मार्कस के साथ चुम्बन का दृश्य फिर से देखा। जिस समय उसकी छवि उभरी उस समय वह उसके बारे में बिलकुल नहीं सोच रही थी। उससे बहुत दूर थी। वह दृश्य ज़बर्दस्ती उसकी चेतना में घुस आया। वह उन पलों के बारे में सोचने लगी जो उसने उसके साथ बिताये थे। वह गाड़ी चलाते हुए इस बात के ऊपर अफ़सोस जताने लगी कि वह उसे बिना एक शब्द कहे ही चली आयी। उसे समझ में नहीं आया कि उसने उसके बारे में सोचा क्यों नहीं। उसका वहाँ से निकल भागना इतनी जल्दी में हुआ। निश्चित रूप से यह पहली बार था कि वह इस तरह से दफ़्तर से निकल पड़ी थी। वह इस बात को जानती थी कि वह कभी भी लौटकर नहीं जायेगी, कि उसके जीवन का एक पहलू पूरा हो गया था। यह गाड़ी चलाने का समय था। हालाँकि उसने यह फ़ैसला किया कि कार को एक सर्विस स्टेशन पर रोके। वह कार से उतरी और उसने अपने आस–पास देखा। उसे कुछ भी पहचान में नहीं आया। शायद वह गलत

मोड़ से मुड़ गयी थी। रात घिर रही थी, रास्ता सुनसान था और बारिश के कारण उसकी उदासी और बढ़ गयी थी। उसने मार्कस को एक सन्देश भेजा। सिर्फ़ यह बताने के लिए कि वह कहाँ थी। दो मिनट के बाद उसे यह जवाब मिला—''मैं लिसेक्स के लिए पहली ट्रेन पकड़ रहा हूँ। अगर इससे तुमको खुशी मिले तो यह कितना अच्छा होगा।'' और फिर उसके तत्काल बाद एक दूसरा सन्देश आया—''और क्या, यह लगभग कविता है।''

# 105

***गाय द मोपासाँ की कहानी, 'द किस' का एक अंश***

''तुमको हमारी शक्ति के वास्तविक स्रोत के बारे में पता है ? चुम्बन...केवल चुम्बन!... हालाँकि चुम्बन महज़ भूमिका है...''

# 106

मार्कस ट्रेन से उतर गया। वह भी बिना किसी को बताये निकल गया था। दो भगोड़ों की तरह वे दोनों एक-दूसरे को एक बार फिर पाने वाले थे। मार्कस ने उसको देखा, वह स्टेशन के बाहर स्थिर भाव से खड़ी थी। वह उसकी तरफ़ बढ़ने लगा; धीरे-धीरे, जैसे फिल्मों में बढ़ते हैं। आपको उसके साथ चलने वाले संगीत के बारे में कल्पना करने में कोई मुश्किल नहीं होगी। या फिर शान्ति। हाँ, शान्ति बढ़िया रहेगी। आपको महज़ उनके दिल की धड़कन सुनायी दे। आप उस माहौल की उदासी को लगभग भूल जायें। साल्वाडोर दाली लिसेक्स स्टेशन से कभी भी प्रभावित न हुआ होता। वह खाली था और ठंडा। मार्कस की नज़र एक पोस्टर पर पड़ी जिसमें 'थेरेस द लिसेक्स' के संग्रहालय का विज्ञापन था। जब वह नैटेली की तरफ़ बढ़ रहा था, उसने सोचा, 'हूँ, कितनी अजीब बात है, मैं हमेशा यह सोचता था कि उसका उपनाम लिसेक्स होगा...' हाँ, वह सच में यही सोच रहा था। और वहाँ नैटेली थी, उसके इतने पास। उन होंठों के साथ जिनको उसने चूमा था। लेकिन उसका चेहरा बुझा हुआ था।

वे कार तक गये। नैटेली ड्राइवर की सीट पर बैठ गयी। मार्कस उसकी बगल की सीट पर बैठ गया। उसने गाड़ी चलाई। तब तक उन्होंने एक-दूसरे से एक भी शब्द नहीं कहा था। वे दोनों उन किशोर-किशोरियों की तरह लग रहे थे जिनको यह नहीं पता होता कि पहली मुलाकात में एक-दूसरे से क्या कहा जाये। मार्कस को इस बात का कोई इल्म नहीं था कि वे दोनों उस समय कहाँ थे। वह नैटेली के पीछे चल रहा था और यही काफ़ी था। एक पल के

बाद खालीपन को झेल पाने में असमर्थ होकर उसने रेडियो चलाने का फैसला किया। वह पुराने गानों का स्टेशन था। एलेन सुशों का गीत 'लव ऑन द रन' गाड़ी में गूँज रहा था।

"ओह, यह अतुल्य है!" नैटेली ने कहा।

"क्या?"

"यह गाना। पागल कर देने वाला है। यह मेरा गीत है। और फिर...उसकी ही तरह।"

मार्कस ने रेडियो की तरफ़ प्यार से देखा। इसकी वजह से नैटेली के साथ उसकी बातचीत शुरू हो पायी। वह अब भी यही कह रही थी कि यह कितना अजीब और पागलपन भरा था। कि यह एक संकेत था। किस तरह का संकेत? यह मार्कस नहीं जान सकता था। वह इस बात से हैरान था कि इस गाने ने उसके संगी के ऊपर ऐसा प्रभाव डाला था। लेकिन वह जीवन के अजीब पहलुओं से भी परिचित था, भाग्यवश। वह सबूत जिसके कारण आप तार्किकता के ऊपर सन्देह करें। उस गाने के बाद उसने मार्कस से कहा कि वह रेडियो बन्द कर दे। वह उसी गाने में डूबी रहना चाहती थी जो उसे हमेशा से बहुत पसन्द था। 'द एडवेंचर्स ऑफ़ ऐन्तोइन दोइने' शृंखला की फिल्मों की आखिरी किस्त में उसने उस गाने की खोज की थी। उसका जन्म उसी दौर में हुआ था, और शायद इस बात को परिभाषित करना बहुत जटिल था, लेकिन उसे महसूस हुआ कि वह उसी दौर से आयी थी। मानो वह उसी धुन का उत्पाद हो। उसका प्यारा, कभी-कभी उदास व्यक्तित्व, उसका हल्कापन, यह सब बिलकुल 1978 जैसा ही था। यह उसका गीत था। यह उसका जीवन था। और वह उस भाग्य से उबर नहीं पायी।

सड़क के किनारे से उसने गाड़ी मोड़ी। अँधेरा मार्कस को यह देखने से रोक रहा था कि वे कहाँ थे। वे बाहर आये। फिर उसे लोहे के बड़े-बड़े खम्भे दिखाई दिये, जैसे कि कब्रिस्तान के प्रवेश द्वार पर होते हैं। फिर उसने यह पाया कि वे बहुत बड़े नहीं थे—वे बहुत सारे थे। उस तरह के जिस तरह के आप जेल के बाहर देखते हैं। निश्चित रूप से जो मृत थे वे नित्यता के लिए

अभिशप्त थे, लेकिन यह सोच पाना मुश्किल था कि वे भागने की कोशिश कर रहे थे। आखिरकार नैटेली ने बोलना शुरू किया—

''फ्रांसुआ को यहीं दफ़नाया गया था। उसने इसी इलाके में अपना बचपन बिताया था।''

''...''

''वैसे उसने मुझे कुछ भी नहीं बताया था। उसने यह सोचा भी नहीं था कि वह मरनेवाला था...लेकिन मुझे यह पता है कि वह यहाँ होना चाहता था...उस जगह के पास जहाँ वह पला-बढ़ा था।''

''मैं समझता हूँ,'' मार्कस बुदबुदाया।

''तुमको बताऊँ, सुनने में दिलचस्प लगता है लेकिन मैंने भी अपना बचपन यहीं बिताया था। जब फ्रांसुआ और मैं मिले तो हमें यह लगा कि यह सब कितना अजीब संयोग था। हम दोनों बचपन में एक-दूसरे के सामने से कई-कई बार गुज़रे होंगे लेकिन हमने एक-दूसरे को कभी देखा नहीं था। और हम मिले पेरिस में जाकर। जो हमको यह दिखाता है...जब आपको किसी से मिलना ही होता है...''

नैटेली इस वाक्य के साथ रुक गयी। लेकिन यह वाक्य मार्कस के दिमाग में घूमता रहा। वह किसके बारे में बातें कर रही थी? ज़ाहिर है, फ्रांसुआ के बारे में। हो सकता है कि उसके बारे में भी? ''जब आपको किसी से मिलना ही होता है...'' इस वाक्य का दोहरा अर्थ उस हालात की संकेतात्मक प्रकृति का जैसे केन्द्र-बिन्दु बन गया हो। इसमें बहुत दुर्लभ किस्म की तीव्रता थी। वे दोनों वहाँ खड़े थे, फ्रांसुआ की कब्र से महज़ कुछ फीट की दूरी पर। उस अतीत से महज़ कुछ फीट की दूरी पर जो कभी खत्म नहीं हुआ। नैटेली के चेहरे पर बारिश की इतनी बूँदें पड़ी थीं कि आप यह नहीं कह सकते थे कि आँसू कहाँ से शुरू हुए थे। मार्कस ने उनको देखा। वह यह जानता था कि आँसुओं की व्याख्या किस तरह से की जाये। नैटेली के आँसुओं की। मार्कस उसकी तरफ़ बढ़ा और उसने उसको बाँहों में कसकर भींच लिया। मानो वह उसकी तकलीफ़ों को घेर रहा हो।

# 107

***एलेन सुशों के गीत 'लव ऑन द रन' का दूसरा हिस्सा—***
***जिसे मार्कस और नैटेली ने कार में सुना***

तुम, मैं, हम बिलकुल नहीं उबर सकते
रोना-धोना, आँसू बिना उम्मीद
जुदा होते एक-दूसरे से, और हम दोनों ही चुप हैं
यह भगोड़ा प्रेम है,
भगोड़ा प्रेम।

जब मैं सो रहा था
तकिये पर एक बच्चे की तरह
हम उड़ रहे थे आगे और पीछे
किसी अबाबील की तरह
मैं अन्दर आया, और फिर अपने दो कमरों और रसोई को छोड़ दिया
बच्चों के नाम रखे कोलेट, ग्रेगरी और क्रिश्चन।

बिताया सम्पूर्ण जीवन उन चीज़ों के पीछे भागते जो भागेंगी
लड़कियाँ इत्र लगाये हैं, नीले रंग के कपड़े और खामोशी
मेरी माँ भी उस चीज़ को अपने कानों के पीछे डाल लेती हैं
वही पुराने गीत, वैसे वाले जो आँसू लाते हैं।

# 108

वे गाड़ी में एक बार फिर से बैठे। जितने मोड़ थे उनको देखकर मार्कस हैरान था। स्वीडन में सड़कें सीधी होती थीं—वे जिस मकाम की तरफ़ बढ़ती हैं उनको आप देख सकते हैं। उसे चक्कर जैसा आ रहा था और वह खामोश था, नैटेली से यह पूछने का साहस किये बगैर कि वे किधर जा रहे थे। क्या इस बात से कुछ फर्क पड़ता था? यह कहना मौलिकता से बहुत दूर था, लेकिन वह दुनिया के आखिरी छोर तक उसके पीछे-पीछे जाना चाहता था। क्या वह इस बात को जानती थी कि वे कहाँ जा रहे थे? शायद वह उस रात में समा जाना चाहती थी। सब कुछ भूल जाने की तरफ़ बढ़ते जाना चाहती थी।

आखिर में वह रुकी। इस बार लोहे की एक छोटी-सी बाड़ के आगे। क्या ये उनकी भटकन का विषय था? लोहे की तरह-तरह की बाड़ें। वह गेट खोलने के लिए बाहर निकली, फिर वापस कार में बैठ गयी। मार्कस के दिमाग में हर कदम महत्त्वपूर्ण लग रहा था, ऐसा लग रहा था कि कुछ था अन्दर, क्योंकि इसी तरह तो आप अपने निजी मिथकों के विस्तारों में जीते हैं। एक संकरी-सी सड़क पर दौड़ी और फिर एक घर के सामने रुक गयी।

''हम मैडेलिन, मेरी दादी के घर पर हैं। दादा की मौत के बाद वह यहाँ अकेली ही रहती हैं।''

''अच्छा। मैं उनसे मिलना चाहता हूँ,'' मार्कस ने विनम्रता से जवाब दिया।

नैटेली ने दरवाज़ा खटखटाया, एक बार, दो बार, इस बार थोड़ा तेज़। फिर भी कुछ नहीं। ''उनको सुनायी ज़रा कम देता है। बेहतर हो कि हम दूसरी तरफ़ से चलें। वह हो सकता है ड्रॉइंग रूम में हों, और हम खिड़की से देख पायेंगे।''

उस घर में दूसरी तरफ़ से जाने के लिए आपको एक ऐसा रास्ता लेना पड़ता था जो बारिश में पूरी तरह से कीचड़-कीचड़ हो चुका था। मार्कस ने नैटेली को पकड़ रखा था। वह ज़्यादा कुछ देख नहीं सकता था। हो सकता है कि उसने गलत रास्ता लिया हो? काँटों भरी झाड़ी और उस घर के बीच एक तरह से चलने के लिए बिलकुल जगह नहीं थी। नैटेली फिसल गयी, और उसके साथ मार्कस भी गिर गया। अब वे दोनों गीले हो गये, और उनके कपड़ों में कीचड़ लग गया। वह सचमुच में एक महान घुसपैठ थी; जो हँसी का कारण बन गयी थी। नैटेली ने घोषणा की, ''सबसे बेहतर तो यही लगता है कि पंजों और घुटनों के बल आगे बढ़ा जाये।''

''बिलकुल, तुम्हारा पीछा करते हुए मज़ा आयेगा,'' मार्कस ने कहा।

एक बार जब वे दूसरी तरफ़ पहुँच गये, तो उन्होंने पाया कि उनकी दादी अलाव के सामने बैठी हुई थीं। वह कुछ भी नहीं कर रही थी। यह देखकर मार्कस को बड़ी हैरानी हुई। वह जिस तरह से वहाँ थी, लगभग अपने आप में खोयी हुई। नैटेली ने खिड़की पर थपकी दी, और इस बार उसकी दादी ने आवाज़ सुन ली। उनका चेहरा दमक उठा, और वह खिड़की खोलने के लिए दौड़ीं।

''अरे! मेरी बच्ची...यहाँ क्या कर रही हो?''

''मैं आपसे मिलने आयी हूँ...और इसके लिए आपको दूसरी तरफ़ आना होगा।''

''हाँ। मुझे पता है। माफ़ करना, तुम कोई पहली नहीं हो।''

वे खिड़की के रास्ते से भीतर गये और आखिर बारिश और कीचड़ से

निकल गये।

नैटेली ने दादी माँ से मार्कस का परिचय करवाया। दादी ने उसके चेहरे पर हाथ फिराया, और नैटेली की तरफ़ यह कहने के लिए घूमी, ''यह अच्छा लगता है,'' मार्कस ने ज़बर्दस्त मुस्कान बिखेरी, मानो यह कह रहा हो कि हाँ, आप सही हैं कि मैं अच्छा हूँ। मैडेलिन आगे बोले जा रही थीं, ''मुझे लगता है कि बरसों पहले मैं किसी और मार्कस को जानती थी। या शायद उसका नाम पौलस था...और चार्ल्स...या कुछ ऐसा ही नाम जिसका अन्त इसी तरह से होता था...लेकिन मुझे ठीक से याद नहीं...''

उसके बाद थोड़ी शर्मिंदगी भरी शान्ति रही। ''मैं जानती थी,'' कहने से उनका क्या मतलब था। नैटेली मुस्कुराई और उसने अपनी दादी को कस कर बाँहों में भर लिया। उसको देखते हुए मार्कस एक नन्ही लड़की की कल्पना कर सकता था। उनके साथ अस्सी का दशक वहाँ आ गया था। एक पल के बाद उसने पूछा, ''मैं अपने हाथ कहाँ धो सकता हूँ?''

''मेरे साथ आओ।''

नैटेली ने उसका कीचड़ सना हाथ पकड़ा और उसे लेकर बाथरूम चली गयी।

हाँ, यही बात थी, मार्कस ने उसके भीतर की लड़की को जगा दिया था। जिस तरह से वह दौड़ रही थी। जिस तरह से वह वर्तमान पल से पहले अगला पल जी रही थी। एकदम उन्मुक्त। वे दो अलग वॉशबेसिन में अगल-बगल खड़े थे। जब वे हाथ धो रहे थे तो एक-दूसरे को देखकर एकदम बेवक़ूफ़ों की तरह मुस्कुरा रहे थे। वहाँ बुलबुले थे, बहुत सारे बुलबुले, लेकिन वे अतीत के बुलबुले नहीं थे। मार्कस ने सोचा, 'यह मेरे जीवन की सबसे सुन्दर धुलाई है।'

उनको कपड़े बदलने थे। नैटेली के लिए यह आसान था। कमरे में उसका कुछ सामान पड़ा था। मैडेलिन ने मार्कस से पूछा, ''तुम्हारे पास बदलने के लिए कपड़े हैं?''

“नहीं। हम बस एक पल में निकल पड़े थे।”

“इसी तरह?”

“हाँ, बिलकुल इसी तरह।’

नैटेली ने सोचा कि दोनों ‘इसी तरह’ का प्रयोग करके खुश थे। ऐसा लग रहा था कि वे दोनों इस बात से उत्साहित थे कि उन्होंने बिना सोचे-समझे कुछ किया था। दादी ने मार्कस से कहा कि वह उनके पति के कपड़ों में से कुछ खोज ले। वह मार्कस को लेकर गलियारे में गयी और वहाँ उसको अकेले छोड़ दिया ताकि वह वहाँ से अपनी पसन्द के कपड़े चुन सके। कुछ मिनट बाद, वह एक ऐसा सूट पहनकर लौटा जो आधा पीले रंग का था और उसका दूसरा रंग पहचान में नहीं आ रहा था। उसकी शर्ट का कॉलर इतना बड़ा था कि उसकी गर्दन ऐसी लग रही थी जैसे कि वह उसके अन्दर डूब रहा हो। इस तरह की विदेशी वेशभूषा उसके हास्यबोध में ज़रा भी बाधक नहीं लग रही थी। ऐसा लग रहा था कि वह इस तरह से कपड़े पहनकर खुश था और उसने तो यह विचार भी प्रकट किया, “मुझे ऐसा लग रहा है जैसे कि मैं इसके अन्दर डूब रहा हूँ, लेकिन मुझे अच्छा लग रहा है।” नैटेली इतना हँसी कि उसकी आँखों में आँसू आ गये। खुशी के आँसू उन गालों पर बहने लगे जिन पर पीड़ा के आँसू बमुश्किल ही सूखे थे। मैडेलिन उनकी तरफ़ आयीं, लेकिन ऐसा लग रहा था कि वह किसी आदमी की बजाय सूट की तरफ़ बढ़ रही थीं। उसकी हर सिलवट के पीछे जीवन भर की स्मृतियाँ थीं। कुछ देर वह बिना हिले अपने उस अचानक आये मेहमान के पास खड़ी रहीं।

# 109

शायद उन्होंने युद्ध के दिन देखे थे, इसलिए दादी माँओं के पास अपनी पोतियों के खाने के लिए हमेशा कुछ-न-कुछ होता था, यहाँ तक कि तब भी जब वह देर शाम किसी स्वीडिश के साथ उनके पास आ जाये।

''उम्मीद करती हूँ कि तुम लोगों ने कुछ खाया नहीं होगा। मैंने थोड़ा सूप बनाया था।''

''अच्छा? किस तरह का सूप?'' मार्कस ने पूछा।

''इसका नाम फ्राइडे सूप है। मैं तुमको समझा नहीं सकती। आज शुक्रवार है, इसलिए इसका नाम फ्राइडे सूप है।''

''जैसे शुक्रवार को ऑफ़िस में मैं टाई नहीं लगा के जाता, वैसे ही यह सूप भी बिना 'टाई' का सूप है,'' मार्कस ने आखिर बात कही।

फिर नैटेली उनके पास आयी। ''दादी, कभी-कभी यह अजीब-अजीब बातें कहता है। आपको परेशान नहीं होना चाहिए।''

''कौन मैं, तुमको पता है, मैं 1945 से दुःखी नहीं हुई। इसलिए मेरे लिए सब ठीक है। आओ, बैठते हैं।''

मैडेलिन ऊर्जा से भरपूर थीं। रात का खाना बनाते हुए उन्होंने जो ऊर्जा दिखाई थी और जो बूढ़ी औरत अलाव के सामने बैठी थी, उन दोनों में बड़ा

फ़र्क था। उस यात्रा से उनके भीतर चलने-फिरने का उत्साह आया। वह रसोई में व्यस्त थीं, निश्चित रूप से किसी तरह की मदद की दरकार उनको नहीं लग रही थी। नैटेली और मार्कस उनके इस उत्साह से निहत्थे हो गये थे। सभी कुछ अभी से कितना दूर दिखाई देता था—पेरिस, कम्पनी, फ़ाइल। समय भी गुज़रा जा रहा था—दफ़्तर में दोपहर की शुरुआत की स्याह-सफ़ेद स्मृतियाँ थीं। केवल सूप का नाम 'फ्राइडे' उनको अपने दिनों के ठोस यथार्थ से कुछ हद तक जोड़े हुए था।

डिनर सहजता से हुआ। खामोशी के साथ। दादा-दादी को अपने पोते-पोतियों को देखकर जिस तरह की खुशी होती है उसके लिए कुछ बताने की ज़रूरत नहीं है। आप सोचते हैं कि सभी कुछ ठीक तो है न, और फिर तुरन्त आप साथ होने की सहज खुशी में उतराने लगते हैं। डिनर के बाद नैटेली ने बर्तन धोने में अपनी दादी की मदद की। वह सोच रही थी कि मैं इस बात को कैसे भूल गयी थी कि यहाँ आकर कितना अच्छा लगता था? यह ऐसा ही था जैसे वे सारी खुशियाँ जिनका उसने आनन्द उठाया था, विस्मरण का शिकार हो गयी थीं। वह इस बात को जानती थी कि उसमें इतनी ताकत थी कि वह इसको सँभाल सके।

मार्कस ड्रॉइंग रूम में सिगार पी रहा था। वह उस तरह का था जो बड़ी मुश्किल से सिगरेट पी पाता था। लेकिन वह मैडेलिन को खुश करना चाहता था। "उनको खाने के बाद पुरुषों का सिगार पीना पसन्द है। समझने की कोशिश मत करो। तुम उनको खुश कर रहे हो, बस।" नैटेली ने उस वक्त उसको फुसफुसाते हुए कहा जब मार्कस को धुएँ के छल्ले निकालने के आमन्त्रण का जवाब देना था। इसलिए उसने सिगार पीने की दृढ़ इच्छा व्यक्त की, बढ़-चढ़कर, लगभग कलाहीन तरीके से, लेकिन मैडेलिन को उसका सिगार पीने का यह ढंग बहुत पसन्द आया। इस तरह से मार्कस ने नार्मन परिवार में मुखिया की भूमिका का निर्वाह किया। उसे एक बात की हैरानी हुई—उसे सिरदर्द नहीं हुआ। बुरी बात यह हुई कि उसे सिगार का स्वाद पसन्द आने लगा था। पौरुष उसके भीतर घर करता जा रहा था। सिगार के गर्म धुएँ के छल्ले उड़ाते मार्कस को ऐसा महसूस हो रहा था जैसे वह ज़िन्दगी का सामने

से मुकाबला कर रहा हो। सिगार के साथ, वह 'शानदार' मार्कस बन गया था।

मैडेलिन इस बात से खुश दिखाई दे रही थीं कि उनकी पोती मुस्कुरा रही थी। जब फ्रांसुआ की मौत हुई थी तो वह इतना रोयी थी; उसका एक दिन भी उसके बारे में सोचे बिना नहीं गुज़रता था। मैडेलिन ने अपने जीवन में काफ़ी त्रासदियाँ देखी थीं, लेकिन यह सबसे बुरा था। वह इस बात को जानती थीं कि उन्हें आगे बढ़ते जाना है, जीवन सैद्धान्तिक रूप से जीते जाने का नाम है। इसलिए इस पल उन्हें बड़ी राहत महसूस हुई। किसी भी चीज़ को बर्बाद न करने के खयाल से, उन्हें स्वाभाविक रूप से उस स्वीडिश नागरिक के प्रति सहानुभूति का अनुभव हुआ।

"यह दिल का अच्छा आदमी है।"

"आप यह कैसे कह सकती हैं?"

"मैं समझ सकती हूँ। अपनी सहज वृत्ति से। अन्दर से वह बहुत शानदार है।"

नैटेली ने अपनी दादी का एक बार फिर चुम्बन लिया। सोने का समय हो गया था। मार्कस ने अपना सिगार निकालते हुए मैडेलिन से कहा, "नींद वह रास्ता है, जो कल के सूप तक जाता है।"

मैडेलिन पहली मंज़िल पर सोयीं क्योंकि सीढ़ियाँ चढ़ना उनके लिए मुश्किल था। बाकी कमरे ऊपर की मंज़िल पर थे। नैटेली ने मार्कस की तरफ़ देखा। "वह हमें परेशान नहीं कर सकतीं, जिस तरह के हालात हैं।" इस वाक्य का मतलब कुछ भी हो सकता था, यह सेक्स के सम्बन्ध में इशारा हो सकता था या महज़ एक व्यावहारिक बात हो सकती थी, जिसका मतलब यह हो सकता था कि कल सुबह तक हम शान्ति से सो सकते हैं। मार्कस इसके बारे में सोच नहीं सकता था। मार्कस इसके बारे में सोचना नहीं चाहता था। क्या वह उसके साथ सोने जा रहा था—हाँ या नहीं? निश्चित रूप से वह सोना चाहता था, लेकिन वह समझ गया था कि उनको इस बारे में बिना सोचे सीढ़ियाँ चढ़नी थी। एक बार जब वह वहाँ पहुँचा तो वह इस बार

फिर संकरेपन से उलझ गया। कार ने जो रास्ता लिया था, उसके बाद घर के पास का रास्ता था, यह तीसरा मौका था जब वह फँसा हुआ महसूस कर रहा था। उस अजीब से गलियारे में अनेक दरवाज़े थे और अनेक कमरे भी। नैटेली आगे-पीछे आ-जा रही थी, बिना कुछ कहे। उस मंज़िल पर बिजली नहीं थी। उसने एक छोटी-सी मेज़ से लेकर दो मोमबत्तियाँ जलायीं। उसका चेहरा नारंगी लग रहा था, लेकिन वह नारंगी सूर्योदय के समय का लग रहा था बजाय ढलती शाम-सा। वह भी झिझक रही थी, सच में झिझक रही थी। वह इस बात को जानती थी कि यह उसके ऊपर था कि वह पहल करे। उसने आँखों में आँखें डाल कर देखा। फिर उसने दरवाज़ा खोला।

# 110

चार्ल्स ने दरवाज़ा बन्द कर लिया। उसने अपना ध्यान हटा लिया था, और हो सकता है कि वह बाहरी दुनिया में पहुँच गया हो, क्योंकि अपने शरीर से वह बहुत दूरी महसूस कर रहा था। उस दिन जो मुक्का उसके मुँह पर पड़ा था उससे उसके मुँह में दर्द हो रहा था। वह इस बात से अच्छी तरह वाकिफ़ था कि वह बुरी हालत में था, और यह बात कि अगर स्वीडन में आला लोगों को यह पता चल जाता कि वह किसी कर्मचारी का तबादला अपने निजी लाभ के लिए करना चाहता था तो उसकी इज़्ज़त मिट्टी में मिलने वाली थी। लेकिन असल में इस बात की सम्भावना बड़ी कम थी कि कोई इस बात को जान पाता। वह इस बात को लेकर पक्का था कि वह उनको कभी देख नहीं पायेगा। उनका भाग जाना निश्चित लग रहा था। और यही बात उसे किसी भी और बात से अधिक दु:खी कर रही थी। वह नैटेली को कभी देख नहीं पायेगा। यह सब उसकी गलती थी। उसने जो किया था, वह पागलपन था। और उसने खुद को इसके लिए बुरी तरह दोषी ठहराया था। वह चाहता था कि उससे बस एक सेकेण्ड के लिए मुलाकात हो जाये, कोशिश करे कि उसे वह माफ़ कर दे, कोशिश करे कि वह दयनीय न दिखे। वह उन शब्दों को खोजना चाहता था, जिनको खोजने में उसने बड़ी मेहनत की थी। उस दुनिया में रहना जिसमें इस बात का मौका अब भी था कि उसका प्यार पाया जा सके, भावनात्मक विस्मरण की दुनिया, जिसमें वह उससे एक बार फिर पहली बार मिल सकता था।

अब वह अपने ड्रॉइंग रूम में जा रहा था। और उसने खुद को एक अनोखे दृश्य के सामने पाया—बिस्तर पर उसकी पत्नी थी। शाम का वह दृश्य ऐसा था, जैसे किसी संग्रहालय में अकेली पेंटिंग हो।

"तुम ठीक हो?" वह फुसफुसाया।

"हाँ, मैं ठीक हूँ। तुम कैसे हो?"

"तुम दुःखी नहीं हो?"

"क्यों?"

"उस रात की वजह से।"

"उम, नहीं...उस रात हुआ क्या था?"

लौरेंस ने बमुश्किल अपना सिर घुमाया। चार्ल्स ने अपनी पत्नी की गर्दन के पीछे से कहा था। वह इस बात को समझ गया कि उसने इस बात के ऊपर ध्यान भी नहीं दिया था कि वह उस रात घर में नहीं था। यह कि उसमें और खाली जगह में कोई फर्क नहीं रह गया था। यह बहुत गहन था। वह उसे मारना चाहता था—उस दिन उसके ऊपर जो हमला हुआ था, उसका हिसाब चुकता करना चाहता था, उसे जो थप्पड़ लगे थे उसके बदले में वह कम-से-कम एक थप्पड़ मारना चाहता था। लेकिन उसका हाथ एक पल के लिए बीच में रुक गया। वह उसे समझने की कोशिश करने लगा। उसका हाथ हवा में था, काँपता हुआ। अचानक उसे समझ में आया कि वह बिना प्यार के और नहीं रह सकता था, एक शुष्क दुनिया में रहते-रहते उसका दम घुट रहा था। किसी औरत ने उसे अपनी बाँहों में नहीं लिया था, किसी ने उसके प्रति ज़रा-सा भी अपनत्व नहीं जताया था। यह ऐसा क्यों था? वह दया की उपस्थिति को भूल गया था। वह संवेदना, नज़ाकत से बहिष्कृत था।

उसका हाथ एक बार फिर नीचे आया, और उसने उसे अपनी पत्नी के बालों पर रख दिया। वह द्रवित हो गया, सही में द्रवित हो गया, असल में

बिना इस बात को जाने कि इस तरह की भावना इस तरह से उसके भीतर क्यों जग रही थी। उसने खुद से कहा कि उसकी पत्नी के बाल सुन्दर हैं। शायद यही कारण हो। उसने अपना हाथ और नीचे किया, उसकी गर्दन को पीछे से छूने के लिए। उसके शरीर के रोमकूपों ने उसके पिछले चुम्बनों के अवशेष सोख लिये थे। उसके उत्साह की स्मृतियाँ। वह चाहता था कि वह अपनी पत्नी की गर्दन के पीछे से उसके शरीर पर पुनः विजय की यात्रा आरम्भ करे। वह चलकर बिस्तर तक गया और उसके सामने आ गया। वह अपने घुटनों पर बैठ गया और उसने उसे चूमने की कोशिश की।

"क्या कर रहे हो तुम?" उसने कामुकता से भारी आवाज़ में पूछा।

"मैं तुमको पाना चाहता हूँ।"

"अभी! इस वक्त?"

"हाँ, अभी।"

"मैं इसके लिए इस वक्त तैयार नहीं हूँ।"

"अब रहने भी दो। क्या तुम्हारा चुम्बन लेने के लिए मुझे तुमसे समय लेना पड़ेगा?"

"नहीं...पागल मत बनो।"

"और तुमको पता है कि क्या बढ़िया भी होगा?"

"नहीं?"

"हमारे लिए वेनिस जाना। हाँ, मैं इसका इन्तज़ाम करने जा रहा हूँ... हम लोग इस सप्ताह के अन्त में वहाँ जायेंगे...हम दोनों...यह हमारे लिए लाभप्रद होगा..."

"... तुमको पता है कि मुझे समुद्री यात्रा में मिचली आती है।"

''तो? यह कोई गम्भीर बात नहीं है...हम हवाई जहाज़ से वेनिस जायेंगे।''

''मैं नावों के बारे में बात कर रही हूँ। अगर तुमने नाव की सवारी नहीं की तो वह अच्छा नहीं रहेगा। तुमको नहीं लगता?''

# 111

## *एक दूसरे पोलिश दार्शनिक का चिंतन*

''धीरे-धीरे मरने का रहस्य केवल मोमबत्ती जानती है।''

# 112

नैटेली उस कमरे में घुसी जिसमें वह सोया करती थी। वह मोमबत्तियों की रौशनी में आगे बढ़ रही थी लेकिन वह अँधेरे में भी रास्ता बनाते हुए आगे बढ़ सकती थी, क्योंकि वह उस कमरे से इतनी अच्छी तरह से वाकिफ़ थी। उसने मार्कस को रास्ता दिखाया जो उसके पीछे-पीछे चल रहा था, उसके नितम्बों पर हाथ रखे। यह उसके जीवन का सबसे रोशन अँधेरा था। उसे डर इस बात का था कि उसकी खुशी इतनी गहरी हो जायेगी कि वह जो भी जानता था, सब कुछ भूल जायेगा। यह कोई असामान्य बात नहीं थी कि जोश की अधिकता से अशक्त बन जाये। उसे उसके बारे में सोचना नहीं चाहिए, उसे बस हर पल के साथ चलना चाहिए। हवा की हर साँस दुनिया है। नैटेली ने मोमबत्ती बगल की मेज़ पर रख दी। छायाओं के मार्मिक कम्पन में उनका एक-दूसरे से सामना हुआ।

उसने अपना सिर उसके कन्धे पर रख दिया, वह उसके बालों को सहलाने लगा। वे उसी तरह से रह सकते थे। वह उस तरह से था जैसे खड़े-खड़े सोया जाये। लेकिन वह इस कदर ठंडा था। वह ठंड अनुपस्थिति की भी थी, वहाँ कोई नहीं आता था। वह एक ऐसी जगह थी, जिसे फिर से जीते जाने की ज़रूरत थी, जहाँ स्मृतियों को स्मृतियों से जोड़े जाने की ज़रूरत थी। वे चादर के नीचे लेट गये। मार्कस नैटेली के बालों को अनथक सहलाये जा रहा था। उसे यह इतना पसन्द आया, वह उसके हर बाल को जानना चाहता था, उनमें से हरेक के इतिहास और विचार को जानना चाहता था। वह उसके बालों की

यात्रा करना चाहता था। यह उसकी संवेदना थी, इस बात की तरफ़ उसका ध्यान कि जल्दबाज़ी न की जाये जो कि नैटेली को अच्छा न लगे। फिर भी वह पहल कर रहा था। इस वक्त वह उसके कपड़े उतार रहा था, और उसका दिल अजीब-सी ताकत से धड़क रहा था।

वह अब नंगी थी, उससे चिपकी हुई। उसे जो भावना महसूस हो रही थी, वह इतनी शक्तिशाली थी कि उसकी गति धीमी पड़ गयी थी। ऐसा धीमापन जो एक तरह से वापस लौटने जैसा रूप ले चुका था। उसे तरह-तरह की शंकाएँ हो रही थीं, जिसने उसे खत्म करना शुरू कर दिया था। उसे तब बहुत अच्छा लगता था जब वह फूहड़ होता था, जब वह हिचकता था। वह समझ गयी कि किसी भी चीज़ से अधिक उसे इस चीज़ की ज़रूरत थी कि वह पुरुष को फिर से एक ऐसे पुरुष के माध्यम से पाये जिसे महिलाओं की सोहबत की आदत नहीं थी। इसलिए उस साथ से वे प्यार की किताब को फिर से पा सकते थे। उसके साथ रहने में कुछ था जो बहुत सुकून देने वाला था। शायद ऐसा कहना अहंकार लगे लेकिन उसे ऐसा लग रहा था कि वह आदमी उसके साथ हमेशा खुश रहेगा। उसे यह महसूस हो रहा था कि साथ रहने पर इस रिश्ते में स्थायित्व का आनन्द मिलेगा। कुछ भी नहीं होगा कि उनका शारीरिक सम्बन्ध मृत्यु का प्रतिकार था। उसने यह सब टुकड़ों में सोचा, बिना किसी निश्चितता के। वह बस यह जानती थी कि इस तरह के हालात में फ़ैसला केवल शरीर ही लेता है। वह अब उसके ऊपर था। उसने उसको ज़ोर से जकड़ रखा था।

उसकी कनपटी पर आँसू बह रहे थे। उसने उसके आँसुओं को चूम लिया।

और उसके आँसुओं से दूसरे आँसू भी बहने लगे; इस बार।

# 113

***जूलिया कोर्ताजार के उपन्यास 'हॉपस्कौच' के अध्याय 7 की शुरुआत, वह किताब जो नैटेली इस उपन्यास के आरम्भ में पढ़ रही थी***

''मैं तुम्हारे मुँह को छूता हूँ, मैं तुम्हारे मुँह के किनारों को अपनी उँगलियों से छूता हूँ, मैं उसे उस तरह से आकार दे रहा हूँ जैसे मेरा हाथ कोई चित्र बना रहा हो, मानो तुम्हारा मुँह पहली बार खुला हो, और मुझे बस यही करना है कि अपनी आँखें बन्द कर लूँ और उसे मिटा दूँ, और फिर से शुरू करूँ, हर बार मैं मुँह बना सकता हूँ, मैं चाहता हूँ कि वह मुँह उभर कर आये जो मेरे हाथ चुनते हैं और तुम्हारे चेहरे पर बनाते हैं, और जो किसी संयोग से ठीक तुम्हारे मुँह की तरह है जो तुम्हारे ऊपर रेखाचित्र बनाते हाथ के ऊपर मुस्कुरा रहा है।''

# 114

अहले सुबह हो गयी। ऐसा लगा जैसे रात कभी थी ही नहीं। सारी रात यूँ ही सोने और जागने के बीच बीत गयी थी, ठीक वैसे जैसे स्वप्न और यथार्थ के बीच की सीमा धूमिल हो रही थी।

"मैं सच में नीचे बाग में जाना चाहती हूँ," नैटेली ने कहा।

"अभी?"

"हाँ, तुम देखोगे। जब मैं छोटी थी तब मैं वहाँ सुबह जाया करती थी। अहले सुबह अजीब-सा माहौल होता है।"

वे जल्दी से उठे और उन्होंने आहिस्ता से कपड़े पहने। एक-दूसरे को देखते हुए, ठंडी रौशनी में एक-दूसरे को खोजते हुए। यह सहज था। वे सीढ़ियों तक बिना आवाज़ आये, ताकि मैडेलिन जग न जायें। एक ऐसी एहतियात जिसकी कोई ज़रूरत नहीं थी, क्योंकि जब उनके घर में मेहमान होते थे तो वह बमुश्किल ही सोती थीं। लेकिन वह उनको परेशान नहीं करना चाहती थीं। वह जानती थीं कि नैटेली को बगीचे में सुबह की शान्ति से कितना प्यार था। चाहे कोई भी मौसम हो, वह जब भी यहाँ आती थी, जैसे ही उसकी आँखें खुलती थीं वह बाहर बेंच पर जाकर बैठती थी। वे बाहर थे। नैटेली सब कुछ बड़े ध्यान से देख रही थी। जीवन चलता जाता है, जीवन बर्बाद हो सकता है, लेकिन यहाँ कुछ फ़र्क नहीं पड़ता—यह कुछ न बदलने का क्षेत्र है।

वे बैठ गये। उनके बीच सच्चा विस्मय था, शारीरिक सुख का। कुछ ऐसा जिसका सम्बन्ध कहानियों के जादू से होता है, वर्तमान अपनी पूर्णता के साथ बहता हुआ। वे मिनट जिनको आप अपनी स्मृति में सहेजते हैं और वह भी उसी पल जिस पल आप उनको जी रहे होते हैं। वे सेकेण्ड जो हमारे भविष्य के अतीत-मोह का हिस्सा बन जाते हैं। "मुझे अच्छा लग रहा है," नैटेली ने फुसफुसा कर कहा, और मार्कस सच में बहुत खुश था। वह उठ खड़ी हुई। वह उसे फूलों और पेड़ों की तरफ़ जाते देखता रहा। वह कई बार आगे, कई बार पीछे गयी, चुपचाप सोचते हुए, अपने हाथों को बढ़ाकर हर उस चीज़ को छू रही थी जो उसकी पहुँच में थी। यहाँ प्रकृति के साथ उसका रिश्ता बहुत अन्तरंग था। फिर वह रुक गयी, एक पेड़ के सामने।

"जब मैं अपने भाई-बहनों के साथ लुकाछिपी का खेल खेलती थी तो आपको इस पेड़ के सामने खड़े होकर गिनती गिननी पड़ती थी। यह बहुत लम्बे समय तक चला। हम 117 तक की गिनती गिनते थे।"

"117 तक क्यों?"

"मुझे पता नहीं! हमने यह संख्या यूँ ही तय की थी।"

"क्या तुम अभी खेलना चाहती हो?" मार्कस ने प्रस्ताव रखा।

नैटेली उसे देखकर मुस्कुरा उठी। उसे यह बहुत अच्छा लगा कि उसने आगे बढ़कर उससे खेलने के लिए कहा। वह पेड़ के नीचे खड़ी हो गयी, उसने आँखें बन्द कर लीं, और गिनती शुरू कर दी। मार्कस छिपने के लिए बेहतर जगह की तलाश में गया। यह व्यर्थ की महत्त्वाकांक्षा थी—यह नैटेली का इलाका था। उसे बेहतर जगहों का पता था। जब उसने इधर-उधर देखा तो उसने उन सभी जगहों के बारे में सोचा जहाँ वह पहले छिप चुकी होगी। वह नैटेली की उम्र के साथ चल रहा था। सात की उम्र में वह ज़रूर पेड़ के नीचे छिपती होगी। बारह की उम्र में वह झाड़ियों में छिपती रही होगी। बड़ी होने पर उसने बचपन के खेल को धता बता दिया होगा और उन कँटीली झाड़ियों के पार गयी होगी, सुबकती हुई। और अगली गर्मियों में वह एक युवती थी

जो इस बेंच पर बैठती होगी, दिन में सपने देखने वाले कवि की तरह, उसका दिल रोमांस की उम्मीद से भरा हुआ था। एक युवती के रूप में उसके जीवन ने अनेक स्थानों पर अपने निशान छोड़े, और उसने हो सकता है कि इन फूलों के पीछे प्यार भी किया हो? फ्रांसुआ उसके पीछे भागता होगा, उसकी नाईटी को फाड़ने की कोशिश करता हुआ, बिना अधिक आवाज़ किये, ताकि उसके दादा-दादी न जग जायें, बेचैन और चुपचाप भागाभागी के निशान बाग में हैं। और फिर उसने उसे पकड़ लिया होगा। उसने संघर्ष करने की कोशिश की होगी, बिना बहुत विश्वसनीय बने। उसने अपना सिर घुमा लिया होगा, उसके चुम्बनों का स्वप्न देखते हुए। वे साथ-साथ लोटपोट हुए होंगे, और फिर वह अकेली हो गयी होगी। वह कहाँ था? क्या वह कहीं छुपा हुआ था? वह अब वहाँ नहीं था। वह वहाँ कभी नहीं हो सकता था। उस जगह पर अब घास नहीं थी। नैटेली ने गुस्से में सब खोद डाली थी। इसी जगह पर वह घंटों ज़मीन पर पड़ी रहती थी, और उसको भीतर लाने की उसकी दादी की कोशिशें नाकाम हो जाया करती थीं। उस जगह पर चलकर मार्कस उसकी पीड़ा पर चल रहा था। वह उसके प्यार के टुकड़ों के ऊपर से गुज़र रहा था। जब वह अपने छिपने की जगह ढूँढ रहा था, वह उन सारी जगहों से भी गुज़रा जहाँ नैटेली बाद में जाती थी। कभी-कभार वह इस बात की कल्पना से द्रवित हो जाया करता था कि वह एक दिन बूढ़ी हो जायेगी।

इस तरह, आखिरकार नैटेली के दिल में मार्कस ने छिपने की एक जगह तलाश कर ली। जितना सम्भव हो सकता था उसने खुद को उतना छोटा कर लिया। उस दिन ऐसा करना अजीब था, जिस दिन वह खुद को हमेशा से अधिक बड़ा महसूस कर रहा था। उसके पूरे शरीर में बड़े होने की भावना भर गयी। एक बार जब वे अन्दर आये, तो वह मुस्कुरा उठा। वह उसका इन्तज़ार करते हुए खुश हो रहा था, इस इन्तज़ार में इतना खुश था कि वह आये और उसे खोजे।

# 115

नैटेली अपनी आँखें खोलती है।

❑